一个陌生女人的来信

STERNSTUN-
DEN DER
MENSC HHEIT

【奥】
斯蒂芬·茨威格 / 著
孙淑娟 / 译

北方文艺出版社

图书在版编目（CIP）数据

一个陌生女人的来信 /（奥）斯蒂芬·茨威格著；孙淑娟译. -- 哈尔滨：北方文艺出版社，2018.5（2019.1 重印）

ISBN 978-7-5317-4036-0

Ⅰ. ①一… Ⅱ. ①斯… ②孙… Ⅲ. ①中篇小说 – 奥地利 – 现代 Ⅳ. ① I521.45

中国版本图书馆 CIP 数据核字（2017）第 228883 号

一个陌生女人的来信
YIGE MOSHENG NVREN DE LAIXIN

作　者 / [奥] 斯蒂芬·茨威格
译　者 / 孙淑娟

责任编辑 / 路　嵩　富翔强
装帧设计 / 袁　洁

出版发行 / 北方文艺出版社
邮　编 / 150080
发行电话 /（0451）85951921 85951915
经　销 / 新华书店
地　址 / 哈尔滨市南岗区林兴街 3 号
网　址 / www.bfwy.com

印　刷 / 北京玺诚印务有限公司
开　本 / 787 × 1092　1/32
字　数 / 180 千
印　张 / 9
版　次 / 2018 年 5 月第 1 版
印　次 / 2019 年 1 月第 2 次印刷

书　号 / ISBN 978-7-5317-4036-0
定　价 / 28.00 元

目　录

◎ 一个陌生女人的来信　/　001

◎ 情感的迷惘　/　055

◎ 心的沦亡　/　157

◎ 一个女人一生中的二十四小时　/　199

一个陌生女人的来信

那天清晨，在山里度过了三天闲适假期的著名小说家R先生回到了维也纳。他在车站买了一份报纸，刚刚瞥了一眼报上的日期，就突然间记起今天正是他的生日。想到已经四十一岁的年纪，他没感觉到高兴，但是也没觉得很难过。他漫不经心地翻了一会儿报纸，便叫了一辆小汽车回到了寓所。仆人告诉他，在他外出期间曾有两个客人来访，还有几个电话，随后便把整理好的信件放在托盘里交给他。他随便翻了翻，有几封信的寄信人引起他的兴趣，他把信拆开，其中有一封信的字迹很陌生，信又很厚，他就把它先搁一边。这时仆人将茶端过来，于是他就舒舒服服地往安乐椅上一靠，再次翻了翻报纸和几份印刷品，然后点上一支雪茄，这才拿起方才搁下的那封信。

这封信有二十多页，是个陌生女人的笔迹。字写得非常潦草，与其说是一封信，还不如说是一份草稿。他不由自主地再次捏了捏信封，看看是否有什么附件没有拿出来，但是信封里是空的。无论是信封上还是信纸上都没有寄信人的地址，也没有签名。真是奇怪，他心里想着，又把信捏在了手里。

“你，从未认出过我的你！”信的开头写了这样一句话，作为称呼，也作为标题。他的目光十分诧异地停了下来：这个“你”指的是他，还是一位臆想中的人呢？这念头激起了他的好奇心，开始继续往下看：

“昨天，我的孩子死了，为挽救他幼小稚嫩的生命，我同死神搏斗了整整三天三夜。可怜的孩子得了流感，身子烧得滚烫，我在他床边守了四十个小时。我在他烧得灼热的额头上敷上冷毛巾，白天黑夜都握着他不断抽搐的小手。第三天晚上，我终于垮了。我的眼皮越来越沉重，直到再也抬不起来，不知不觉合上了。我坐在硬椅子上睡了有三四个小时，而就在这期间，死神带走了他。”

“此刻，这个惹人怜爱的可怜孩子，就躺在那儿，躺在他自己的小床上，就和他死的时候一模一样；只是他的眼睛，他那聪明的黑眼睛合上了，双手也交叉着放在白衬衫上。床的四个角上高高燃着四支蜡烛。我不敢往床上望一眼，也不敢挪动一下身体，因为烛光稍一晃动，就会在他的脸上和紧闭的嘴上留下暗影，看上去仿佛他的面颊在动，我就会以为他没有死，还会再醒过来，仍用他清脆的嗓音对我说活泼稚气的话。但是我知道，他已经死了，我不愿意再往他那边看，以免让自己再一次心存希望，又再一次失望。我知道，我知道，我的孩子昨天死了，现在，在这个世界上我只有你，只有你了，而你却对我一无所知。此刻你还什么都感觉不到，可能正在哪儿寻欢作乐，游戏人生。我现在只有你，你从未认识过我，而我却始终爱着你。”

“我拿了第五支蜡烛放在这里的桌子上，而我就在这张桌上给你写信。我怎么能孤零零地一个人守着我那死去的孩子而不倾诉我的衷肠呢？在这可怕的时刻，不对你诉说，那我该去对谁诉说呢？你过去是我的一切，现在也是我的一切啊！也许我无法跟你完全解释清楚，也许你根本不明白我的意思，我现在头痛欲裂，太阳穴像有槌子在敲打似的不停抽搐，四肢酸痛无力。我想我是发烧了，说不定也染上了流感，现在流感正挨家挨户地在蔓延。果真如此倒好了，我便可以跟我的孩子一起去了，也省得自己来了结自己的残生。有时我两眼发黑，也许这封信我都无法写完了，但是我要振作起全部精神，来向你诉说一次，只诉说这么一次。你啊，我亲爱的，从未认出过我的你啊。”

“我想同你单独谈谈，第一次把一切都告诉你，我要让你知道我整个人生，我的一生一直都是属于你的，而你对此却始终一无所知。可是只有当我死了——此刻，我的四肢正忽冷忽热颤抖不已，如果这病魔真的终结我的生命——你再也不必答复我的问题，这时我才会让你知道我的秘密。假如我能活下来，我就会把这封信撕掉，像过去一样把它埋在心里，继续保持沉默。但是如果你手里拿到了这封信，那么你就知道，那是一个已经死了的女人在这里向你诉说她的一生，诉说她那属于你的一生。从她开始懂事的时候起，一直到她生命的最后一刻。你不必为我的话感到害怕，一个死人已经别无所求了，她不需要爱情，也不需要怜悯和安慰。我只求你这一件事，那就是请你相信我这颗痛苦的心向你诉说的一切。请你相信我说的一切，我只求你这一件事，一个人是不会在其独生子死去的时刻说谎的。”

“我要向你诉说我的整个一生，我的一生的确是从我认识你的那一天才开始的。在此之前，我的生活杂乱无章，悲伤又抑郁，我从来都不愿再去回忆那段岁月。那段人生就像一个蒙着灰尘、结满蛛网、散发着霉味的地窖，堆满了尘封已久的人和事，我的心里早已把它们忘却了。你出现的时候，我十三岁，就住在现在你住的那幢房子里。现在就在这幢房子里，你手里拿着这封信——我生命的最后一丝气息。我也住在那层楼上，正好在你对门。你一定已经记不得我们了，记不得那个清贫的寡妇（她总是穿着孝服，丈夫生前在财政部门当会计）和那个尚未发育完全的瘦弱女儿，我们深居简出，很少与人交往，潦倒地过着小市民的穷酸生活。或许你从未听到过我们的名字，因为我们房间的门上没有挂名牌。没有人来看望我们，也没有人来打听我们。何况事情已经过去很久了，都有十五六年了。你肯定什么也不知道。可是我呢，啊，我至今都清清楚楚地记得每一件事，第一次听别人说起你，第一次见到你的那一天，不，那一瞬间，我到现在还记得很清楚，仿佛是刚刚发生的事。我怎么可能忘记呢？因为对我来说我的人生从那时才开始啊。请耐心一点儿，亲爱的，我要向你从头来诉说这一切，我求你，你听我谈一刻钟，不要厌倦，我爱了你一辈子也没有感到厌倦啊！”

“在你搬进我们这幢房子之前，你屋子里住的那家人丑恶凶狠，又爱吵架。他们自己穷困潦倒，但却最憎恨邻居的贫穷，他们憎恨我们，因为我们不愿跟他们一样染上那种破落无产阶级的粗野行为。这家的丈夫是个酒鬼，常打老婆，我们常常半夜里被摔椅子、砸盘子的响音吵醒。有一次，他老婆被打得头破血流，披头散发地逃到楼梯间，喝得酩酊大醉的酒鬼丈夫跟在她后面大喊大叫，直到大家都从屋里出来，威胁他要报警，他才作罢。我母亲从一开始就避免和这家人有任何来往，也不许我跟他们的孩子说话。为此，他们一有机会就对我进行报复。要是在街上碰见我，他们就跟在我后边说脏话，有一回还用坚硬的雪球将我额头砸出了血。整幢房子的人都本能地讨厌这家人。突然有一天，那个男人出事了，我记得是那个男人偷东西被逮着了，那个女人只好收拾起她那点儿零碎的家当搬走了，这下我们大家全都松了口气。出租房间的条子在楼门口贴了几天后被揭掉了，消息很快从房管员那儿传来，说是有一位作家，一位文静的单身先生租了这套住宅。那是我第一次听到你的名字。”

“这套房间给原来那户人家弄得脏乱不堪。几天之后，油漆工、粉刷工、清洁工，裱糊匠都来收拾房间了，他们锤锤打打，又拖地，又刮墙，但我母亲对此倒是挺满意，她说：‘又脏又乱的对门终于搬走了。’你搬来的时候我还并没有见到你，全部搬家工作都由你的仆人负责，一个个子矮小、神情严肃、头发灰白的男仆。他声音不高却居高临下、有条不紊地指挥着一切。他给我们大家留下了十分深刻的印象，首先因为在我们住的那幢郊区的房子里，有人雇佣一位管事的仆人是件十分新奇的事；其次因为他对所有，和他们称兄道北地闲聊人都彬彬有礼，但并不因此把自己降格等同于一般的普通仆人。从第一天起他就视我母亲为一位有身份的太太，恭恭敬敬地与她打招呼，甚至对我这个小丫头，也总是亲切又严肃。他一提到你的名字，总是带着某种崇敬，一种特别的敬意——别人马上就看出，他和你的关系远远超出了普通主仆的关系。我是多么喜欢他啊，这个善良的老约翰，虽然我是那么忌妒他可以始终待在你身边侍候你。”

“我把一切都告诉你，亲爱的，把所有这些琐碎的近乎可笑的事情都告诉你，就是想让你了解，从一开始你就像有魔力一样俘获了我这个腼腆胆怯的孩子的心。在还没有闯入我的生活之前，你的身上就笼罩上了光环，一道富有、独特和神秘的光环——我们所有住在郊区这幢楼里的人（这些生活圈狭小，对自己家门前发生的一切新鲜事总是十分好奇的人），都在焦灼地期盼着你搬进来。一天下午放学回家，看到楼前停着搬家具的车，我对你的好奇心越发强烈了。大部分家具，尤其是笨重的大件家具，搬运工都已经抬到楼上去了，还有一些零星小件正在往上拿。我站在门口，惊奇地望着这一切，因为你所有的东西都那样新奇别致，我之前从来没有见过。我看到了印度的神像、意大利的雕塑，色彩鲜艳的巨幅绘画。最后是书，我从来没有想到书会有那么多，会那么好看。这些书都堆在门口，仆人把它们一本本拿起来，再用掸子仔细掸掉上面的灰尘。我满怀好奇地走到越堆越高的书前，轻手轻脚围着它们走来走去。你的仆人并没有撵我走，但也没有鼓励我待在那里，所以我一本书也不敢碰，尽管我很想摸一摸有些书的软皮封面。我只好怯生生地从旁边看看书名：有法文书、英文书，还有些书究竟是什么语言写的，我也不认识。要不是母亲把我叫进去了，我想我真可能会傻看上几个小时的。”

“整个晚上我都不由自主地想起你，可我还没见到过你呀。我自己只有十来本便宜的、封面是用破烂的硬纸板装订的书，即使这些书我也爱不释手，一读再读。这时我就想，这该是个什么样子的人呢？有那么多漂亮的书，又读过那么多好书，还懂那么多种文字，有钱又有学问。想到你有那么多书，我心里就不由对你生起一种超凡脱俗的敬畏之情。我在心里想象着你的模样：你是位老先生，戴着眼镜，留着长长的白胡子，有点儿像我们的地理老师，只是更善良、更英俊、更温和一些。我也不知道为什么，即使一直觉得你是位老先生，也确定你肯定是英俊的。就在那天夜里，我还不认识你，就第一次梦见了你。”

“第二天你搬来了，但是无论我怎么窥视，还是没能见着你的面，这使我对你就更加好奇。到了第三天我才终于见到了你，当时我真是大吃一惊，真是万万没有想到，你完全是另一副模样，和我孩子气的想象中的天父般的形象毫不沾边。我梦见的是一位戴眼镜的白发老人，慈祥善良，可你出现在我面前的时候——你的样子始终没什么变化，岁月流逝，在你身上却没留下任何痕迹——穿了一套迷人的浅褐色运动服，上楼梯的时候总是一步跨两个台阶，动作轻快得像个小男孩。你的帽子拿在手里，所以我一眼就看到了你的脸和一头有漂亮光泽的头发：真的，当时我的惊讶无以言表，你是那么年轻、那么英俊，身材修长挺拔，动作灵巧潇洒。说来奇怪，在见到你最初的瞬间，我就十分清晰地感觉到你的独特之处，我和所有其他认识你的人一样都意外地在你身上感觉到了这一点：你是一个具有双重人格的人，既是一个在生活上热情洋溢、放荡不羁、沉湎于玩乐冒险的年轻人；又是一个在所从事的艺术事业上无比严肃、责任心强、博览群书、学识渊博的人。我当时无意中感觉后来每个人对你都有的印象，你过着双重的生活：对外你的生活是光明积极的，而那阴暗的一面只有你自己知道。这个隐蔽的两面性是你一生的秘密，我这个十三岁的女孩，从看到你的第一眼就感觉到了，并着了魔似的被你深深吸引，无法自拔。”

“现在你明白了吧，亲爱的，当时的你对我这个孩子来说是怎样的一个奇迹，怎样一个谜呀！这个人写过书，大家对他心怀敬畏，在另一个伟大的世界里颇有名气，而突然又发现这个人不过才二十五岁，是个风流潇洒、孩子一样活泼开朗的年轻人。我还用对你说吗？从这一天起，在我们这幢楼里，在我整个可怜的孩童世界里，我就只对你感兴趣，我把一个十三岁的姑娘的全部倔强，全部执拗不放的劲头都用来围着你转，探究你的生活，窥探你的起居。我观察你，观察你的生活习惯，观察来拜访你的那些人，所有这一切非但没有减少我对你本人的好奇心，反而使它与日俱增，因为来拜访你的客人可谓是各种各样，这也充分反映了你性格上的两面性。有时来的是一些穿着随意的大学生，你跟他们高谈阔论、慷慨激昂；有时来的是坐小汽车的太太。有一回歌剧院的院长，那位伟大的乐队指挥家也来了，过去我只能满怀崇敬地远远看他站在乐谱架前。再有就是一些还在商业学校上学的女孩子们，她们总是羞涩扭捏地悄悄溜进门去。来找你的女人真是非常多。这一方面我没有觉得有什么特别，就连一天早晨我去上学的时候，碰到一位太太头上蒙着面纱从你家里出来，我也并不觉得这有什么奇怪。当时我才十三岁，我带着狂热的好奇心来窥探你的秘密，研究你的行踪，当时的我还是个孩子，并不知道这已经是爱情了。”

“但是，亲爱的，我还清清楚楚记得我完全并永远地爱上你的那一天、那一刻。那天，我和一个女同学散步回来站在大门口闲聊。这时开过来一辆小汽车，车一停，你就以我倾心的敏捷姿态——这姿态如今忆起仍使我着迷——从车上一跃而下，想要立刻进门去。我下意识地为你打开了门，因而就挡了你的路，我们差点儿撞个满怀。你望着我，目光温暖、柔和、深情地冲我含情脉脉地微微一笑。是的，我无法用别的词语来形容，只能说是‘冲我含情脉脉地微微一笑’。然后，你用轻柔，近乎是亲昵的声音对我说：‘多谢啦，小姐！’”

“亲爱的，那天的事情就是这样。可是从那一刻起，从我感觉到你含情脉脉的目光开始，我就完全迷上了你。不久之后我就知道，你向接近你身边的每一个女人，向每一个卖给你东西的女店员，向每一个给你开门的清洁工，都会投以这样的目光，这是一个天生的诱惑者的目光，充满温情，让人销魂，好像要把对方拥抱起来，吸引到你身边。我也知道，你的目光并不是有意识地表示情意和爱慕，而是因为你对女人所表现的一如既往的含情脉脉，使你在看她们的时候，不知不觉就使自己的目光变得温柔起来。但是我这个十三岁的孩子对此却一无所知，我心里好似有一团火焰在燃烧，我以为你的含情脉脉只属于我一个人。在那一瞬间，我这个尚未完全发育的小姑娘一下子变成了女人：一个迷上你，永远只属于你的女人。”

“‘这是谁呀？’我的女同学问道。我竟无法回答。我怎么能说出你的名字呢？就在刚刚那唯一的一瞬间里，你的名字成了我的秘密，变得神圣无比。‘噢，他是，是住在我们楼里的一位先生。’我结结巴巴地说。‘那他看你，你为什么脸红啊？’我的女同学揶揄着，脸上明显流露出了一个爱打听事的好奇女孩子的嘲弄神情。正是因为感到她揶揄嘲弄的口吻，我的脸更红了，感到自己狼狈之极，态度变得极为粗鲁。‘愚蠢的丫头！’我愤怒地喊道，真恨不得把她掐死。但是她却笑得更大声，嘲弄得更厉害，最后我感到，盛怒之下眼里已经噙满了泪水，我不再理她，径直跑上楼。”

“从那一瞬间开始，我便爱上了你。我知道，许多女人对你这个被宠惯了的人常常说这句话。但是请你相信我，没有一个女人像我这样爱过你，谦卑盲目，低声下气，没有自我。我永远对你都忠贞不渝，因为世界上没有任何东西比得上一个女孩子暗中所怀的不为人觉察的爱情，因为这种爱情是如此希望渺茫、如此卑微却又如此激情奔放。它与成年妇女那种欲火焚烧、不知不觉中充满本能的挑逗和索取的爱情不一样。只有孤独的孩子才能集中起自己的全部热情，其他人则早就在社交活动中滥用了自己的感情，在亲密接触中把自己的感情消磨殆尽。他们耳濡目染了很多爱情故事，读过许多爱情小说，知道爱情是人们共同的命运。他们玩弄爱情，就像玩弄一个玩具，他们吹嘘爱情，就像男孩子吹嘘他们第一次抽烟。但是我身边没有一个可以让我吐露心声的人，没有人指导我，更没有人会提醒我。我没有人生经验，在毫无准备下我一头栽进了自己的命运，仿佛跌落深渊。”

“现在日思夜想的就只有你，在梦里我见到的也只有你，我把你当作知己。我父亲早已过世，母亲总是郁郁寡欢、不苟言笑，加上她生性怯懦和靠养老金生活的谨小慎微，所以我和母亲并不亲热；那些有坏毛病的女同学又使我感到厌恶，因为她们轻率地玩弄爱情，视爱情为儿戏，而在我心中却把爱情视为至真至纯的感情。我把原先散乱的热情，把隐藏在心底却一再急不可待地想要喷涌出来的整个心灵全部奉献给你。我该怎么对你说呢？任何比喻都太过贫乏，在我的心里你就是我的一切，是我整个生命。世间万物之所以存在，只是因为它们和你有关系，我生活中的一切，只有和你相连才有意义。你改变了我的整个生活。原本我在学校里读书并不认真，默默无闻，成绩平平，现在我突然一跃成了第一名。我如饥似渴地读了上千本书，常常读到深夜，因为我知道，你喜欢读书；我竟然还固执地、坚持不懈地练起了钢琴，使我母亲大为惊讶，因为我想，你会喜欢音乐。我把自己的衣服洗得干干净净，缝得整整齐齐，因为我想你一定喜欢我整洁漂亮地出现在你面前。我上学时穿的旧裙子（是我母亲的一件家居服改的）的左侧打了一个四方的补丁，我觉得难看极了。我怕你会看见这个补丁，因而瞧不起我，所以上楼的时候，我总是用书包压在那个补丁上。我甚至吓得直打哆嗦，生怕被你看出我穿了打补丁的裙子。可我是多么傻啊，因为你后来再也没有，或者说几乎从来也没有仔细看过我一眼。”

“我整天都在等着你，窥探你的行踪，除此之外什么也没法做。我们家的门上有一个小小的黄铜窥视孔，透过这个小圆孔可以看到你家的房门。这个窥视孔——不，亲爱的，请别笑我，即使今天想到那些时我也并不感到羞愧——它是我探究世界的眼睛啊！在那些日子里，我坐在冰冷的门廊里等你，为了不让母亲起疑心，我手里拿了本书，一下午一下午地守候着，神经像绷紧的琴弦，你一出现，它就发出鸣响。我时时刻刻都为了你处于紧张和激动之中，可是你对此却毫无察觉，就像你口袋里装着的怀表，你对它紧绷的发条也没有丝毫感觉一样。怀表的发条无声却耐心地计算着你的时间，用你听不见的心跳陪伴着你，而在它嘀嗒不停的几百万秒之中，只有一秒钟你向它匆匆瞥了一眼。我对你的一切了如指掌，我了解你的每一个习惯，认得你的每一条领带、每一件衣服，认识你所有的朋友，并且能够把他们一一区分开来，分成我喜欢的和我讨厌的两类。”

“我从十三岁到十六岁，我的每一小时都是为你度过的。我干了多少傻事啊！我亲吻过你摸过的门把手，捡过你进门之前扔掉的烟头，还把它看作圣物，因为你的嘴唇接触过它。到了晚上，我无数次借故跑到楼下的胡同里，就为了能察看一下你哪一个房间还亮着灯，这样我虽然看不见你，但是却能清楚地感觉到你在那里。你出门旅行的几个星期——每次看到善良的约翰把你的黄色旅行袋提下楼去，我的心都会吓得停止跳动——在那几个星期里，我虽生犹死，我的生活毫无意义，整天怅然若失、闷闷不乐，还得时时提防别让母亲从我哭肿了的眼睛里看出我心里的绝望。”

“我知道，我现在告诉你的，都是些可笑无聊的琐事，是孩子气的愚蠢行为。我该为此而感到羞愧，可是我并没有。因为我对你的爱比这种天真的激情表白更为纯洁，更为热烈。我可以连续几个小时，甚至连续几天向你诉说我当时是如何同你一起生活的，而你呢，差不多连我的面貌都还不认识吧，因为每次我在楼梯上碰到你，而又无法躲开时，都是低头从你身边跑开，因为害怕你那灼人的目光，就像怕被火烧到而跳入水里的人一样。我可以连续几个小时，甚至连续几天向你诉说那些早已被你遗忘的岁月，向你展开你一生的全部日历，可我不愿让你厌烦，使你痛苦。我还是要讲给你听我童年时最美好的一次经历，请你不要嘲笑我，因为这虽然只是一件微不足道的小事，但是对我这个孩子来说，那可是件了不起的大事。那天可能是星期天吧，你出门旅行去了，你的仆人打开房门，想把他已经拍打干净的、沉重的地毯拖进屋去。这个善良的人干得非常吃力。我一时胆大就走到他面前，问他是否需要帮忙。他很吃惊，但还是让我帮了他，这样我就看见了你房间的内部，那个你生活的世界。我看见了你习惯坐在旁边的书桌，桌上有一个蓝色的水晶花瓶，里面插着几枝鲜花，我看见了你的柜子、你的照片、你的书。我只想告诉你，我当时是怀着怎样崇敬，甚至虔诚的敬仰之心啊！我只是做贼一样匆匆瞥了一眼，因为你那忠实的仆人约翰是一定不会让我仔细观看的，可是就是那么匆匆一瞥，我就把你家里的整个气氛吸进了我的心里，无论醒着还是睡着都有足够的动力，对你不停地日思夜想。”

“那匆匆的一瞥成了我童年时代最幸福的时刻。我把它告诉你，是想让你——从来没认识过我的你能感觉到，曾经有一个生命在依恋着你，并为你而憔悴。”

“告诉了你这个最幸福的时刻后，那个最可怕的时刻我也要告诉你了，只是没想到这两个时刻是变换如此之快。我刚才已经对你说过，为了你的缘故，我把一切都忘了，我没有注意我的母亲，并对任何人都漠不关心。我没有发觉，有一个年纪稍长的男子，一位来自因斯布鲁克的商人，我母亲的远亲，常常到我们家里来做客，每次都待得很久。当然，这倒使我感到很高兴，因为他有时会带我母亲去看戏，这样我便可以独自待在家里，不受影响地想着你，焦躁地等待你回来，这可是我最大的幸福，也是我唯一的幸福。之后的一天，母亲郑重其事地把我叫到她房间里，说要跟我好好谈一谈。我吓得脸都白了，听到自己的心突然怦怦直跳：母亲是觉察到了什么，还是猜到了什么？我第一个想到的就是你，我的秘密，正是你这个秘密把我和这个世界联系在一起。可是妈妈好像感到很不好意思开口一样，她温柔地吻了我一两下，平时她可是从来不吻我的，然后把我拉到沙发上挨着她坐下，之后才迟疑、羞怯地说，她的那位远亲是个鳏夫，他向她求婚，而她呢，主要是为了我好，就决定答应他的求婚。一股热血涌到我的心里，我心里只有一个念头，我的心思都在你的身上。‘我们还住在这儿吗？’我结结巴巴地挤出这一句话来。‘不，我们得搬到因斯布鲁克去，费迪南德在那里有幢很漂亮的别墅。’母亲后来的话我什么也没有听见，我只觉得眼前漆黑一片，后来我才知道，当时我就晕过去了。我听见母亲对等候在门后的继父低声说，我突然双手分开往后一仰，随后就像块铅似的跌倒在地。”

“后面几天里发生的事情，我就不向你一一诉说了，我一个不能自己作主的孩子如何反抗他们强大的意志呢？此刻想到这件事，我正在写信的手还会发抖。我不能泄露我真正的秘密，因此我的反抗就显得纯粹是固执己见的耍脾气，是故意作对的无赖行为。谁也不再跟我说话了，一切都是在暗地里进行的。他们利用我上学的时间搬运行李，等我回到家里，总是这件家具搬走了，那件东西卖掉了。我看着我的家毁了，我的人生也随之毁了。有一次我回家吃午饭，搬运工人正在包装东西，所有东西都搬走了，空荡荡的屋子里只剩下收拾好了的箱子和给我和母亲准备的两张行军床。我们还得在这里睡一夜，最后一夜，第二天就动身到因斯布鲁克去。”

“就在这最后的一天，我突然果断地感觉到，不待在你身边，我是一定活不下去的。除了你，我想不出别的办法解救自己。我当时心里是怎么想的，在那绝望的时刻我是否还能头脑清楚地进行思考，我永远也说不清，可是我突然站了起来，身上还穿着校服，当时我母亲不在家，我走到你家门口。不，我不是走过去的，当时我两腿僵硬，浑身哆嗦，是被一种磁石般的魔力驱使到你的门口。我已经对你说过，我自己也不清楚我到底想干什么：想要跪在你的脚下，求你收留我做你的女仆、你的奴隶，但我怕你会嘲笑一个十六岁女孩的这种纯真无邪的狂热之举，但是，亲爱的，倘若你知道，当时站在冰冷的楼道里，我是怎样由于恐惧而四肢僵硬，却又被一种捉摸不定的力量驱使着向前；倘若你知道，我是怎样把我那颤抖的胳膊硬从自己身上扯开，然后抬起手来——虽只经历了可怕的几秒钟的挣扎，但却像是经历了永恒——用手指按上你家的门铃，你就不会嘲笑我了。那刺耳的铃声至今仍在我的耳畔回响，随之而来的一片寂静，我的心脏好像停止了跳动，我的血液也好像凝固了，我只是竖起耳朵凝神静听你是否能来开门。”

“但是你没有来开门。没有人来开门。那天下午你显然出去了，约翰也可能为你办事去了，我只好拖着沉重的脚步回到空荡荡的家里。刺耳的门铃声还在我的耳边回响，我精疲力竭地倒在行军床的毯子上，仅仅四步路的距离几乎耗尽我所有力气，仿佛在深深的雪地里跋涉了几个小时似的。尽管我已经疲惫不堪，可是在他们把我拉走之前我还是热切地想见见你，想和你说说话的决心是如此强烈。我向你发誓，这里面并没有一丝情欲的念头，我当时只是一个懵懂少女，除了想你之外，我什么都不想：我只想见到你，再一次见到你，紧紧地拥抱你。于是，亲爱的，整整一夜，这漫长可怕的一夜，我都在等待着你。母亲在床上刚睡着，我就蹑手蹑脚地溜到客厅里，侧耳倾听你什么时候回家。整整一夜我都在等你，一月的夜晚真是寒冷啊，我又累又困，四肢疼痛，疲倦极了，可是屋里连张椅子都没有了，我只好躺在冷冰的地板上。冷风从房门下的缝隙吹进来，我没有拿毛毯，只穿了件单薄的睡裙。我躺在冰冷的地板上，浑身骨节都感到刺痛，可我并不想要暖和，生怕一暖和就会睡着，会听不到你回来的脚步声。我感觉到了痛苦，我的两只脚因抽筋而紧紧并拢在一起，我的胳膊也不停地颤抖着。在漆黑的夜里，天好像格外的寒冷，我只好一次又一次地站起来活动。但是我等着你，就像等待自己的命运一样，始终等着你。”

“终于，大概是凌晨两三点钟吧，我听见开大门的声音，接着就听见上楼梯的脚步声。我顿时感觉身上的寒意消失了，一股热流涌遍全身。我轻轻地打开了房门，想冲到你面前，伏在你的脚下……啊，我真不知道，我这个傻姑娘当时会干出什么样的傻事来。脚步声越来越近，烛光飘忽不定地照亮了楼梯。我哆嗦着握住房门的把手，上来的人果真会是你吗？”

“没错，亲爱的，上来的就是你，但你不是独自一个人。我听到一阵挑逗的轻笑，听到了丝绸衣服拖在地上发出的窸窣声和你轻言细语的说话声——你是带着一个女人回来的……”

“这一夜是如何挨过去的，我已经记不清了。第二天早晨八点钟，他们就把我拖往因斯布鲁克去了。我已经没有一丝力气来反抗了。”

“我的孩子已在昨天夜里死了，如果我当真还要继续活下去的话，就要孤伶伶的一个人生活了。明天，会有皮肤黝黑、身材粗笨的陌生男人抬一口棺材来，收殓我那可怜的也是我唯一的孩子。也许朋友们也会来，送来些花圈，但是鲜花放在棺材上又有什么用呢？他们会来安慰我，对，可是这样又能帮得了我什么呢？我知道，以后我又是孤单一人了。我想没有什么比置身人群仍感到孤独更可怕的了。这一点我在因斯布鲁克时就深刻体会到了。我在那里度过好像漫长得没有尽头的两年，从我十六岁到十八岁。生活在家人中间，我就像个被流放的囚犯。我的继父性格温和，虽然寡言少语，但对我很好；母亲也好像为了弥补她无意之间所犯的过错，对我的要求总是尽量满足。年轻人也围着我献殷勤，但我都固执地拒他们于千里之外。我不想在没有你的地方快乐惬意地生活，我把自己藏在一个阴暗寂寞的世界里，自己折磨自己。我不会穿他们给我买的漂亮衣服，也不肯去听音乐会、看戏，更拒绝跟大家一起兴高采烈地去郊游。我几乎足不出户，亲爱的，如果我说，我在这座小城里住了两年，但认识的街道还不到十条，你会相信吗？我悲伤难过，我只想悲伤难过，因为看不到你，我沉浸在没有你的氛围中，过着寡淡的日子，并以此为乐。另外，我怀着只想和你的心灵生活在一起的激情。我常常独自一人坐在家里，一坐就是几小时，甚至是几天，什么也不做，只是想着你，脑子里无数次反反复复地重温与你在一起的每一段短暂的回忆，每一次相遇的心情，每一次等待的情形，就像在剧院里看戏一样。因为我把过去的每一秒钟都回味了无数次，所以我对整个童年时期的记忆都历历在目。那些逝去岁月的每一瞬间我都感到如此新鲜，仿佛是昨天发生的事。”

“那时，我的全部身心都用在了你的身上。你写的书我全都买了，要是哪天报纸上登了你的名字，那天对我就像是过节一样。你相信吗？你写的书我读了又读，能把书里的每一行都背下来。要是有人半夜里把我从睡梦中叫醒，从你的书里抽出一行来念给我听，即使是相隔十三年的今天，我依然能接着背下去：对我来说，你的每一句话，都像是福音书和祈祷文。世界只是和你有关才存在。我在维也纳的报纸上查看音乐会和首演的广告，心里只有一个想法，那就是哪些演出会使你感兴趣。然后到了晚上，我就会在远方陪伴着你：想着此刻你进了剧场大厅，此刻你坐了下来。曾经有一次，唯一的一次，我在一次音乐会上见过你，于是我会千百次地梦见这样的情形。”

“可是我又为什么要诉说这些呢？为什么要诉说一个被遗弃的孩子那种疯狂折磨自己，如此悲惨又如此绝望的热情呢？为什么要把这些诉说给一个对此毫无所感又毫无所知的人呢？当时我真的只是个孩子吗？我已经十七岁，马上就十八岁了，走在街上，会有年轻人转头看我了，可是他们只能使我恼怒。因为让我和别人，而不是和你谈恋爱，即使只是心里想想，我也会觉得无法想象，难以理解的，对我而言，诱惑本身就已经犯了罪。我对你的激情始终如故，只是随着我身体的发育和情欲的觉醒而变得更加炽烈，开始有了肉体的成分和女人的气息。当年那个按响你家门铃的女孩子，并不清楚自己懵懂的想法，现在她唯一的愿望就是把自己奉献给你，完全委身于你。”

“我周围的人都认为我腼腆羞涩，我紧咬牙关，不向任何人透露我的秘密，但是在我心里却已经有了钢铁般的意志。我全部的思想都集中在一点：回到维也纳，回到你的身边。我费了好大的劲才实现了自己的愿望，在别人看来，这是多么荒谬的事啊。我的继父算是个有钱人，他把我当作他的亲生女儿一样。我固执地闹着要自己挣钱来养活自己，终于我的目的达到了。我借住在维也纳的一个亲戚家，在一家服装店里当职员。”

“在那个烟雨蒙蒙的秋日的晚上，我终于，终于抵达了维也纳！难道还要我告诉你，我到维也纳之后马上会去哪儿吗？我把箱子寄存在火车站之后，就跳上一辆电车。我觉得电车开得实在太慢了，每停一站都让我感到恼火。终于到了熟悉的那幢楼的前面。你的窗户亮着灯光，我的心怦怦直跳。直到此时，这座曾经如此陌生又如此对我毫无意义喧嚣的城市，才有了生机。直到此时，我才重新有了生命，因为我感觉到你就在我的近旁，你是我永恒的梦。我并没有感觉到，我对你的心灵而言，无论是相隔千山万水，还是目光之间只隔着一层透明的薄玻璃，实际上都是一样的遥远。我不断地抬头仰望，这儿有灯光，这儿有房子，你在这儿，我的世界就在这儿。这一时刻，我已经日思夜想做了两年的梦了，现在老天终于让它实现了。在那个漫长且温馨的夜晚，我在你的窗前站了很久，直到你房里的灯熄灭，我才去寻找我的住处。”

“从那以后，每天晚上我都会这样站在你的房前。我在店里干活要到六点钟才结束，虽然工作很累，但我喜欢这份工作，因为忙乱的工作不会让我对自己内心的渴望感到那么痛楚。每当卷帘式铁百叶窗在我身后咣当落下后，我就直奔我心爱的目的地。只想看你一眼，只想见你一面，只想用我的温柔目光远远地再一次抚摸你的脸庞，这就是我唯一的愿望。大约一个星期之后，我终于遇见了你，而且恰恰是在我没有预料到的那一瞬间，那时我正抬头向你的窗户张望，你突然横穿马路走过来。忽然间，我又变成了那个十三岁的小姑娘，热血又涌上我的面颊。我违背了内心渴望看见你的眼睛的强烈愿望，下意识地低下了头，像是有人在追我似的，从你身边一溜烟地跑了。后来我为自己这种女学生似的胆怯而感到异常羞愧，因为我对自己现在的愿望是坚定而清晰的：我想要遇见你，我在找寻你。经过了那么久渴望见到你的煎熬岁月，我希望你能认出我来，希望你会注意到我，希望你爱上我。”

“但是，好长时间你都没有注意到我，虽然每天晚上，无论是冒着纷飞的大雪，还是顶着维也纳刺骨的寒风，我都站在你家那条胡同里。我常常会白等几小时，有时候苦等半天以后，你终于在朋友的陪伴下从房间里走了出来，有两次我还看见你和女人们在一起。当我看见一个陌生女人同你紧挽着一起出门的时候，我觉得自己终于成大人了，我的心会猛地感到颤抖抽搐，好像整个灵魂都被撕裂了一样，这时对你有了一种全新的、异样的感觉。我并没有很意外，从童年时我就知道女人是陪伴你的常客，可是现在却使我突然感受到有种肉体上的痛苦。我心里的情感之弦绷得紧紧的，对你和别的女人的这种明显的肉体上的亲昵感到非常敌视，而同时自己又渴望得到它。我当时有种孩子气的自尊心，也许今天仍然保留着，所以那一整天我都没到你家楼下去。可是这种赌气抗拒的夜晚让我的内心更加空虚，那一晚是多么可怕呀！于是第二天晚上，我又低三下四地再次站在你的房子前，一直等着你的出现，好像我的整个命运都注定站在你紧闭的生活面前似的。”

“终于，一天晚上，你注意到我了。看见你远远走过来，我就振作起全部的精神，我不要再躲开你。说来也巧，有辆货车停在街上正准备要卸货，马路变窄了，你只好挨着我的身边过去。你那漫不经心的目光下意识地在我身上掠过，一遇到我全神贯注的目光，马上变成了你那种勾引女人的目光（忆起往事，使我猛然一惊！），变成了那种温柔的、含情脉脉的目光，既含蓄又张扬，却又那么撩人。这紧追不舍的目光曾把我这个小姑娘唤醒，使我第一次变成了女人，一个恋爱中的女人。有那么一两秒钟，你的目光就这样凝视着我的目光，而我的目光却不能，也不愿离开你的目光，然后你就从我身边走了过去。我的心怦怦直跳，我下意识地放慢脚步，出于一种无法抑制的好奇心，我转过头去，看见你停住脚步正回头看我。你好奇地、饶有兴趣地注视着我，从你的神态我知道，你并没有认出我来。”

“你没有认出我来，当时没有，后来没有，你从来都没有认出我来。亲爱的，该怎样来向你描述那一瞬间我的失望呢？当时我第一次遭遇到没被你认出来的命运，这种命运贯穿于我的一生，直到我带着它离开人世。你没有认出我来，自始至终都没有认出我来，我怎么向你描述这种失望呢？因为你看，在因斯布鲁克的两年里，我每时每刻都想着你，什么也不做，只是想象我们在维也纳重逢的情景，根据自己的情绪变化，做着最幸福和最可怕的梦。如果可以这么说的话，那么所有的梦境我都做过了。在我心情阴郁的时候，我设想你肯定会拒我于门外，会鄙视我，因为我太卑微，太丑陋，太不顾羞耻。你各种各样的憎恨、冷漠、厌恶都在我的疯狂幻想中经历过了。可是你根本丝毫没有注意到我的存在，这一点，才是最可怕的，即使在我心情最阴郁、自卑感最严重的时候，也没有想到过。今天我懂得了，啊，那是你教我懂得的！少女和女人的脸在男人眼里想必是变化无常的，因为人的脸大都是一面镜子，时而照出热情洋溢，时而照出天真烂漫，时而又照出身心疲惫。镜子中的形象转瞬即逝，所以男人可能就更加容易忘记女人的容貌，因为年龄会在镜子里投下光和影的变化，因为服装会把一个女人的脸一会儿变成这样，一会儿又变成那样。只有听天由命的人，才是真正的智者。可我当时还是个无知的少女，我还不能理解你的健忘，因为我自己毫无节制、时刻不停地想着你，所以就有了一种幻觉，以为你也一定会想着我，等着我。如果我知道，你的心里根本就没有我，连想都没有想过我，那我活着还有什么意思呢？你的目光让我如梦初醒，你一点儿也不认识我，不记得关于你的生活和我的生活之间的记忆。面对这样的目光，第一次我跌到了现实之中，第一次我预见到了自己的命运。”

“你当时没有认出我来。两天以后我们又再度相遇，你的目光带着点亲昵的神情仔细打量着我，这时你还是没有认出我是那个曾经爱过你并被你唤醒的姑娘，你只认出我是那个两天以前在同一地点与你迎面相遇的十八岁的漂亮姑娘。你亲切而惊讶地看着我，嘴角挂着轻柔的微笑。你又一次从我的身边与我擦肩而过，马上又一次放慢了脚步。我浑身颤抖，我内心狂喜，我虔诚祈祷你会过来跟我打招呼。我感到，我第一次为你而充满了活力，我也同样放慢脚步，这次我没有躲开你。突然，我没有回头便感觉你已经站在我的身后，我知道，第一次，我可以听到你用可爱至极的声音同我讲话了。这种期待的心情几乎使我失去了行动的能力，我担心自己可能不得不停下脚步，我的心跳加速，忐忑不安，就在这时你走到了我的身旁。你神情轻松地与我攀谈，仿佛我们是相识多年的老友——啊，你从来没有预感到我这个人，也从来没有预感到我的生活——你跟我说话时，神态是那么富有魅力，那么无拘无束，甚至于我也能够回答你的话了。我们一起走完了整条胡同，然后你问我，是否愿意和你一起去吃晚餐。我说：‘好啊！’我怎么能拒绝你呢？”

“我们一起在一家小饭馆里吃饭，你还记得那家饭馆在哪里吗？不，你肯定将这次的晚餐跟其他这样的晚餐混在一起了，因为在你心中，我算得了什么呢？只不过是许许多多女人中的一个罢了，是你不胜枚举的艳遇中的一桩。你又为什么单单想起我来呢？我说得很少，因为能在你身边，听你跟我说话，已经让我感到无比幸福了。我不愿意由于我提的一个问题或说的一句愚蠢的话而白白浪费一秒钟。我永远不会忘记，也非常感谢你给我的那一个小时的时间，心里满满的都是对你的热情和崇敬，你的举止如此温文尔雅，彬彬有礼，没有纠缠不休，也没有谄媚讨好，从一开始你就亲切沉稳，如逢知己，我想即使之前我没有决心把自己的整个身心都奉献给你，那么在那一刻你也会赢得我的心。啊，你可曾知道，我傻乎乎地等了你五年，你没有使我失望，你令人敬畏的举止简直让我欣喜若狂！”

“天色不早了，我们起身离去。走到饭馆门口时，你问我是否急着回家，是否还有时间。我怎么才能向你隐瞒，不让你知道我是多么乐意听从你的安排呢？我说我还有时间。随后，你稍稍迟疑了一下，就问我是否愿意去你家里再聊一会儿。‘好啊！’我几乎是脱口而出，完全是自然而然的真情流露，但马上我就发觉，你对我如此迅速的允诺显然有些意外，不知是尴尬还是高兴。今天我明白了你的这种惊讶。我现在知道，一个女人，即使她心里火烧火燎地想委身于人，通常也不能表现出自己有这种打算，反而还要装出一副惊恐万状或者怒不可遏的样子，非要等到男人再三恳求、花言巧语、赌咒发誓地做出种种许诺后，才顺水推舟般地同意。我知道，也许只有那些职业妓女，或是幼稚天真的小姑娘才会兴高采烈地一口答应那样的邀请。但是在我心里，你怎么能料想得到呢，这件事只不过是化成了语言的愿望，是经过千百个白天黑夜的积聚而突然迸发的渴望啊。总而言之，当时你是很吃惊的，你对我开始产生兴趣了。我感觉到当我们走在一起的时候，你一边和我说着话，一边带着某种惊异的神情从侧面打量着我。你对一切有关人性的东西都具有某种不可思议的洞察能力，你一定在面前这位漂亮温柔的姑娘身上觉察出了一种不同寻常的东西，一个秘密。于是，你好奇心大发，拐弯抹角又试探性地问了我许多问题，我知道你想透过这些问题来探究这个秘密，于是就避开了。我宁可在你面前是傻乎乎的样子，也不愿让你知道我的秘密。"

"我们一起上楼去你家里。请原谅，亲爱的，要是我对你说，这条走廊、这道楼梯对我来说意味着什么，我曾经历过怎样的心碎，何等的迷乱，怎样疯狂、痛苦和几乎致命的幸福，你不可能会明白的！即使现在我想起这些，还不禁眼含热泪，然而我已经没有眼泪可流了。那里每一件东西仿佛都渗透了我的激情，每一件东西都是我的童年时代、我憧憬的象征：那个楼门，我曾无数次在那里等你回来；那道楼梯，我总是在那里倾听你的脚步声，并在那儿第一次看见了你；那个窥视孔，透过它我曾看得神魂颠倒；你房门口铺的小地毯，我曾在上面跪过；钥匙开门的响声，每回一听到这声音从你的房门响起，我总是能迅速从潜伏的地方一跃而起。我的整个童年、我的全部激情都寄托在这几平方米大的空间里，我的整个生命都在这里，而现在命运暴风雨般向我袭来，因为这一切都要如愿以偿了。我和你走在一起，一起走进我们的房间。你想想看，这话听起来老套，可我不知道怎样表达更好，一直到你房门口为止，一切都是现实世界，是大部分人经历的沉闷琐碎的世界，而从你的房门口起，儿童的梦幻，阿拉丁王国的神话就开始了。你想一想，这房门我曾经千百回望眼欲穿地看过，如今我做梦般傻傻地迈步走了进去，你可会猜想，你也只能猜想，但永远也不会完全知道，我亲爱的，这转瞬即逝的一分钟从我的生活里带走了什么。”

“那天晚上，我在你身边待了整整一夜。你一定没有想到，在这以前还从来没有哪个男人触摸过我，没有一个男人碰过或者看见过我的身体。但是，亲爱的，你又怎么会想到这些呢？因为我对你没有任何反抗，我强压制住自己因羞怯而产生的忸怩不安和犹豫不决，只是为了不让你猜到我是如此爱你的秘密。要是你猜出来了，准会被吓住的——因为我知道你只是喜欢轻松自在、游戏人生，你深怕会干涉到别人的命运。你宁愿对所有的女人，对整个世界滥用你的感情，也不愿做出任何牺牲。如果我现在对你说：亲爱的，我委身于你的时候还是个处女，那么我请求你，千万不要误解我！我不是埋怨你，你并没有勾引我、诱惑我或者欺骗我，是我自己主动投入你的怀抱，一头栽进自己的命运中去的。我永远，永远不会埋怨你，不，我只会永远感激你，因为对我来说那一夜是快乐到了极至，幸福得飘飘欲仙。夜里我睁开双眼，看到你就在我的身边，感到很奇怪，星星并没有在我头顶上闪烁，可我感觉自己已经飞到天上了。不，我从来没有后悔过，我亲爱的，我从来没有因为那一刻发生的事而后悔过。我还记得，你睡着了，听着你的呼吸，挨着你的身体，感受着离你那么近的距离，我在黑暗中幸福得流下了眼泪。”

“第二天一大早我就急着要走。我得到店里去上班，也想在你的仆人来之前离开，不想让他看见我。我穿好衣服站在你面前，你把我搂在怀里，久久端详着，莫非有什么东西勾起你心里某个模糊而遥远的记忆，抑或你只是觉得我当时神采飞扬、容貌美丽呢？然后你轻吻了一下我的唇。我轻轻挣脱开你的怀抱想要离开。这时你问我：‘你要带几朵花走吗？’我说：‘好啊。’你就在书桌上的蓝色水晶花瓶里（啊，我认识这只花瓶，小时候我曾偷看过一眼）取出四朵白玫瑰给我。后来几天里我都不时地吻这几朵玫瑰呢。”

“我们事前约好在另一个晚上见面。我去了，那又是一个让人神魂颠倒的美妙夜晚。你还赐给了我第三夜。然后你就对我说，你要出门旅行了。噢，我从小就憎恶你这种旅行！你答应我，一回来就会通知我。我给你留了一个邮局待取邮件的地址，我不想把我的名字告诉你。我保守着自己的秘密。你又送了我几朵玫瑰作为临别的纪念。”

“这两个月里我每天都去问……唉，算了吧，向你描述这种期待和绝望交织的极度痛苦有什么用呢？我不埋怨你，我爱你，不管你是感情炽烈还是生性健忘，一往情深还是见异思迁，我都爱你，我爱的就是你这个人，以前是这样，现在也还是这样。其实你早就回来了，我从你亮着灯的窗户知道你回来了，可你并没有给我写信。在我生命的最后时刻，我也没有收到你写给我的一行字，我把自己的整个一生都献给了你，却没有收到过你写给我的哪怕一行字。我等着，绝望地等着。可你没有联络我，一行字也没有写给我……一行字也没有……”

“我的孩子昨天死了，他也是你的孩子呀！亲爱的，他也是你的孩子，他是我们共度三个良宵的结晶，是我们爱情的见证，这一点我向你发誓，将死之人是不会撒谎的。他是我们的孩子，我向你发誓，因为从我委身于你的那一刻起，一直到这孩子出生，没有任何一个男人碰触过我的身体。和你在一起之后，我觉得自己的身体也变得神圣起来，既然我把自己的身体给了你，又怎么能再给别人呢？你是我的一切，而别的男人只不过是我生命中匆匆的过客罢了。亲爱的，他是我们的孩子，是我忠贞不渝的爱情和你那漫不经心、挥霍无度、几近本能的柔情蜜意的结晶。他是我们的孩子，我们俩的儿子，我们唯一的孩子。那么亲爱的，现在你一定会问，也许你感到害怕，也许你只不过是吃惊，不过你一定会问，问我在这么多年漫长的岁月里为什么不把这个孩子的事情告诉你？为什么一直到此刻，他躺在这里，躺在黑暗里睡去，永远不会回来了，才告诉你呢？可是我怎样才能告诉你关于孩子的事呢？在你眼里，我只是个素昧平生的陌生女人，心甘情愿地跟你度过了三个销魂之夜，不仅毫无反抗，反而是渴求地向你献出一切，你又怎么会相信这样一个陌生女人的话呢？你永远不会相信，这个跟你短暂相交的无名女人，会对你这个花心的男人忠贞不渝，你永远也不会心无疑虑地承认这孩子是你的亲生骨肉！即使你相信我说的话，你也无法消除这种隐藏的怀疑：我可能把另一段风流韵事的孽债强加到你这个有钱人身上。你会对我猜忌，这样就会在你我之间留下一片阴影，一片飘浮不定、小心翼翼的怀疑的阴影。我不愿意这样。再说，我了解你，非常了解你，比你自己对自己的了解还要多。我知道你只享受爱情中的无忧无虑、轻松自在和游戏人生，要是突然间成了父亲，突然间要对一个生命负责，那你一定会感到难堪而不情愿。你一定会觉得，我把你羁绊住了，而你是只有在自由的空气中才能呼吸的人，不喜欢束缚。你一定会因此而憎恨我，是的，我知道，你会恨我，而这是违背你自己清醒的意志的。也许只有几小时，也许只有短短的几分钟，你会觉得我是个累赘，会厌恶我。可是，我想要保留我的自尊心，我要让你这一辈子想起我的时候心里都没有一丝忧虑。我宁可独自承担这一切，也不愿成为你的累赘，我想要让自己成为你所有钟情过的女人中独一无二的一个，让你想起我时永远怀着爱和感激。可是你从来也没有想起过我，你已经彻底把我忘了。”

“亲爱的，我不是在埋怨你，不，我不埋怨你。如果我的笔下偶尔流露出痛苦的话，请你原谅我！我的孩子，我们的孩子死了，现在就躺在摇曳的烛光下。我冲上帝握紧拳头，管他叫凶手，我的心情抑郁，神志也有些紊乱。请原谅我的埋怨，请原谅我吧！我知道，你是善良的，内心深处你是乐善好施又乐于助人的。你帮助每一个人，哪怕是萍水相逢的人有求于你，你也会伸出援手给予帮助。你的乐善好施非常奇特，它对每个人都同样敞开，他们能抓住多少就可以取走多少。你的乐善好施还非常博大，简直是博大无边，可是，请原谅我这么说，它也是懒散的。你的施舍需要人家的提醒，要人家自己去拿。有人叫你、求你，你才会帮助人家，你帮助人是出于害羞，出于软弱，而不是出于你的快乐。让我坦率地跟你讲吧，你更愿意与人同甘，而不愿与人共患难。像你这样的人，即使是其中最乐善好施的人，求他帮忙也是很难的。有一次，那时我还是孩子，我从门上的窥视孔里看见有个乞丐按你家的门铃，你开门给了他一点儿钱。还没等他开口向你要，就迅速给了他，甚至给得还不少，可是你给他钱的时候心里肯定有些害怕，因为你是匆忙并有些慌张地递给他的，好像想让他立刻离开你家的门口，都不敢正眼看他一下。你帮助别人时的那种忐忑、羞涩、怕人感激的神色，我永远也忘不了。因此我从来都不去找你。当然，我知道，那时就算你不确定这是你的孩子，你也会帮助我的，你一定会安慰我，给我钱，给我一笔数目可观的钱，可是你心里却会暗暗怀着焦躁的情绪，把这件麻烦事从自己身上推得一干二净。是的，我相信，你甚至会说服我尽快把孩子打掉。这是我最害怕的事，因为既然是你所希望的事，我怎么会不去做呢？我又怎么可能拒绝你，违背你的意愿呢？但这孩子是我的一切呀，他可是你的孩子呀，他就是你，但是已经不再是那个我无法驾驭的、幸福无忧的你了，而是那个永远交给了我的、禁锢在我的身体里的、和我生命相连的你了。现在我终于把你抓住了，我可以在自己的血管里感受到你在生长，感觉到你的生命在生长，只要我心里忍不住了，我就可以用食物喂养你，用乳汁哺育你，我可以轻轻地抚摸你，温柔地亲吻你，所以，亲爱的，当我知道，我怀了你的孩子时，我是多么幸福，因此我就没有把实情告诉你：因为这样，你就再也不会从我身边逃走了。”

“当然，亲爱的，后来的几个月也并不完全是我原先所设想的那种幸福快乐的日子，有些日子也充满了恐惧和烦恼，充满了对卑鄙下流之徒的憎恶。我的日子过得很艰难。为了不让我的亲戚发现我的状况，并把这事告诉家里，临产前的几个月我都不能再到店里上班了。我不愿向我母亲要钱，只好把身边仅有的那点儿首饰卖掉，才勉强维持了分娩前那段时间的生活。分娩前一星期，一个洗衣女工偷走了我柜子里最后的几枚克朗，因此我迫不得已只能进了一家妇产医院。只有那些身无分文、被抛弃、被遗忘的女人，走投无路之下才会到那里去，置身于贫困的人群之中。这个孩子，你的孩子，就是在那里呱呱坠地的。那里可真是叫人活不下去：陌生，陌生，一切都陌生极了，我们躺在那儿的人，彼此也都是陌生的，孤独寂寞，彼此仇视。大家都是被贫困，被同样的痛苦赶进那间沉闷阴暗的产房的，这里充斥着药水味和血腥味，充斥着叫喊声和呻吟声。穷人不得不忍受的精神上的轻薄和肉体上的羞辱，我在那里全经受过了。我跟那些娼妓、那些病人们挤在一起，她们卑鄙地欺侮和自己一样处境的病人；我忍受着年轻医生的玩世不恭，他们脸上挂着嘲讽的微笑，掀开我这个毫无反抗力的女人的被单，打着检查的幌子在我身上摸来摸去；我还得忍受女护士的贪得无厌——啊，在那里，人的羞耻心被人们的目光钉上了十字架，任凭恶语鞭笞。只有写着你的名字的牌子还是属于你自己的，因为床上躺着的，只不过是一块不停抽搐的肉，任凭好奇的人东捏西摸，也只不过是一个供观赏和研究的对象而已。啊，那些在自己家里生孩子的妇女，有温柔的丈夫在她们身旁守候，她们不会明白，在类似实验桌上把孩子生下来是一种怎样的体验，是怎样的孤立无援、无力防卫！要是我今天在哪本书里看到‘地狱’这个词，我依然会不由自主地想到那间我受尽痛苦折磨，像屠宰场一样的产房。那里人挨着人，充满了呻吟、狂笑和惨叫，尊严和羞耻心都被无情地践踏。”

“请你原谅我，请原谅我说了这些事。可是我就说这一次，以后永远、永远不会再说了。这些事十一年来我一句也没有提过，不久我就将闭口不言，直到永远，那么就这么一次，就一次，让我大声叫嚷一次：为了这个孩子，我付出了多么沉重的代价啊！这个孩子就是我全部的幸福，如今他躺在那里，已经停止了呼吸。在孩子的音容笑貌里，我感到无比的幸福，早已经忘掉了那些经历痛苦折磨的时刻。但是现在，孩子死了，那种痛苦的经历又重新浮上心头，这一次，就这一次，我要把它们倾诉出来。可是我并不是要埋怨你，我只是埋怨上帝，是他毫无理由让这些痛苦在我身体里肆意蔓延。我发誓，我从来也没埋怨过你，我也从来没有对你发过脾气。即使我腹痛难忍蜷缩一团的时候；即使在大学生肆无忌惮的目光下我羞愧得无地自容的时候；即使在痛苦撕裂我的灵魂的时候，我都没有埋怨过你。我从来都没有后悔过和你度过的那几个夜晚，从来没有责骂过我对你的爱情，我始终都一如既往地爱着你，一直为你我相逢的那个时刻祝福。假如由于那些欢乐时刻我必须得再进一次地狱，即使事先知道我将经受怎样的痛苦，那么我也愿意再去一次，我亲爱的，我愿意再进去一次，再进去千百次！”

“我们的孩子昨天死了，你从来没有见过他。就连你们偶然匆匆相遇，这个活泼可爱的小东西、你的骨肉，从你身边擦身而过，你的目光也没在他身上停留过。有了这个孩子后，我就躲了起来，不再见你的面。我对你的思念也不那么痛苦了，自从你赐给我这个孩子以后，我觉得我对你的爱没有以前那么狂热了，至少不像以前那样经受爱情的煎熬了。我不愿把自己分开，分给你和他两个人，所以我不再把自己的感情倾注于你这个不羁的人身上，而是全部都给了这个孩子，因为你的生活没有我也一样幸福快乐，而这孩子却需要我，我得抚养他，我可以亲吻他，可以拥抱他。看样子我似乎摆脱了我的厄运——因对你朝思暮想而陷入的神思恍惚，我好像是因为另外一个你而得救了，这个你才真正属于我，因此只有极少的时候，我才会有卑微地想再到你房前去的念头。我只做一件事：每年在你生日的时候，我都会送你一束白玫瑰，和当年我们度过第一个恩爱之夜之后，你送给我的一模一样。这十几年当中，你是否问过自己，这些鲜花是谁送来的呢？是否你也会想起你从前送过这样的玫瑰给一个女人呢？我不知道，我也不想知道你的回答了。我只是派人把白玫瑰给你送过去，一年一次，想要勾起你对那一刻的哪怕一丁点儿回忆。对我来说，这就已经足够了。”

“你从来没有见过他，没有见过我们可怜的孩子。今天我有些责怪自己，孩子的事我不该一直对你隐瞒，因为你肯定也会喜欢他的。你从来没有见过这个可怜的男孩，每当他轻轻抬起眼睑，然后用他那聪明的黑眼睛——你的眼睛——向我，向全世界投来一道明亮欢快的目光的时候，他就会微笑起来，而你从来没有见过他的微笑。啊，他是多么快活，多么可爱呀！他的身上天真地再现了你无忧无虑的天性，也重现了你无拘无束、天马行空的想象力。他可以接连几小时沉迷在他的游戏里，就像你游戏人生一样，然后重新竖着眉毛，一本正经地坐在那里看自己的书。

他越来越像你了，你身上独有的那种既严肃又戏谑的两重性格，已经明显地在他身上凸显出来了。他越是像你，我就越是爱他。他学习成绩很优秀，法文说起来也特别流利，他的作业本是班里最干净的，他的模样又是那么的英俊，穿上黑天鹅绒衣服或是白色海军衫时显得那么高贵。无论走到那里，他都是帅气文雅的；在意大利格拉多海滨，我跟他一起散步时总会有女人们停下来，抚摸他那金色的头发；在塞默林，他滑雪橇的时候，人们都会赞赏地转过头看他。去年他进了那所著名的德莱西亚寄宿中学，穿上制服，身佩短剑，活脱脱一个18世纪的宫廷王室侍从。他的样子是那么英俊漂亮，那么温柔可爱！可是现在，除了身上的一件衬衫之外，这个可怜的孩子再别无他物了，他躺在那里，双手叠在胸前，嘴唇苍白。”

“或许你要问我，我凭借什么能够让我们的孩子在奢华的环境接受良好的教育呢？如何能够让他享受到上流社会时髦快活的生活呢？亲爱的，我在黑暗中悄悄告诉你，我真不要脸，我要告诉你，但你别害怕，亲爱的，我卖身了。我倒不是那种街头野鸡也不是娼妓，但是我卖身了。我有富有的男友和阔气的情人，先是我去找他们的，然后他们就来找我，因为我非常美，这一点你是否注意到过？每一个我委身过的男人都喜欢我，他们都感谢我，都依恋我，都爱我，只有你不是，只有你不是，亲爱的！”

“我告诉你，我卖身了，你会看不起我吗？不会的，我知道，你不会看不起我。我知道，你会理解这一切，你也会明白，我这样做只是为了你，为了另一个你，为了你的孩子。在妇产医院的那间病房里，我就曾经领略过穷困的可怕。我知道，在这个世界上，穷人总是被践踏、被凌辱的，总是牺牲品。我不能够，无论如何也不能够让你的孩子，让你聪明漂亮的孩子生活在社会的底层，在窄巷臭气熏天的垃圾堆中，在陋室污浊龌龊的环境中长大成人。我不能让他稚嫩的嘴唇去说粗言鄙语，不能让他娇嫩的肌肤去穿发霉皱巴的破旧衣裳。你的孩子应该拥有一切，财富、快乐，无忧无虑地生活，他应该生活在你的阶层，你的圈子里。就因为这个原因，只是因为这个原因，亲爱的，我卖身了。对我来说，这也算不得是什么牺牲，因为大家通常称之为名誉、耻辱的东西，对我来说没有任何意义：我的身体只属于你一个人，可是你既然并不爱我，那么我的身体无论做出什么事情来，又有什么关系呢？”

“男人的爱抚，甚至于他们内心深处的激情，都丝毫不能打动我。虽然我对他们之中的有些人也很敬重，看到他们的爱情得不到回报而对他们深表同情，想起自己的命运，内心经常深受震动。我所认识的那些男人，他们都对我很好，都很宠爱我，尊重我。尤其是有位丧妻又上了年纪的帝国伯爵，就是他为我多方奔走，四处说情，才让德莱西亚中学录取这个没有父亲的孩子——你的孩子。他像疼爱女儿那么疼爱我。他向我求过三四次婚，要是我答应，今天就是伯爵夫人了，就是蒂罗尔某座迷人王宫的女主人了，可以过着无忧无虑的生活。这样孩子会有一个慈祥的父亲，视他为宝贝，而我身边就有了个沉稳、高贵、善良的丈夫。可是我没有答应，无论他催得多么紧，逼迫得多么频繁，我都没有答应，我的拒绝是多么伤他的心啊。也许我真的做了件蠢事，要不现在我便在某个地方过着悠闲自在的生活了，而这个孩子，这个可爱的孩子就可以再和我一起了。但是，我干吗不向你承认呢？我不愿自己为婚姻所束缚，因为为了你，我要时刻保证自己是自由的。在我内心深处，在我的潜意识里，一直还做着那个孩子气的陈年旧梦：说不定哪一天你会再次把我召唤到你身边去呢。哪怕只有一个小时也好啊。仅仅为了这可能的一个小时，我把一切都推开了，只是为了你要保证自己的自由，一听到你的召唤，马上就飞奔到你的怀里。从我情窦初开以来，我的整个一生无非就是等待，等待你的决定！”

“这个时刻真的来了。可是你并不知道，亲爱的，你根本没有觉察到。就在那个时刻你依然没有认出我，永远，永远，你永远没有认出我来！以前我已经遇见你很多次，在剧院里、音乐会上、普拉特公园，在大街上。每次遇见你，我的心都剧烈跳动，但是你的目光只从我身上一晃而过。当然，从外表上，我已经完全变成另外一个人了，我从一个腼腆害羞的小姑娘变成了一位妇人，像他们所说的一样，脸蛋漂亮、身材迷人、衣着华丽，身边还簇拥着一群仰慕者。你怎么会想到，我就是你卧室昏暗灯光下那个羞答答的姑娘呢？有时候，跟我一起走的男人中有一位会向你打招呼，你便向他致谢，同时对我点头表示致意。你的目光客气而疏远，是一种赞赏的目光，但你从来没有认出我来。陌生，多么可怕的陌生。虽然我早已习惯你那认不出我来的目光，但是我仍然记得一次痛苦不堪的经历。那次，我跟男友一起坐在歌剧院的一个包厢里，而你就坐在隔壁的包厢里。序曲开始的时候，灯光熄灭了，我看不到你的脸，只感到你的呼吸挨我那么近，就像当年那个夜晚挨的那么近一样。你的手，你那纤细娇嫩的手，支撑在我们这两个包厢铺着天鹅绒的栏杆上。突然间一种强烈的欲望不断向我袭来，我想俯下身去谦卑地亲吻这只陌生的却教我如此喜爱的手，我曾经被这只手温柔多情地拥抱过呀！音乐在我耳边如海浪般波涛汹涌，我的欲望也愈来愈强烈，我不得不攥紧拳头，竭力控制自己，因为正有一股巨大的魔力把我的嘴唇往你那只可爱的手上吸引过去。第一幕一完，我就请求我的男友跟我一起离开。黑暗中你如此陌生又如此贴近地挨着我，让我再也忍受不了了。”

“但是这个时刻来了，又一次来了，最后一次闯入我无声无息的生活之中。差不多正好是一年以前，是你生日的第二天。真奇怪，我时时刻刻都在想着你，每年你的生日我都像过节一样来庆祝。你生日那天，我一大早就出门买了一束白玫瑰，和往年一样派人给你送去，以纪念那个你已经忘却的时刻。下午我带着孩子一起出去玩儿，我们去戴梅尔甜品店吃点心，晚上又去剧院看戏。我想让他从少年时代起就把这一天看作是个神秘的节日，虽然他并不了解这个日子的含义。第二天，我就和我当时的男友，布鲁诺的一位年轻富有的工厂主待在一起。我已经和他同居两年了，他如珠如宝地对我，娇我宠我。同别人一样，他也要跟我结婚，而我也像对别人一样，好像毫无理由地拒绝了他，尽管他对我和孩子厚礼相送，人也心地善良，讨人喜欢，虽然有时有点儿古板，有点儿卑躬屈膝。我们一起去听音乐会，在那里碰到一群兴高采烈的朋友，随后大家便到环城大道的一家饭馆去共进晚餐。在一片欢声笑语之中，我提议再到塔伯伦舞厅去跳舞。其实我对这种灯红酒绿、醉生梦死的地方一向很反感，平素有人提议到那里去痛饮狂欢，我肯定会竭力反对的，但是这一次，我心里像有一种莫名的神奇力量，驱使我本能地做出了这个提议。这个提议得到了大家的赞同。我心里突然产生了一种无法解释的莫名渴望，仿佛有什么特别的东西在那里等着我。他们都习惯于取悦迎合我，便迅速站起身来。我们一起来到舞厅，喝着香槟酒，我忽然有了一种从未有过的、疯狂的、近乎痛苦般的兴致。我喝酒，跟着唱低俗的流行歌曲，无法控制自己想要跳舞、想要欢呼的欲望。可是突然，我觉得仿佛有种冰凉或者灼热的东西猛地落到我的心上，我竭力控制自己，强打精神，不让自己失态，于是我看见了你，你和几个朋友坐在邻桌，正用赞赏的、色眯眯的目光看着我，就是那种每次都把我撩拨得心神荡漾的目光。十年了，你第一次以你天性中所有的全部本能和激情热切地盯着我。我不由自主地颤抖了，举起的酒杯差点儿从手中滑落。幸好同桌的人没有注意到我心慌意乱的神态，它被音乐的喧嚣和恣意的欢笑掩盖了。”

“你的目光越来越灼人，使我浑身火烧火燎的难过。我不知道，你是终于，终于认出我来了呢，还是只把我当作一个陌生女人，对我产生了渴望。热血涌上了我的双颊，我心不在焉地和同桌的人说着话，你一定注意到了，我被你的目光搅得有多么心慌意乱。你趁别人还没有觉察，甩头示意我到前厅去等一会儿。接着你就十分张扬地去付账，向你的朋友告别，然后走了出去，临走你再次向我暗示，你在外面等着我。我浑身直打哆嗦，不知是发冷还是发热，我回答不出别的问话，周身热血奔腾难以自控。恰在这时正好有一对黑人跳起一种奇怪的新式舞蹈，他们用鞋后跟在地板上踩出噼啪的响声，嘴里同时发出尖声的怪叫，所有的目光都被他们吸引过去，而我正好利用这一瞬间。我站起身，对我的男友说，我马上就回来，然后就跟着你出来了。”

“你正站在外面前厅的衣帽间前等着我。一看到我，你的目光就明亮起来，微笑着疾步迎了过来。我马上看出，你没有认出我来，没有认出从前的那个少女，也没有认出后来的那个姑娘，你再一次把我当成一个新欢，当成一个素不相识的陌生女人想把我弄到手。‘您给我一小时行吗？’你亲切地问道，那信心十足的语气让我感觉到，你分明是把我当作在夜里拉客的那种女人。‘好啊。’我回答。十多年前，在灯光昏暗的马路上，那位姑娘也曾用这两个字回答过你，尽管声音颤抖，但所表示的同意却是不言而喻的。‘那我们什么时候可以见面呢？”你问道。“您想什么时候见都可以。’我又回答。在你面前我不感到羞耻。你略为有点惊讶地望着我，眼睛里带着和当年一样的狐疑和好奇，那时我也是想都没想就迅速答应你的请求，你也同样惊讶不已。‘那现在行吗？’你问道，略微有些犹豫和迟疑。‘好啊，’我说道，‘我们走吧。’”

“我想到衣帽间去取我的大衣。这时我想起，存衣服的牌子在我男友那里，因为我们的大衣是存放在一起的。回去问他要吧，总是要编一大堆的理由才行，最重要的是，要我放弃同你在一起的一个小时，放弃这么多年来我日夜期盼的一个小时，我怎么能愿意。于是，我连一秒钟也没迟疑，只拿了条围巾披在晚礼服上，就同你走到外面雾气迷蒙的夜色中去了，根本没去理会那件大衣，也没有去理会那个对我温柔深情的好人。这几年我是靠他生活的，而我却让他在朋友面前丢尽了脸面，让他成了个可笑的傻瓜。他同居多年的情人，只要一个陌生男人招手吆喝一声，就可以连个招呼都不打就和人跑掉。啊，我内心深处意识到，我对我忠诚善良的男友所做的事是多么无耻下流、忘恩负义啊。我明白自己做的事是多么荒唐可笑，由于自己的疯狂让一个好人蒙受永久致命的精神伤痛。我感到，我正把自己的生活从中间撕成了两半。可是，同我渴望再一次亲吻你的嘴唇，再一次倾听你温柔的话语相比，友情对我来说又算得了什么？我的存在又算得了什么？我就是如此地爱你，这一刻我可以告诉你了，因为现在一切都过去了，都消逝无踪了。我相信，哪怕我在床上已经死去，只要你呼唤我，我也会突然获得一种魔力，立刻站起身来，跟着你走。”

“门口停了一辆车，我们乘车来到你的寓所。我再一次听到了你的声音，你再一次含情脉脉地待在我的身边，我和当年一样，感到如此陶醉，孩子般的幸福，简直不知所措。十多年后，我又重新踏上了这道楼梯，不，不，我根本无法向你描述，在那些瞬间里，我对一切总是有着双重的感觉，既感觉到逝去的岁月，又感觉到现实的光阴，而在这一切之中，我只感觉到你。你的房间变化不大，多了几张照片，增加了几本书，还添了几件以前没有见过的家具，不过我对这里的一切都感到十分亲切。书桌上放着花瓶，瓶里插着白玫瑰，我送的白玫瑰，是前一天生日的时候我派人送给你的，以纪念一个女人。即使此刻，她就在你的身边和你手拉着手，嘴唇贴着嘴唇，你也不记得她，认不出她。不过不管怎么说，你养着那些鲜花，我心里还是很高兴的，这样总算还有一丝我的气息和我的情意在这里，在你的身边萦绕着你。”

“你把我拥入怀中。我又在你那里度过了一个销魂的夜晚。可是，即使在我赤身裸体的时候，你依然还是没有认出我来。我幸福地承受着你娴熟的温存和柔情蜜意，我发现，你的激情对一个情人和一个妓女根本就没有区别。你毫不吝惜地纵情挥霍自己的情欲，对我这个从舞厅里带回来的女人是如此温柔多情，富有教养，充满激情又怀有敬意。我沉醉在往日的幸福之中，又感觉到了你性格中独有的两面性，在肉欲的激情之中包含着知性的精神上的激情，正是这种激情让当年那个女孩对你如痴如醉，无法自拔。我从来没有见过一个男人在柔情蜜意之中，如此不要命地全神投入于那片刻的贪欢，甚至完全暴露自己的本性和灵魂。当然，时过境迁之后，往事又会被无声无息地沉入无边无际的大海，再也不被记起。可是，我自己也忘了自己了。此时在黑暗中躺在你身边的人到底是谁？我就是从前那个为情所困、感情炽热的姑娘吗？我就是你孩子的母亲吗？又或者对你而言我只是一个陌生的女人吗？啊，在这个销魂之夜，一切都是那么亲切，那么熟悉，那么新鲜。我祈祷，但愿这一夜成为永恒。”

“但是黎明还是来了。第二天我们起得很晚，你请我跟你一起共进早餐。你的仆人早就在餐厅准备好了一切，我们一起喝着茶，聊着天。你依然用你与生俱来的那种真诚亲切的态度跟我说话，决不会提任何冒昧的问题，也不对我这个人表现出任何的好奇。你没有问我的名字，我住在哪里。对你来说，这只不过又是一桩风流韵事，我只不过是个陌生的女人，短暂的欲火燃烧时刻过去之后，一切又归于沉寂，然后消失得无影无踪。你对我说，你现在又要出门远行了，这次要到北非去，要去两三个月。我在幸福之中颤抖起来了，因为这时我的耳畔响起了一个声音：完了，完了，又忘记了！我真想扑到你的脚下，跪在你面前大声呼喊：‘带我去吧，你终究会认出我来的，终究，在过了这么多年之后，你会认出我来的！’但是在你面前我永远是如此胆小羞怯，如此软弱无力，不敢对你有哪怕一丝的冒犯。我只能说一句话：‘太遗憾了！’你微笑地望着我说：‘你真觉得遗憾吗？’这时我的野性突然间迸发。我站起来，盯着你的眼睛，长时间地、坚定地盯着你的眼睛，然后我听见自己说：‘我过去爱过一个人，他也老是出门旅行。’我盯着你的瞳孔，心想：现在，现在他会认出我来了吧！我浑身战栗，心都快要跳出来了。可是你依然对我微笑着，满是安慰地对我说：‘会回来的。’‘是啊，’我回答说，‘会回来的，不过回来后就把一切又都忘了。’”

“我跟你说话的样子一定很特别也很有激情。因为你也站了起来，凝视着我，有些诧异，但却温柔体贴。你抓住我的肩膀，对我说：‘美好的东西是忘不了的，我永远也不会忘记你。’你说话的时候，头低下来，目光直射进我的心里，仿佛要把我的形象深深印在你的脑海里似的。我感到你的目光穿透了我的身体，在里面探索、追寻甚至吮吸着我的整个生命，我以为，盲人终于、终于重见光明了。他要认出我来了，他要认出我来了！我的整个灵魂都因这个想法而颤抖。”

“可是你并没有认出我来。没有，你没有认出我，在你的心中，我那一刻比以往任何时刻都让你感到更为陌生，否则你就绝不会做你几分钟以后所做的事情来。你吻我，又一次疯狂热烈地吻了我。我的头发乱了，站在镜子前面，我想把它重新整理好，这时我从镜子里看到——我羞愤交加，几乎跌倒在地——我看到，你正悄悄地把几张大额钞票塞进我的暖手袋里去。那一瞬间，我为什么没有大叫起来，没有给你一个耳光呢？我从童年时就爱上你了，我是你孩子的母亲，而你却为了这一夜付给我钱！在你眼中，我只是从舞厅带回来的妓女而已。你付钱给我！被你遗忘还不够，我还得受你的凌辱！”

“我飞快收拾东西。我想离开，马上离开。我的心都碎了。我伸手去拿我的帽子，帽子就放在书桌上的花瓶旁边，花瓶里插着白玫瑰——我送的白玫瑰。突然间我心里又产生了那种强烈的、无法遏制的希望，我想要再试着提醒你忆起往事：‘你愿意送给我一支白玫瑰吗？’‘当然。’你立刻取了一枝送给我。‘可是也许这些花是一个女人，一个爱你的女人给你的呢？’我说。‘也许吧，’你回答，‘我不知道。花是别人送的，我也不知道是谁送的，所以我才这么喜欢这些花。’我凝视着你的眼睛，说：‘说不定也是一个早已被你忘记的女人送的呢！’”

“你露出惊讶的神情。我目不转睛地盯着你，心里呼喊着：‘认出我来吧，最后认出我来吧！’但是你的眼睛依然带着你与生俱来的亲切的无所谓的笑意。你再一次亲吻了我。可是你并没有认出我来。”

“我快步走到门口，因为我感觉我的眼泪马上就要涌出来了，我不能让你看见我的眼泪。我奔出去时跑得太急，在前屋差点儿同你的仆人约翰撞个满怀。他赶紧慌忙闪到一边，打开房门让我出去，而就在那一刹那，你听见了吗？就在我眼含泪水看着这位已经面容衰老的老仆人的一刹那，他的眼里突然一亮。就在那一刹那，你听见了吗？就在那一刹那，这位从我童年时代搬离后就再没有见过我的老人认出了我。就为他认出了我，我真想跪在他面前，亲吻他的手。我迅速从暖手袋里掏出你用来侮辱我的钞票，塞到他的手里。他哆嗦着，惊恐不安地抬头注视着我。在那一刹那，他对我的了解，比你一生对我的了解还要多。所有的人都很宠爱我，大家都对我很好，只有你，唯有你，总是把我忘记。只有你，只有你从来也没有认出我来！”

“我们的孩子昨天死了。现在在这个世界上，除你之外我再没有一个可以爱的人了。但是对我来说，你又是谁？你，你从来都没有认出过我，从来都没有。你从我身边走过就像是从一条河流边走过，你踩在我的身上就如同踩着一块石头上一样，你总是永不停歇地走啊，走啊，让我也永不停歇地等啊，等啊，在等待中消磨了一生。我曾经以为在这孩子身上把你这个逃亡者抓住了，但是你的孩子也和你一样，一夜之间他就残忍地离开我去旅行了，他也把我忘记了，永远不回来了。我又是孤单单的一个人了，比以往任何时候都要孤单。我什么都没有，没有关于你的任何东西了，没有孩子，没有一句话，没有一行字，没有一点儿回忆。倘若有人在你面前提起我的名字，这个陌生的名字也只会从你的耳边一闪而过。既然对你来说我已经死了，我为什么不开开心心地死去呢？你离开我了，我又有什么理由留下呢？不，亲爱的，我不是埋怨你，我不愿我的悲伤打扰你本来快乐的生活。请不用担心我会去逼迫你，请原谅我，此刻我的孩子已经死了，他孤零零地躺在那里，我只想在这一刻让我的灵魂呼喊一次，就一次，就这一次，然后我就会默默地重新回到属于我的黑暗中去，就像我一直默默地在你身边一样。但是只要我还活着，你就不会听到我的呼喊，只有我死了，你才会收到一个陌生女人的信，这个女人在她生前爱你胜过一切，而你始终没有认出她来，她付出一生在等你，而你始终没有召唤过她。也许，也许以后你会召唤我，而我将第一次没有忠诚地为你守候，因为我死了，再也不会听到你的召唤了。我没有留给你一张照片，没有留给你一件信物，就像你什么也没有留给我一样。你将永远、永远也不会认出我来了。我活着时命运如此，死后命运也没什么两样。在我生命的最后一刻，我不想叫你过来，我走了，你却连我的名字、我的面容都不知道。我死得很轻松，因为你在远方是感觉不到的。因为倘若我知道我的死会使你感到难过，我就不会死了。”

“我写不下去了……我头痛欲烈……四肢酸痛，我在发烧……我想，我得马上去躺一会儿。也许很快就过去了，也许命运会对我发一次慈悲，让我不用看着他们把我们的孩子抬走……我写不下去了。永别了，亲爱的，永别了，我要感谢你……不管怎么，这样还是挺好的……我要感谢你，直到我生命的最后一刻。我真的感觉挺好的，我把一切全都告诉你了，现在你就知道，不，你只是感觉到，我是多么爱你，而这份爱情不曾给你带来过丝毫困扰。你不会想念我，不会为了我而感到痛苦，这使我感到安慰。你游戏人生的快乐生活不会发生任何改变……我的死更不会给你造成丝毫麻烦……这使我感到安慰，你，是我最爱的人。”

“可是有谁……现在还会有谁会在你的生日给你送白玫瑰呢？啊，花瓶也将是空的了，我生命的一缕气息，我心底对你的爱意，曾经每年都会萦绕在你的身旁，从此也将烟消云散了！亲爱的，请听好，我求你……这是我对你的第一个，也是最后一个请求……求你就做这一件事让我高兴吧，在你每年的生日——生日是一个让人想起自己的日子——都买些白玫瑰来插在花瓶里。求你就这样做吧，亲爱的，就像人们每年为死去的亲人的亡灵做一次弥撒一样。可我不再相信上帝了，所以不用人给我做弥撒，我只相信你，我只爱你，我只想继续活在你的心里……啊，一年只要一天，悄悄地、只是悄悄地继续活在你的心里，就像过去我曾经在你身边活过一样……这是我对你的第一个，也是最后一个请求，我求你这样去做，亲爱的……我感谢你……我爱你……我爱你……永别了……”

他双手颤抖着把信放下，陷入了久久的沉思。淡淡的回忆依稀浮现在他的脑海中，他忆起一个邻居家的小孩，忆起一位姑娘，忆起舞厅里的一个女人，但是这些回忆模糊、凌乱，并不清楚，就像清澈水底的一块石头，在流水下发出闪烁不定的光芒。有一些幻影飘来飘去，很快又倏忽不见，总构不成连续完整的画面。他似乎感觉到了什么，却又想不起来。他觉得，所有信里描述的形象仿佛都在他最深的梦里出现过，然而也仅仅是梦里见而到已，并不清晰。

他的目光这时落到了面前书桌的蓝色花瓶上。花瓶是空的，这么多年来第一次，在他生日的时候花瓶是空的。他全身猛然一震，他觉得，仿佛一扇看不见的大门在他面前慢慢开启，冷风从另一个世界飕飕地吹进他寂静的屋子里。他感觉到一丝死亡的气息，感觉到不朽的爱情。一时间他好像打开了潘多拉的盒子，万千思绪犹如远方传来的乐声在他的心里交汇，他隐约忆起了那个看不见的女人。

情感的迷惘

这是我的学生和系里同事们的一番心意：一本装帧考究的纪念文集的样书，是语文学家们为纪念我六十岁生日和从教三十周年隆重赠送给我的。可以说这是一部内容翔实的传记了：连一篇小文章、一篇节日祝词，一本学术年鉴里不知哪一年发表的微不足道的书评都包括在内，只要能从故纸堆里搜罗到的，都一篇不落地收录其中。我成长的全部经历，像一段清扫得干干净净的楼梯，被安排得整齐清楚，一级连着一级，一直延伸到今天。真的，我若不为这种令人感动的、细致入微的严谨作风感到高兴的话，就太不识抬举了。一些我自己也以为早已散落丢失的东西，却整齐有序地回到这本文集里，不，我不能否认，我这个老头儿翻阅着这本书，就像小学生第一次阅读老师的评语，宣告他有科学研究的能力和志向一样，心里充满骄傲和自豪。

可是，当我翻阅完这洋洋洒洒二百页象征我一生奋斗足迹的书稿，并认真审视了我的精神形象之后，不禁哑然失笑。这确实是我的一生吗？我的人生果真如传记作者整理的那样目标明确、步伐坚定地沿着蜿蜒曲折的道路从最初的一刻直到今天这个时刻吗？现在的情形完全就像我第一次从留声机里听到自己讲话的声音：开始，我根本辨认不出这是我自己在说话，因为这虽然是我的声音，但却只是别人所听见的我的声音，并非我自己那仿佛通过自身的血液，在我身体的内核里所听到的声音。我毕生的精力都倾注于描绘人和他所从事的工作并显示出他们内心世界的精神本质的工作之中，我从自己的亲身经历觉察到，每一个命运中的真正本质就像所有可塑的生命细胞那样难以猜透，让人讳莫如深。我们经历了无数个瞬间，然而在千万个瞬间里却永远只有一个瞬间，唯一的一个瞬间，能激起我们整个内心世界的热情，在这个瞬间（司汤达曾描述过它），心中的那朵被各种汁液滋养的花迅速地结晶，那是个有魔力的瞬间，就像生命出生的那个瞬间，就像它那样隐藏在自己温暖的身体里，看不见、摸不着，也感觉不到，那是只有自己才能体验到的秘密。没有哪一派的代数学能解开，没有哪种有预见的预测能猜出，即便自己的感觉也很难将它抓住。

对于我精神发展和思想过程中最隐蔽的事件，这本书只字未提，所以我才哑然失笑。书中的一切全是真的，可是却缺乏本质性的东西。这本书只是描写我，却不说明我；只是谈论我，却不表露我的真相。这本精心编排的人名索引列出了二百个名字，但却唯独缺了一个人的名字，一切创作冲动的原动力都来自这个名字，一个男人的名字。他曾决定我的命运，现在又以双倍的力量唤起我对青春岁月的回忆。所有人都提到了，就是没提到他，是他赋予我语言，我用这种语言讲话，我的话语中都透着他的气息。忽然间，我感觉到这种怯懦的隐瞒是一种罪过。我一生都在描绘人的肖像，为了丰富现代的情感而努力唤回几百年前的人物，但我却从来没想起过这个最贴近我的人，从来未曾想起过他，那么现在我就要像在荷马时代那样，给他——这个亲爱的鬼魂，喝我自己的血，使他重新对我讲话，使这个早已故去多年的人重新回到我这个花甲老人的身旁。我愿意将这隐去的一页加在这本即将公开发行的文集里，给这部学术著作添上一份情感的自白，为了他我将讲述自己青春岁月的真实故事。

在我开始讲述之前，我再一次拿起那本自称描述我一生的书翻了翻。我禁不住又笑了。他们错误地选择了一个出发点，又怎么会触及我真正内在的本质呢？他们第一步就走错了！一个对我很友善的中学同学，现在也当上了枢密顾问，他在文中瞎编说，我在中学时代便表现出对社会科学的酷爱，已经在同学中崭露头角。肯定记错啦，亲爱的枢密顾问！当时对我来说，一切人文学科的东西都是难以忍受的，是令我切齿痛恨的枷锁，我总是愤怒地想要抵制。正因为我是北德这座小城中学校长的儿子，日常生活中总是看到人们把教育当作谋生手段来经营，所以我从小便憎恨所有的文学：人的天性中有保护自身创造力的神秘使命，所以孩子们总是表现出对父亲喜好的嘲讽和不屑。这种天性不赞成坐享其成、安于现状地继承遗产，不赞成只是一代一代简单延续原有的一切，它总是先在同类事物之间制造矛盾，总是让后辈们走通过艰苦卓绝的努力才有所收获的弯路之后，再让他们迈上先辈们正在走的道路。总之就是，我父亲尊崇学术，认为科学是神圣的，而按我的原则却认为科学只不过是利用概念故弄玄虚；他视古典作家为榜样，称颂他们的作品是典范，而我则认为他们好为人师，有股道学气，因此觉得他们面目可憎。在书籍包围下长大的我却蔑视书籍，父亲一再逼迫我走进他的精神世界，我便憎恨任何形式的传统文字教育。所以我倾尽全力读到高中毕业后，便坚决拒绝进大学研究学术问题也就不足为怪了。我想当军官、海员或工程师，选择这些职业，其实根本不是因为我对它们有多么强的喜好，只是我讨厌科学的枯燥乏味，也反感说教味的训诫，所以我放弃学术研究，选择做些实际工作。但是我父亲却狂热地尊崇大学的学科和那里的学术氛围，他坚持要我接受高等教育，最后我只争得了一个折衷的选择，那就是我可以选修英国文学而不是古典文学（最后我接受这个折衷的解决办法，是因为我心想：有了这门航海语言的知识，我就可以比较容易地开始我向往的海员生涯了）。

因此，在这份履历中最不正确的莫过于这个友好的评论了，说我在柏林上大学的第一学期，便在成就斐然的教授们的指引下取得了文学考试的好成绩——我当时猛然爆发对自由的无限向往的热情，哪里还在意什么课堂和老师啊！我第一次去大学教室短暂听课的情景还历历在目，课堂里空气污浊，教授讲课的内容就像牧师布道似的单调又傲慢，令我昏昏欲睡。我努力克制着才没趴在课桌上睡着——这简直又回到我已幸运逃离的中学了，就连教室里高高的讲台和老师咬文嚼字式的吹毛求疵也没什么两样。我觉得破旧的备课笔记里的语言被碾磨得犹如细沙，这细沙似正从教授微微张开的嘴里流出来，均匀地流入这浓重的空气中。这是我小学生时就已经有过的怀疑，怀疑闯入了一间思想的停尸房，看见一双冷漠的手正在解剖死人的思想，在这间教室里听人讲述早已成为老古董的六音步抑扬格押韵诗，这种怀疑又可怕地重新出现了。我好不容易耐着性子听完这乏味的一堂课，走到外面的街道上，那种反抗的本能就变得格外强烈。当时的柏林对自身的快速发展都感到不可思议，充溢着突如其来的阳刚之气，所有的石墙和街道都射出电灯的光芒，它不可抗拒地将一种激烈跳动的速度强加给每一个人。柏林的发展速度和它的贪婪成性与我刚刚觉察到男子气概时的心醉神迷何其相似。这座城市和我都从一种新教教规下的循规蹈矩和小市民气的樊笼中挣脱出来，急匆匆地陷于一种新力量和新机遇的狂喜之中——城市和我这个充满叛逆的年轻人都像一台震颤的发电机那样躁动不安。我从未像当年那样理解和热爱过柏林，因为置身这犹如蜂巢般温暖、拥挤的人群中，我体内的每一个细胞都渴望突然膨胀，那是一个健壮小伙儿的青春躁动，只有在这座躁动不安、活力四射，犹如一个热情的巨妇颤动的怀抱的城市里，才可以如此畅快淋漓地宣泄出来！这个城市把我吸引了，我热切地投入它的怀抱，进入她的血管，我的好奇心促使我围绕着这个由石头组成但却给人温暖的躯体转动——从早到晚我都在街上游荡，乘车去湖畔追寻它的足迹，双脚几乎踏遍各大湖畔所有隐蔽的角落。的确，我被着魔似的迷住了，荒废了学业，整天东游西逛，四处冒险去寻访生动离奇的事物。但是，在这种过分的行为中，我只听从我天性当中的一个特征：从儿时起我就不能一心多用，不能同时做两件事情，如果认准一件事情，就会将其他事情丢在脑后；不论何时何地我都只有单线推进的动力，即使今天，在工作中我也是这样死咬住一个问题不放，不尝到最后一根骨头的味道，不把问题弄个水落石出，决不收手。

在那时的柏林，那种自由的感觉使我如痴如狂，我连临时的课堂测验，甚至连我自己房间的四壁相围也忍受不了。总之，只要做不带冒险刺激和离奇色彩的事，我都觉得是浪费时光。于是我这个乳臭未干的外地小伙儿要当真正的男子汉了。我在一个大学生社团里旁听，想给我（原本很腼腆）的天性增加一点轻狂的、有生机的、潇洒的感觉，才一个礼拜，我便俨然一副大城市人和大德意志人的派头了，还以令人惊异的速度学会了在咖啡馆里消磨时光的本事，像个真正泡咖啡厅的Miles gloriosus[①]。属于这个阳刚男子汉阶段的当然也有女人——或者不如说“娘们儿”，

① 拉丁文：光荣的战士。

当时在我们大学生中就是这么个傲慢的叫法——这方面我有天生的优势，我是个英俊帅气的小伙子。我身材修长，面颊被海风吹成古铜色，动作如体操运动员般灵活敏捷，比起那些面色苍白、青鱼一样被室内的空气风干了的店铺伙计，我总能轻易得手。这些伙计和我们一样，每个星期天都会去哈伦湖和洪德凯勒的舞厅去寻找猎物。有时是一个来自梅克伦堡，淡黄头发、乳白色皮肤的女佣，趁她快要休假回家以前把她拽到我的小房间；有时是个波森的犹太姑娘，个子矮小，有点神经质，在蒂茨附近卖长袜。大多是便宜的猎物，轻易得手后很快又转给了别的同学。但是这种意想不到的成功，却让我这个昨天还很胆怯的中学生感到一种令人陶醉的惊喜，轻易的成功让我勇气备增，变得更加鲁莽，渐渐地我把街道看作是完全不加选择的，只适合运动员冒险活动的狩猎场。有一次，我跟踪一个漂亮姑娘来到菩提树大街，真是巧啊，竟然跟到了大学的校门口，我不由得笑了起来，心想：我已经有多久没踏进这个神圣的门槛了。我和一位志趣相同的朋友傲慢地走了进去。我们稍稍推开门，看见（当时的情形简直可笑至极）一百五十多个人弯腰弓背坐在长凳上，好像在跟着一个吟唱赞美诗的白胡子牧师做连祷[①]。我立即关上门，让那混浊的、哗哗流淌的溪水漫过勤勉求学的同学的肩头，和那位同伴一起兴高采烈地回到外面阳光明媚的林荫道上。有

① 连祷，牧师领祷，信徒按一定格式回答的一种宗教仪式。

时我不禁会想，可能从来没有哪个年轻人像我在那几个月里一样愚蠢、糊涂地虚掷光阴了。我一本书也不读，一句正经话也不说，一个现实的想法也没有。我本能地躲避一切高雅的社交活动，目的只是为了让已经觉醒了的肉体更强烈地去感受新鲜的和遭到禁止的东西的诱惑。这样的自作自受，这样的浪费时间作践自己、冲自己发怒可能是属于每一个强壮的、思想被突然解放的青年的一种本质特性吧。然而，我特殊的痴迷使我这种放荡生活变得十分危险，我本来很有可能会堕落或者在感情的混沌中沉沦，但是偶然发生的一事却突然抑制了我内心的堕落，否则我早就彻底毁灭了。

这起偶然事件——今天我心怀感激地称它是一桩幸事——就是我父亲意外地被邀请到柏林参加一个为期一天的校长会议。作为职业教育家，他要利用这个机会，对毫无准备、一无所知的我来个突然袭击。这次突袭行动非常成功。像往常一样，我在位于柏林北郊的租金便宜的学生宿舍里——进门的通道用个布帘子与房东太太的厨房相隔——与一个姑娘共度良宵，突然响起了敲门声。我猜可能是哪位同学，便不高兴地嘟囔道："不会客。"但是过了片刻，敲门声又响了起来。一次、两次，然后便是已经明显不耐烦的第三次。我气冲冲地套上裤子，打算把这个不知趣的人打发走。于是我就这样，半敞着衬衫，裤子的背带耷拉着，赤着脚，一下子把门拉开，然后我当即像是太阳穴上挨了狠狠一击似的，隔着昏暗的过道，我认出了父亲的身影。阴影里我看不清他的脸，只看见他的眼镜片在反光。但是即便只是个轮廓也足以让我把已到嘴边的话硬生生地吞回去了。我愣在那里然后不得不恳求他在厨房等几分钟，好让我整理一下房间。我说了我看不清他的脸，但是我知道他什么都明白。我从他的沉默、他克制的态度，从他不向我抻手就走向帘子后面厨房的厌恶表情，感觉到他明白了一切。于是老人只好待在厨房，在一个温过咖啡现在正煮着萝卜的铁炉子前站着等了我十分钟，这十分钟对我和对他都是同样的屈辱，直到我让那姑娘下床穿好衣服，让她从这个不情愿偷听的人身边溜出房间。他一定听见了她的脚步声，听到了她匆忙离开时布帘卷起的声音；可我还是不能将这位老人从屈辱的藏身之处解救出来，我还得把床上惹眼的凌乱收拾一下。然后我才走到他面前，我平生还从未感到如此羞愧、害臊，无地自容。

我父亲在这个窘迫的时刻所表现出的冷静和克制，让我直到今天都对他充满感激。每当我忆起已故的父亲，我不会从学生的角度去看他，不会像他们那样只把他看成纠错的机器，看成只会吹毛求疵、正确至上的迂腐学者，然后藐视他，而是总会想起他最富人情味的那一刻，那一刻他虽然心存厌恶却克制住了自己，一言不发地跟在我后面走进那间闷热的房间。他手里拿着帽子和手套，本来习惯性地想将它们放下，但是马上又露出厌恶的表情，仿佛不愿意让他身上的任何东西碰触房里肮脏的一切。我搬把椅子请他坐下，他不理睬，只是做了一个抛东西的动作，那轻蔑的样子让我明白他不屑于与这个房间的任何东西接触，想将它们远远抛开。

他转身冷冰冰地站了片刻，然后摘下眼镜仔细地擦拭，我知道对他而言这意味着尴尬，我还注意到，在重新戴上眼镜前他用手背擦了擦眼睛。他在我面前感到窘迫，而我在他面前更觉无地自容，于是我们谁也找不到话说。我心里暗想，他可千万别用我从小就憎恶、嘲讽的腔调来一场老生常谈、喋喋不休的说教。但是——至今我仍为此感激他——老人静默而立，看也没看我一眼。终于，他向我摆放专业课书籍的破书架走了过去，把书一本本翻开看——他一定第一眼就已经看出，这些书根本就没人读过，有的甚至连书页都未曾裁开。“你的课堂笔记！”——他跟我说的第一句话就是这道命令。我哆哆嗦嗦把笔记本递给他，我知道，我只速记了唯一一堂课的笔记。他粗略翻了两页，平心静气地将笔记本放到桌上。然后他拉过一把椅子坐下，神情严肃地看着我，却并没有任何责备的意思：“那么现在说说吧，你对这一切是怎么想的？今后你有什么打算？”

如此心平气和问出的问题却一下子击溃了我，我羞愧得无地自容。要是他责骂我几句，我就可以蛮横无礼地大发脾气，要是他语重心长地劝诫我，我就可以像从前一样讥讽、嘲笑他，可是这个简单直接的问题却让桀骜不驯的我败下阵来。严肃的问题就得严肃对待，老人问问题时强装的镇定让我由衷钦佩，让我不得不严肃地思考该如何解决。我当时是怎么回答的，现在几乎都不敢去回想，还有随后我们父子间的对话都讲了些什么，到今天我也仍不愿诉诸笔端：有感悟、有感动、有感伤，一时间心潮澎湃，思绪难平，如果重述，听起来也多半会有些伤怀。有些话，只有在四目相对、感情突然迸发时才显得真实。这是我和父亲唯一一次真正意义上的谈话，我心甘情愿地请求父亲让他来决定一切。而他却只是建议我离开柏林，下学期到一座规模小些的大学里去完成学业。他用近乎安慰的口吻对我说，他相信从现在起我一定会奋发努力把耽误的课程补上的。他的信任震动了我，这一刻我才认识到我年少时对这个严肃刻板的老人所做的一切有多么过分，多么不公，我用力咬住嘴唇才能忍住马上夺眶而出的泪水。他一定也跟我一样，因为他突然伸出手，颤抖地握了一下我的手，随后便匆匆地走了出去。我不敢跟他出去，有些不安和迷惘地立在原地，用手帕擦掉我为了抑制激动的情绪而咬破的嘴唇上的血。

这是我十九岁的人生里第一次被感动——它轻而易举就将我用三个月的时间伪装起来的幼稚的男子气概、傲慢的大学生派头和盲目的自以为是全部摧毁。我有足够坚定的信心，凭着已被激发出的意志力，摒弃一切低级的娱乐消遣活动。我急不可耐地想在精神领域检验一下自己曾被浪费的力量，强烈地渴望严肃、求实、纪律和严格。这段时间里，我就像个苦行僧那样全身心地投入到大学的学习中，当然并不晓得科学正期待着我心醉神迷的探索，也无法预料更高层面的精神世界会随时为疯狂的探求者准备好各种奇遇和艰难险阻。

在父亲的赞同下，我为下个学期选定的那座外省小城位于德国中部。它那闻名遐迩的学术声誉与大学周围破烂的房屋显得极不相称。将行李寄存在火车站后，我很容易就一路打听着从车站走到大学。一进入这幢古老、宽敞的大楼里，我立刻感觉到这里的办事效率比柏林的“鸽笼”不知快了多少倍。不到两个小时，我就办妥了注册手续，拜访过大部分教授，只有我的主讲教授，一位英语语文教授还未能立刻谋面。不过有人告诉我说，下午四点左右能在课堂讨论上见到他。

我迫切的心情让我一刻也没耽误，就像从前逃避学术一样，我现在昂扬地向学术进发了。我匆忙在这座与柏林相比显得死气沉沉的小城里转了一圈后，四点钟准时到达指定的地点。校役向我指了指教室的门。我敲了敲门，仿佛听见里面有人应了一声，便走了进去。

但是我听错了。没人叫我进去，我听到的模糊的应答声只是教授慷慨陈词时不自觉提高的语调，教授正在向围着他的二十多个大学生做一次显然是即兴的演讲。未经允许便走进教室让我有些不好意思，便想悄悄退出去，但又怕这样反而引起注意，因为还没有人发现我，于是我便站在门口，不由自主地被迫旁听了起来。

这个演讲显然是从一次学术辩论或一堂课堂讨论中衍生出来的，从老师和学生完全随意地围成一圈就能看得出来：教授不是一本正经、高高在上地坐在靠背椅上讲课，而是不太文雅地坐在一张桌子上，旁边聚集着或坐或站，姿势随意的年轻人，因为听得入神使他们原来的漫不经心变成一种静止不动的形态。我想他们当时一定正站着说话，教授突然跃上桌子，从高处用语言的套索将他们拉向自己，并拴在现在的位置上。只不过几分钟，我便忘掉了自己是不请自来的，感觉到他讲话中有一种神奇的魔力，让我不由自主地走到他近前。他讲话时双手做着的奇怪手势，要是一句话带着命令的口吻，那双手便似翅膀般张开，颤动着向上伸出，然后又像一个乐队指挥一样平静地、富有乐感地缓缓落下。他的语速越来越快，情绪越来越激昂，身体在坚硬的桌面上挺直晃动着，犹如跨在飞驰的骏马上，气喘吁吁地纵情驰骋在波涛汹涌的思想之中。我还从未听过如此激情四射，如此真实感人的演讲，我第一次明白古罗马人称之为raptus①的意思，是一个人被吸引，然后忘却自我的情形。在这里，一张一翕快速运动的嘴不是在为谁讲话，而是语言从这张嘴里喷薄而出，宛若炙热燃烧的火焰喷出一个人的胸膛。

我从未经历过这样的演讲，每一句话都激情满怀，让人简直兴奋到极点，这意外的体验一下子把我吸引住了。我感受到一股比好奇还强大的力量催眠式地吸引着我。我下意识地迈着梦游者才有的轻飘飘的步伐，鬼使神差般

① 拉丁文：抢劫、掠夺，在此意为“身不由己”。

走进了这个小圈子。突然之间我就站在了圈子中间，置身在那些大学生之中，与他近在咫尺，那些人也听得同样入迷，根本不会觉察到我或其他什么东西的存在。我就这样忘我地汇入了这滔滔语流之中，却连其源头在何处都不知道。显然是有一个大学生把莎士比亚视为一颗流星了，可是坐在桌上的这个人却认为莎士比亚是整整一代人最强有力的标志，是一代人心灵的缔造者，是一个激情时代的情感告白。他简洁明了地描述了英国那段非常时期，那个唯一让人心醉神迷的时刻，在一个民族的发展过程中，在一个人的生命长河中，这种心醉神迷的时刻都会出其不意地突然闪现，凝聚全部力量向永恒做一次猛烈冲击。地球突然变得广阔了，一个新的大陆被发现，旧大陆中最高的权力——教皇的统治，处于崩溃边缘。自从风暴和海浪摧毁了西班牙的无敌舰队，海洋也属于英国人了，在大海的那一边，新的机遇和挑战不断出现，世界变得广阔无边，思想自然为了迅速适应它也变得宽广起来，它也想去感受至善和至恶。它要发现、要征服，就像那些征服者①一样，它需要一种新的语言，一股新的力量。掌握这种语言的人，好像一夜之间就突然出现了。十年内出现了五十个、一百个狂放不羁的年轻诗人，他们不像之前的宫廷小文人那样只侍弄着阿卡迪亚②的小花园，将精选的神话写成诗歌。

① 指十六世纪中、南美洲的西班牙占领者。

② 阿卡迪亚，古希腊地名，风景幽美，居民多以牧羊为主，风俗淳朴，因而被视为人间天堂。

他们抢占剧院，在原本只上演角斗和血腥剧目的戏台上开辟出他们的战场。他们的作品中仍有对鲜血的渴望，他们的剧本本身就是一座巨大的竞技场。在剧中，炙烈的情感如同疯狂的野兽般贪得无厌地互相攻击。无法控制这种炙热情感的人像雄狮一般尽情咆啸，一个赛过一个狂野奔放地恣意宣泄他们的情感，什么都可以描绘，什么都被允许：乱伦、谋杀、不轨、犯罪，世间百态都被表现得淋漓尽致。就像是饥饿的猛兽冲破牢笼获得了自由一样，现在这些醉醺醺的人，狂热地怒吼着，危险地冲上了木头搭建的舞台。这唯一的一次爆发像爆竹一样炸裂开来，持续了整整五十年，像一次大咯血，一次射精，如同猛兽般抓住并撕碎了整个世界。在这场纵情的恣意狂欢中，人们几乎听不到个人的声音，看不到个人的形象；每个人都从向别人的挑战中获得激情；每个人都从别人那里学习，同时也窃取别人的成果；每个人都力争上游要超越自我，然而大家却都只是这唯一一场狂欢的精神斗士，是挣脱了锁链的奴隶，被这个时代的滚滚洪流推动向前。它把他们从破败阴暗的郊区小屋里请出来，还从宫廷里请来泥瓦匠的孙子本·琼森、鞋匠的儿子马洛、宫廷男仆的后裔马辛杰、富有而学识渊博的政治家菲利普·锡德尼，[1]但是激烈的旋涡把大家都卷在了一起；今天他们可能备受称颂推崇，但也许明天等着

① 本·琼森（1572？—1637），英国戏剧家、诗人、评论家；克里斯托弗·马洛（1564—1593），英国戏剧家、诗人；菲力普·马辛杰（1583—1640），英国戏剧家；菲利普·锡德尼（1554—1586），英国诗人、学者。

他们的就是死亡。基德、海伍德贫病交加而死[1]，斯宾塞[2]饿死在国王大街街头，他们全都不是守规矩的市民。他们打架斗殴、拉皮条、演喜剧、行骗，但他们是诗人、诗人、诗人。莎士比亚是他们当中的佼佼者，是“The very age and body of the time。”[3]但是人们根本没有时间把他和其他人区分开来，这群躁动不安的人就这样汹涌而来，作品层出不穷，激情不断高涨。可是突然间，这辉煌壮丽的人性的喷发就像它刚开始出现那样颤抖着一节节地崩溃，然后惨淡收场。戏剧结束了，英国已精疲力竭，泰晤士河上空灰雾迷蒙、空气潮湿，可能得把精神再桎梏住几百年。在仅有的这一次冲击中，整整一代人都登上了激情的极致巅峰，在跌宕起伏中将郁积在胸中的狂热情感尽情倾诉出来。如今这个国家躺在那儿，心神俱疲。吹毛求疵的清教徒关闭了剧院，也因此锁住了激情的言论。在最富人性的语言表达出各个朝代最热烈忏悔的地方，在唯一激情燃烧的一代人造福以后千百代人的地方，《圣经》又开始有了发言权，那是代表神的话语。

突然，他话锋一转，出其不意地对我们说道：“您们明白我讲课为什么不按历史顺序从头开始，不从亚瑟王[4]和

---

① 托马斯·基德（1558—1594），英国剧作家；约翰·海伍德（1497？—1580），英国戏剧家。

② 埃德蒙德·斯宾塞（1552？—1599），英国诗人。

③ 英文：正体现了时代的风貌。

④ 亚瑟王，中世纪传奇中的英国国王，国家骑士团的首领。

乔叟[①]讲起，而是一反常态地从伊丽莎白时代的作家讲起吗？您们理解我为什么要求你们首先要把握他们，把握那最磅礴的生命力吗？因为没有感性的体验就谈不上文字上的理解，无法认知作品的价值就搞不懂文字的含义。你们年轻人要想征服一门语言，应该首先看到这门语言最美的形式；想要征服一个国家，应该首先看到这个国家最强壮的青春时期和它所能激起的最大热情。你们最好先从诗人们那里了解这门语言，是他们创造这门语言并使它日臻完美，您们必须得用心去感受文学的气息，然后才能解剖它。所以我总是先从诸神开始讲，因为英国就是伊丽莎白，就是莎士比亚和莎士比亚时代的作家们。在此之前的一切都是准备，在此之后的一切都是踉踉跄跄地追随着朝向永恒的勇敢飞跃。但是这里，你们年轻人，你们去体会吧，用你们的心去感知吧，去感受我们这个世界上最火热的青春。人们总是在燃烧的状态下认识一种现象，总是凭火热的激情去认识一个人，因为智力来自天赋，思想出自激情，激情又源于热情——因此，我们要先介绍莎士比亚以及和他同时代的人，他们会让你们年轻人真正变得年轻起来！先有热情，然后才是勤奋。先学他——让人最崇敬的人，已是登峰造极的人，先研究这部美妙动人地重现了世界的作品，然后再研究语言文字！”

“今天就讲到这儿——再见！”他的手突然一拱，做

① 乔叟（约1343—1400），一般被视为英国最早的著名诗人。

了个结束的手式，武断而出其不意地示意结束，旋即从桌上跳了下来。蓦地，这一群紧围在一起的大学生像被摇散了似的四下散开，挪椅子的，拉桌子的，二十多个被锁住了半天的喉咙一下子被打开，有的清清嗓子，有的大口喘息着。现在人们才看出，将所有这些喘气的嘴都锁住，这样的力量该有多么神奇。狭窄的教室里顿时开了锅似的沸腾起来，所有人都热烈、激昂又无拘无束地表达着观点，抒发着感想。有几个人走到教授身边向他致谢或说些别的话，没有一个人能平静地站着，没有一个人能不被这高压所触动，如今这电压的触点已被硬性扯去，而它所留下的烟味和火星却似乎还在这密集的空气里噼啪作响。

我自己却动弹不得，我的胸口好像挨了猛烈一击。我本是个感情多么强烈的人啊，是只凭热情和冲动去理解一切事物的人。现在我理解他所讲的一切，我生平第一次被一个老师吸引，我感觉到他的优势，而屈从于这种优势，在它面前甘拜下风却使我感到快乐。我感到周身热血沸腾，呼吸也变得急促起来，体内燥热的情绪撕扯着我的每一个关节。我终于还是屈从了自己，慢慢挤到前排，想看看他的脸，因为在他演讲的时候，我根本就看不清他的相貌，他的面孔好像消失了，融入了他的话语中了。现在我也只能看见一个模糊的侧面：他正侧身对着一个学生，手亲切地搭在他的肩上，窗外透进来黄昏的余晖照在他的身上。但即使这样漫不经心的动作也透着一种真挚和儒雅，我还从未想过会在一个教书先生身上看到这样的气质。

这时，有几个大学生注意到了我，为了不被当作不速之客，我又向教授走近几步，等候他结束谈话。这时我才得以看清他的相貌：他有着罗马人的脑袋，大理石般的前额十分饱满，浓密的白发闪闪发光，从两鬓向后梳成波浪形，这是给人留下难忘印象并透着非凡智慧的上部结构。深陷的眼窝下面，光滑而圆润的下巴使他面目轮廓迅速变得几乎像女人一样柔和。不平静的嘴唇四周神经不停颤动着，时而绽出一丝微笑，时而只是稍稍咧一下。他紧皱的额头在显出男子的阳刚之美的同时却被略显松弛的皮肤和一张不安静的嘴破坏了：刚刚看他还觉得他相貌堂堂，颇有王者风范，现在走近了他的脸却给人以辛苦绷在一起的感觉。他身体的姿势也显现出一种类似的双重性。他的左手随意地放在桌上或者至少像是随意地放在那儿，指节不停地轻微颤动，细长的，对于一只男人的手来说有点儿太细嫩柔软的手指，在桌面上焦躁地画着看不见的图形。那双被沉重的眼睑遮住的眼睛低垂着，全神贯注地与学生交谈着。也许是有些不安，也许是激动的心情还没有平复，总之，他手上控制不住的急躁和倾听时脸上的平静和耐心显得极不协调，那张脸看起来似乎很疲倦，但是还是神情专注地和学生深入交谈着。

终于轮到我了，我快速趋步向前，报了姓名，说明来意，他那闪着蓝光的眼睛聚精汇神地看着我。这道目光探询似的从我的脸上扫视了有两三秒钟。在他温和目光的审视下，我大概是脸红了，他用一闪即逝的微笑结束了我的慌乱。“您想来听我的课，那我们还得详细谈一谈。请原谅，我现在没空和您谈，我还有些事要处理。也许您可以在楼下大门口等我，然后陪我一起回家。”说罢，他向我伸出瘦长的手，比一只手帕还要轻地在我的手上碰了一下，随后便亲切地转向下一个等候的学生。

我惴惴不安地在大门口等了十分钟。他要问起我的学业来我该说什么呢？我该怎样向他坦白，无论是读书期间还是闲暇时间，我都没读过诗歌呢。他会不会看不起我？会不会一开始就把我从今天这个有魔力的、热情的圈子里赶出去呢？但是他面带笑容快步走向我，还没等走到我面前，便打消了我的全部顾虑。没等他问我，我（无法在他面前掩饰自己）便主动交代自己怎样虚掷了第一个学期的光阴。“音乐里也有休止符嘛，”他温和地看着我，带着鼓励说道，显然是不想让我因自己过去的懵懂无知而感到羞愧。他只问些家常的琐事，问我的家乡在哪儿，我在这里打算住在哪儿。当我告诉他，我还没找到住处，他立即表示愿意帮忙，建议我先到他住的那栋房子附近打听打听，那儿一位半聋的老太太出租一个小房间，在那儿住过的学生对那个房间都挺满意。还说其他的事情都由他来办，我若果真立志专注学业，那么帮助我就是他义不容辞的责任。到他家门口时，他又再次和我握手并邀请我第二天晚上到他家去一起制定一个学习计划。我对于这意料外的善意充满了感激，以致我竟只敬畏地碰了一下他的手，惶恐地脱下帽子，忘记对他说一句感谢的话。我立刻就租下了与他同幢楼的这个小房间。即便我不喜欢这个房间，我也同样会租的。这纯粹出于我单纯的感激，我觉得住在这里离这位有魔力的老师更近，他在一个小时里所给予我的东西比其他人加在一起还要多。事实上，这个小房间还真不错：那是我的老师寓所上方的一间阁楼，由于前方突出的木质三角墙的遮挡有点略显幽暗，可是透过窗户可以看到邻舍的屋顶和教堂的尖塔，远望可见一片方形的绿地，天上飘着的云彩会让人不自主地有些想家。一位耳聋的老妇人慈母般照料着她的每一个房客，不到十分钟我们就谈妥了，一小时后我的行李就沿着嘎吱作响的木楼梯搬了上去。

那天晚上我没再出门，我甚至忘了吃饭、忘了抽烟。我一放下行李箱便把那本随手装进去的《莎士比亚》拿了出来，迫不及待地（多年来第一次）读起了《莎士比亚》。那场动人心魄的演讲激起了我的好奇心，我读着那些诗句，好像从来不曾读过一样，有谁能够理解这样的转变？一个文字的世界就这样打开了，所有的字句闪着光向我蹦跳而来，仿佛它们已经寻找我几百年了。那些诗句掀起如火似的浪花裹挟着我，一直渗进我的血管，使我感觉像在梦中飞行那样，太阳穴里有种奇特的轻松感。我战栗，我颤抖，我感觉周身的血液都在沸腾，像是突然得了热症一样。这种感觉我从未有过，而我却什么也没做，只不过是听了一次充满激情的演讲罢了。但是这个演讲肯定在我脑袋里留下了袅袅回音，每当我大声重复一段诗句，我听见自己无意识地模仿他的声音，语句以飞快的速度有韵律地涌出，我的双手也像他那样拱起。我像被施了魔法一般，在一个小时内就推倒了一直隔在我和精神世界之间的那堵墙，那个激情满怀的人赋予我一种全新的激情，直到今天它还忠实于我，这就是从激扬文字里感受世间真情的巨大喜悦。我偶然读到《科利奥兰纳斯》[①]，感到震动不已，我发现自己身上有这个最奇特的罗马人身上所有的特征：骄横、傲慢、怒气冲冲、冷嘲热讽，一切的盐、一切的铅，一切的金，全部情感的金属都集中在他的身上。一下子神奇地感悟、理解这么多，这是怎样一种崭新的喜悦啊！我读啊读啊，一直读到眼睛发痛，一看表，已经是凌晨三点半了。这股新的力量激发了我全部的热情又麻醉了我所有的神经长达六个小时，我大吃一惊，赶忙熄了灯。可是那些画面仍在我心里涌动，对第二天的渴望和期待让我几乎不能成眠，这一天拓宽了已经如此神奇地展现在我面前的世界，让我完全拥有它。

但是第二天我就有了失落感。我一大早便急不可待地随几个早到的同学一起走进我的老师（我想从此以后就这样称呼他）讲英语语音学的教室。他一走进来，我便有点惊讶：难道这就是昨天那个人吗，还是我激动的心情和幻想把他幻化成一个在讲坛上情绪激昂、英勇果敢、战无不胜的科利奥兰纳斯？这位脚步轻轻，慢慢走进来的人，是

① 莎士比亚的一个剧本。

一个面带倦容的老人。好像一层闪光的毛玻璃从他面前拿开，现在我坐在教室第一排看清了他的脸。他的脸看起来病怏怏的，遍布着深深的皱纹，就像犁地犁出的道道深沟。蓝色阴影中涓涓的溪流流进灰色松弛的两颊。沉重的眼睑遮住了讲课人的的眼睛，嘴唇苍白、单薄，根本说不出铿锵有力的话语，他的愉悦，他从心底迸发的热情哪里去了？就连他说话的声音也显得很陌生，难道是语法题目凉了他的心绪，让他的理智变了？他的声音就像走在沙地上的脚步声一样单调、疲乏。

我感到有些不安。这根本就不是我今天第一时间等待着要见的那个人呀，他的脸呢，那张昨天还灿若星辰般照亮我的脸去了哪里？只见一位老夫子在这里放录音般机械地念着他的讲稿。我怀着新的恐惧仔细倾听他讲的每一句话，期待昨天那样的声音会再次出现，期待那温暖的、拨动我心弦、升华我情感的颤动的声音会再回来。我越来越不安，越来越失望地看着那张变得陌生了的面孔：没错，这张脸还是昨天那张脸，但是却仿佛已被蛀空一般，完全失去了激情和活力，看起来苍老又疲倦，像戴了一张羊皮纸面具的老人。但是怎么可能呢？人怎么可能上一刻看起来还那么年轻，下一刻就垂垂老矣呢？难道言语产生的精神力量可以改变人的容貌使其看起来年轻几十岁吗？

这个问题折磨着我。我内心急切地渴望要更多了解这个内心分裂的人。我突然灵光一闪，他刚一离开讲台消失在我们视线之外，我就连忙跑进图书馆去查找他的著作。

也许他今天只是累了，身体不适影响了他的情绪。但是在这里，在他费尽心力完成的作品里，一定会有那奇异的吸引我的神秘力量的线索。管理员拿来书，我吃惊不小，竟然这么少。这位老人在二十年里没出版过什么像样的著作，也没发表过几篇文章，只有为数不多的几本小册子、几篇导论、序言，一篇论述莎士比亚的《佩里克利斯》的真伪的研讨会发言，一篇比较荷尔德林和雪莱的研究论文（该文自然是发表在两位诗人还未被各自的民族视为天才的时代），以及没多大价值的几篇语言学方面的论文。不过，所有的作品都曾预告一部两卷本的著作即将出版：《环球剧院的历史、演出及其诗人》，然而，尽管距离第一次预告已过了二十年了，当我向图书馆员问起时，他却确定地告诉我，这部著作从未出版过。我稍作迟疑，然后有些灰心地翻阅那些文章，渴望能找回那激情的声音和澎湃的节奏。太可惜了！我心中不禁叹息。我因愤怒而浑身颤抖，这些文章大都严肃刻板，哪里有一处有我感受过的那种热烈的激情和奔放的节奏，我实在太过轻信了，简直想狠狠打自己几下。

但是在下午的讨论课上我又重新认出了他。这一次他按英国大学的习俗，将学生们分正、反两方展开讨论，他自己开始时并没有说话。讨论的题目是有关他喜欢的一部莎士比亚的作品：《特洛伊罗斯与克瑞西达》（他最喜欢的作品）可否算作是讽刺滑稽人物，这部作品算是山林神剧[1]还是一部掩盖在嘲讽背后的悲剧。不一会儿，在他的煽风点火下，一场思想论战被点燃了，很快双方便火花四溅。轻率的论断遭到猛烈的抨击，中间插入的尖声驳斥更是刻薄，讨论很快达到白热化的程度，年轻人几乎怀着敌意互相攻击起来。每当这时他便跳过去，缓和一下激烈的争论，巧妙地将讨论引回正题，但是旋即又悄悄给一个推力，让这场讨论的精神活力更强大。他就这样兴致勃勃地站在这场唇枪舌剑辩论的中心，既适时引导又加以控制，大师一般将大家的青春热情掀起，再变成汹涌的浪涛，而他自己也淹没其中。他靠着桌子，双臂在胸前交叉，看看这个又瞧瞧那个，朝这个笑一笑，却又暗示鼓励那个进行反驳，他的眼睛和昨天一样闪着激动的光芒，我感觉到，他一定是努力克制自己才不致于去抢他们的话，我从他的手上也能看得出来，他的双手越来越紧地压在胸前，从他那颤动的嘴角能看出他肯定是在费力地将已经涌到嘴边的话咽了下去。突然，他控制不住自己了，他像个游泳者跳入水中那样一头扎进讨论中去，他伸出手用力一挥，像乐队指挥一样休止了现场的骚动，所有人顿时都安静下来，于是他又用他独有的方式将大家的观点做了总结。在他讲话的时候，昨日的那张脸又出现了，皱褶都消失在颤动的神经活动之中，脖子和身体也都伸展开来，显得果断又坚毅，他不再是刚刚俯身静听的模样，如投入奔腾的大海一

① 山林神剧，希腊戏剧中由山林之神担任合唱的滑稽剧，作为悲剧的三部曲后的附加剧。

样滔滔不绝地讲了起来。他沉迷在即兴的演讲中，我猜想，为什么他独自一人时冷静理智、毫不起眼，那是因为枯燥的课堂讲解和孤寂的办公室都缺乏导火索。导火索在这里，在我们都屏息凝神忘我静听时，他内心的围墙被轰然炸开。啊，我明白了，他需要用我们的热情来点燃他的热情；用我们在讨论中的无畏去换取他演说的激情，用我们的热血青春去恢复他的热血青春。犹如一个敲钹的人，完全沉醉于自己灵巧的双手敲击出来的狂野节奏中，他的演讲也越来越激情澎湃，越来越神采飞扬，措词也越来越激烈生动。我们越是忘我静听（人们不由自主地感觉到我们在教室里都屏住呼吸），他的讲述就越昂扬、越激越、越亢奋。在这短短几分钟里，我们只属于他一个人，完全沉浸在他澎湃的激情里不能自拔。

当他突然用歌德在谈论莎士比亚的演说中的一声呼唤结束他的演讲时，我们的激动之情便又迅速退去。他又像昨天那样精疲力竭地倚靠在桌子旁，面色苍白，但是面上的神经还有些轻微的颤动，眼睛里闪着奇异的光芒，明显涌动着激情宣泄后得到快感的喜悦，就像一个刚刚挣脱强有力怀抱的女人。我现在不太好意思和他讲话，但是他的目光碰巧遇见我。他显然是感觉到了我诚挚的感激之情，因为他亲切地向我笑了笑，然后俯下身抱住我的肩头提醒我今晚如约去他家里见面。

七点整我准时来到他家里。我这个毛头小伙儿是怀着怎样忐忑的心情第一次跨过这个门槛呀！没有什么比一个年轻人的崇拜更充满热情，更局促不安，以至于有点女人气了。有人把我领进他的书房，房间有些暗，刚开始我只能借助玻璃的反光看到颜色各异的书脊。写字台上方挂着拉斐尔的《雅典学院》，一幅（据他后来告诉我）他特别喜欢的画，因为教导的各种方式、精神的各种形态在这幅画里都象征性地和谐统一为一个完美的整体。我是第一次看见这幅画，不由得感觉苏格拉底的额头与他的额头有些相似——都显得有些执拗。后面有好像是白色大理石的东西在闪着光，原来是侍酒童子伽倪墨得斯[①]的精美胸像，旁边则是出自古德意志大师巧手的塑像，他是天主教的圣徒，古罗马禁卫军队长，长相俊美，在教难时期被罗马帝国皇帝戴克里先下令乱箭射死，但箭却奇迹般地没有杀死他。像这样将悲剧性的美与享乐型性的美放在一起也并非偶然。我心情紧张地等待着，像四周这些沉默的艺术形象一样屏住呼吸，这些作品象征性表达的那种形式上和精神上的美，我从未想象过，也尚不清楚，但是我感觉到一种亲切感，愿意去接受并感悟这种美。但是留给我观察的时间很短，我等的人很快就开门向我走来，他的目光柔和温暖，像隐藏着无声燃烧的火焰，这目光触动了我，奇异地融化了我心底的秘密。我马上像遇见老朋友一样跟他聊了起来，当他问起我在柏林的学业情况时，我有些吃惊，但是我父亲去看我的事突然就涌到了嘴边，我向这个还算陌

① 伽倪墨得斯，希腊神话中的一个美少年，受到众神之王宙斯的喜爱，将他带到天上为诸神斟酒。

生的人吐露了我要以严谨的态度投身学术的秘密誓言。他有些感动地望着我，“不仅要有严谨的态度，年经人，”他对我说，“首先要有热情。要是没有热情，充其量就只能是一个教书匠——做事也好、做学问也罢，一定要带着情感，永远要从激情出发。”他的声音越来越激烈，房间也越来越昏暗了。他讲了许多他自己年轻时的故事，讲他刚开始时也是桀骜不驯，也做过傻事，后来才发现了自己的爱好。他鼓励我一定要勇敢，说他愿意帮助我，无论我有什么愿望或者需要解决的难题，都可以无所顾虑地来找他。在我这一生中还从未有人这么善解人意、推心置腹地与我谈过话，我感激涕零，激动得发抖，幸亏房间里的黑暗掩藏住我已经湿润的眼睛。

我没有留意时间，可能已经过去几个小时了，有人轻敲房门。门开了，一个身材纤细的身影走进来，朦胧中看不太清她的样子。他站起来介绍说：“这是我的妻子。”纤细模糊的身影走过来，用一只瘦削的手与我握了一下，然后便转身提醒他：“晚餐准备好了。”“好的，我知道了。”他急促地（至少我觉得是这样）并有些恼怒地回答。他的声音中一下子就显现出一种冰冷、漠然的情绪，等到电灯亮起，眼前的他就又变回在教室里上课的老人了，他漫不经心地跟我道了别。

之后的两个星期，我是在一种近乎疯狂的读书和学习中度过的。我几乎足不出户，为了不浪费时间我甚至连吃饭都站着，我不停地刻苦学习，基本不休息，也几乎不睡觉。我就像东方神话传说里的那个王子，开启锁住房门的一个个封印，在每个房间里都能发现更多的金银珠宝，于是便越来越贪婪、越来越急切地想要打开所有的房门一探究竟。就这样，我读完一本书便又马上拿起另一本，哪本书都让我陶醉，而对哪本书又都意犹未尽，我的放荡不羁最终转变为对精神世界的无尽向往和追求。我感觉到了精神世界里有无限广阔的天地，它就像城市猎奇一样地吸引着我、诱惑着我。但是我心里也会袭上孩童一样无法驾驭它的恐惧，于是为了充分利用我第一次视为珍宝的时间，我减少睡眠，不参加活动，少与人谈话，尽量拒绝任何形式的娱乐消遣。然而，激励我如此勤奋的主要动力，主要还是虚荣心。我不能辜负老师的期许，不能让他失望，我想博得他赞赏的微笑，想让他像我感受他那样感受到我的存在。哪怕是一个微不足道的机会我也会当作是一次考验，我不断激励过去迟钝的，但现在却出奇地活跃敏锐的感官，想给他留下更好的印象，想给他意外的惊喜。如果他在讲课中提到一个我没有读过其作品的作家的名字，我下午就会极力去寻找，那么第二天上课讨论时我就有了炫耀的资本。他无意间表达的想法或说出的愿望，别人可能毫不理会，于我却变成了命令。有一次，听见他随口说反对大学生抽烟嗜好的评论，我立马将手中燃了一半的香烟扔掉，并毅然决然地戒掉了这个被他批评的坏习惯。他的话好似一位传播福音的传教士的话，对我既是恩惠又是命令。我所有的注意力都高度紧张地放在他身上，贪婪地抓住他哪怕是随意抛掷的一句话、一个手势，回到家后再调动全部的感官满怀激情地将它们一一触摸并保存起来，就像把他封为我唯一的领袖一样，我偏执的热情视所有同学都是敌人，嫉妒时时啃噬着我，让我超越他们。

也许是他感觉到他对我有多么重要，抑或是他喜欢上了我性格中的这份狂热，总之，我的老师不久便对我表示出明显的关心和特别的赞赏。他指导我制定阅读计划，几乎有些过分和不合时宜地在讨论课上推崇我这个新来的学生，还经常让我晚上去拜访他，与他促膝长谈。这时，他常常就那样从墙上的书架随便拿下一本书，用他特有的高昂的声音大声地朗读一首诗歌或一段悲剧，或者讨论一些有争论的学术问题。头两个星期里我完全沉迷其中，我所学到的有关艺术本质的知识比我过去十九年加起来还要多，在对我而言总是过于短暂的一个小时里，我们总是单独待在一起。八点钟左右，他的妻子会过来轻轻敲门请他吃晚饭。但是她再也没走进过那个房间，显然是遵循了不许打断我们谈话的指示。

就这样过了两个星期，十四个忙碌充实、激情澎湃的初夏日子，直到有一天早晨，我的精神像一根绷得太紧的弹簧般收了回来。在此之前我的老师就告诫过我，说勤奋也不应该过了头，不要过分强求，时不时也得休息一天，到户外去走走，他竟然一语成谶。我迷迷糊糊从昏睡中醒来，拿起书来要读，可是所有的铅字都像大头针一般颤动起来。我本就是个对老师的话言听计从的人，当即便决定在如饥似渴的求学日子中给自己些缓冲，轻松自在地玩耍一天。我清晨就出发了，第一次游览这座有着古老历史的城市，为了锻炼身体我爬了一百级台阶登上教堂的尖塔，从塔顶的平台远望，在一大片绿色中发现了一个小湖泊。我是在北方沿海长大的，特别喜爱游泳，而从这高高的塔上望过去，斑驳的草地上有一汪绿色的池水泛着微光，仿佛吹来了一阵家乡的风，我心里突然升起一股强烈的渴望，真想马上跳进这可爱的池水中畅快地游一番。吃完饭我便找到那个游泳场，在水里游了一会儿，身体顿时便觉得舒畅起来，人也充满活力。我胳臂上的肌肉几个星期以来第一次柔韧有力地舒展开，温暖的阳光和和煦的微风轻抚着我裸露的肌肤，半个小时之内就把我重新变成昔日那个冲动的莽撞少年，那个和伙伴疯闹，为了显示自己的勇敢甘冒生命危险的少年。我尽情地舒展着身体，拍打着水花，把书本和研究都统统置于脑后。我仿佛又回到从前那种狂放和激情之中，我在这重新发现的熟悉天地里折腾了两个小时，为了在下落之中发泄多余的精力，我大概从跳板上跳下三十次，我还两次横渡湖面，可是我旺盛的精力还是没有消耗尽。我一边大口地喘着气，抖动着浑身绷紧的肌肉，一边四下搜寻着什么新鲜玩意儿，急切地想要做点什么更激烈、更刺激、更放纵的事情。

这时，只听见从女子泳区那边传来一阵跳板的嘎吱声，我感觉到有股脱离跳板时的强劲冲力，留下跳板颤悠悠地晃动。只见一个苗条女子的身体一跃而起，在空中画了一个似土耳其弯刀般的半弧形，然后一头扎向水面，瞬间在水面上凿出一个旋涡，随后激起飞扬的白色水花，最后那挺直的身形又浮出来，泳姿优美地奋力向湖心小岛游去。“跟着她！追上她！”运动欲望让我技痒难耐，我猛地纵身跃入水中，挥动双臂，以最快的速度向她追去。被追的女子显然已发现我的追踪，显然也预备比试一下。她充分利用已领先的优势，巧妙地绕过小岛，随之便奋力往回游。我立刻就了解了她的意图，同样也向右猛转更有力地划水。我前伸的手已经够到她的脚激起的水花，我们之间只隔着一个身体的距离。而这时，这位被追的女子狡猾地潜入水中，片刻之后，便在女子泳区的栅栏边冒出水面，拦住了我的继续追踪。获胜的女子湿淋淋地爬上台阶，她不得不停了片刻，手抚着胸口，显然是有些气喘了。但是很快她便转过身来，当她看到我被拦在栅栏外时，便露出洁白的牙齿得意扬扬地朝我笑了笑。阳光刺眼，我看不清她游泳帽下的脸，只有那粲然一笑似是向失败者闪烁的光芒。

我既懊恼又有些好笑，从柏林离开以后我还是第一次感受到女人赞赏的目光，也许又是一段风流韵事也说不定呢。我几下就游回了男泳区里，快速地把衣服套在湿淋淋的身上，想在门口等候她。我等了足有十分钟，然后，我傲慢的女对手——她男孩般颀长的身材不容易让人认错——步履轻盈地走了出来。她一看见我在等她，便加快了脚步，显然是不想给我搭讪的机会。她走起路来就像她游泳时一样灵活、轻快、矫健，全身的所有关节都服从于这个男孩子一样细瘦，也许有些过瘦的身体的支配。要想不引人注意地赶上这个健步如飞的女人，我就得跑得有些气喘了。终于，我在一个拐弯处赶上了她，我敏捷地挡在她面前，按照大学生的习惯摘下帽子向她致意，然后问她，我是否可以送她回家。她讥讽地瞥了我一眼，但是并没有放慢急匆匆的脚步，她用讥讽的语气回答我："要是您不嫌我走得太快，可以啊！但是我急着赶回去。"她不拘小节的态度鼓励了我，我更加纠缠不休地提了一大堆好奇的、也可能是幼稚可笑的问题。但是她却十分热心并且坦率地回答了这些问题，这使我的意图与其说是受到了鼓励，还不如说是感到困惑。因为从我在柏林找人搭讪攀谈的经验来看，我多半应该受到反抗、拒绝，遭到嘲笑、讽刺，没想到她竟一边健步如飞地赶路，一边就这么坦率热情地与我攀谈。这样，我再次感觉到，我是鲁莽地撞上一位比我强的女对手了。

但是事情比这还要糟糕。因为我又莽撞冒失地追问她住在哪儿，这时她两只傲慢的褐色眼睛突然转向我，目光炯炯但是非常犀利，丝毫不掩饰她笑意中的嘲讽："就在您家旁边。"我愕然地瞪大眼睛。她斜睨了我一眼，看她的箭是否射中要害。没错，她一剑封喉。然后那种死皮赖脸的柏林式与人搭讪的腔调马上就消失了。我忐忑不安，态度恭顺，甚至有些结巴地问她我这样送她回家是不是有些让她讨厌。"怎么会呢，"她又露出微笑，"我们还剩下两条街，就一块儿走吧。"一听这话，我感觉我的血液都咕咕地上涌，腿灌铅一样沉重，但又能怎样呢，要是改变主意离开就更尴尬了。于是我只得陪她走到我居住的那幢房子跟前，她突然停下脚步，向我伸出手来，顺口说了句："谢谢您送我回家！今晚六点您还会来拜访我丈夫吧。"

我一定是羞愧得满面通红。但是我还没来得及道歉，她就已经快步上楼了，留下我凌乱地站在那里，惊恐地回想着我说的那些愚蠢幼稚的话。我这个爱吹牛皮的傻瓜像邀请缝纫女工那样邀请她星期日一起郊游，用陈词滥调的客套恭维她的身材，还重弹了孤单求学的大学生有多么多愁善感的老调——我羞愧得无地自容，简直想吐了，恶心的感觉几乎让我无法呼吸。现在她正得意着吧，正绘声绘色地把我做的蠢事讲给她的丈夫听，而他对我的评价却是我最在乎的，在他面前出丑比赤身裸体公开在广场上受鞭笞更让我感觉痛苦。

等待天黑的可怕时刻，我无数次地想象他会怎样面带优雅的笑容来讥讽我——哦，我知道，他擅长用文字挖苦人的技巧，懂得怎样把一个讽刺造得登峰造极，让它深入您的血液，让您无地自容。一个判了死刑的人走上断头台也不会比我那天登上楼梯时脚步更沉重了。我费劲地咽下哽在喉头的一口唾沫，迈步走进他的房间，可我更加不安了，我仿佛听见隔壁房间里有女人裙摆的窸窣声。她一定是在那里偷听，这个自命不凡的傲慢女人，她要拿我的窘态来取乐，她要看我这个胡说八道的年轻人怎样出丑。我的老师终于来了。"您怎么啦？"他关切地问，"怎么今天脸色这么苍白。"我赶忙否认，内心忐忑地等着他来讽刺挖苦我。可是我担心的事没并有发生，他同平日一样谈论学术上的问题。不管我多么胆战心惊、小心谨慎地倾听每一句话，也没听出哪句话里暗含讥刺。于是，我先是惊异，后是欣喜地意识到：她什么都没有说。

八点时又响起了敲门声。我起身告辞，心又放回了肚子里。当我从门口出来时，正好她从门旁走过，我打了个招呼，她的目光微微含有笑意，我长舒了一口气，把这次原谅理解为一种将来也会保持沉默的许诺。

从那个时刻起，我的注意力开始有了变化。在此之前，我出于孩子般虔诚的敬畏之心一直把这位神化的老师视为另一个世界的天才，完全忘记去注意他尘世间的私生活。我以那种狂热的有些过分的方式，提升了他在我心目中的存在，把他从我们生活的这个被条条框框束缚的琐碎日常生活中脱离出来。就像一个初恋的人不敢在想象中给心爱的姑娘脱掉衣服，像看千百个别的穿裙子的女人那样自然地看她。同样，我也不敢偷偷摸摸地窥视他的私生活。我总是将他理想化，觉得他已经摆脱了凡尘俗世，是语言文字的使者，是创造精神的神。如今，这次悲喜剧色彩的奇遇使他的妻子突然出现挡住了我的幻想，那么我也就不由得好奇，想去更多了解他饮食起居的家庭生活。这种不安分地想去窥探的好奇心让我实际上是违背本来意愿地张开了眼睛。这种探究的心理刚刚开始在我心头滋生，我便有些被搞糊涂了。因为这个人在自己家里的生活是十分独特的，让人简直难以捉摸。那次相遇后不久，我被邀请去他家里吃饭，看到他不是独自一人而是同他妻子在一起，我心里就顿生疑窦，怀疑他们是因特殊原因而混搭在一起的组合体。我越是深入到这个家庭的内部，就越对他们的感情困惑不解。倒不是因为他们两个人之间在言语或行为上有多么紧张或不和谐，正相反，他们之间好像什么都没有的空白，正是这种彼此好似都不存在的奇怪关系将他们笼罩住，让人无法猜测，更加无法看透。这种压抑的情感和燥热的平静比一场狂风暴雨的争吵或急如闪电的怨恨更让人觉得气氛压抑。从表面上看不出有丝毫矛盾紧张的迹象，只是内心的距离越来越疏远。听他们之间偶尔的交谈，一问一答就好似蜻蜓点水般匆匆掠过，言谈间永远不会有心有灵犀的感觉，也不会亲密地手拉着手。他在饭桌上和我的交谈也是结结巴巴，词不达意。有时候，只要我们不重新回到有关学术的话题上来，交谈便会冻成一大块沉默的坚冰，谁也不敢去触碰它、打破它，那冰冷的负荷一直压在我心上，经常一压就是几个小时。

让我最吃惊的是他总是那么孤单寂寞。他这个思想开放、思维活跃又极具感召力的人竟然没有朋友，只有他的学生才和他交往，给予他慰藉。他与大学的同事们除了必要的应酬几乎没有任何来往，也从不参加社交活动；他常常几天都不回家，但也不是去了什么别的地方，只是待在二十几步路远的大学罢了。他将一切都默默埋藏在心里，既不向人倾诉也不诉诸笔端。现在我能明白为什么他只有在学生的包围圈中讲话，才可以如火山爆发般滔滔不绝、慷慨激昂了。这时，他健谈的性格在被沉默堵塞了几天之后突然迸发出来，所有默默深埋于心的思想呼啸着就像驯马师驯服桀骜不驯的烈马那样冲破沉默的羁绊，冲进这场语言的竞技场。

他在家里很少说话，对他的妻子说得尤其少。就连我这个不谙世事的年轻人也胆战心惊甚至惊奇地意识到，他们两个人之间飘着一团阴影，一个飘动着的、总在眼前却看不见摸不着的阴影，可它却把一个人与另一个人完全分隔开来，我第一次模糊地感觉到一场婚姻可以隐瞒很多秘密。仿佛门槛上画了一个辟邪的五角星，他的妻子未经特别的允许绝不会踏进他的书房，这明显表明她是被排斥在他的精神世界之外的。我的老师从不肯当着她的面谈论他的计划和工作，她一走进来，他便马上中断他激昂的演说，他这种做法实在让我感到难堪。他连用礼貌的措辞掩饰一下他明显侮辱、蔑视人的做法也不愿意。他粗暴而明确地拒绝她的参与——但是她却并不在意，好似并不觉得这是种侮辱，或者她对他的这种做法早就见怪不怪、习以为常了。她大约三十五岁，有着一张带点儿傲慢的男孩似的脸，动作轻盈灵巧，双腿修长有力，整天楼上楼下忙得不可开交，却总是能找出闲暇去看戏，也不耽误体育运动，可是对读书、对家庭、对所有封闭的，需要思考的东西，她完全不感兴趣。她总是低声哼歌，开心微笑，讲话伶牙俐齿，只要能跳舞、游泳、跑步或做任何一种剧烈运动舒展她的四肢，她就似乎感到满足，然后心情舒畅。她从不和我严肃交谈，总是把我当作一个未成年男孩那样戏弄，至多当我是个势均力敌可以任性较量一下的对手。她爽朗、敏锐的性格与我老师那种阴郁、内向，只有思想和学问才能振奋其精神的特性形成强烈的反差和鲜明的对比，以致我又带着新的惊诧暗自思忖，到底是什么把这两个性格迥异的人联在了一起。不过，这种奇特的差异却给我带来很大的益处，在紧张繁重的课业之余与她交谈，感觉就像有人将沉重的头盔从我头顶上摘了下来，然后所有疯狂迷乱的激情便会退去，重新回到循规蹈矩的尘世中来。在老师面前我总是过于紧张，几乎忘了怎么笑了，而在她面前我又恢复了生活中率真、随性的本性，大笑减轻了我的精神压力，让我心情舒畅。我们之间慢慢形成一种好似志同道合的伙伴关系，我们一起天南地北地闲聊，一起去看戏。我们在一起的时候气氛总是轻松自在，从不觉得有什么拘谨。只有一件事会尴尬地中止我们的交谈，破坏愉快的气氛，而且使我感觉无措和迷惑，那就是提到他的名字。每次，她都用一贯的沉默来应对我好奇的探询，如果我越说越激动，她就会诡异地冲我微微一笑。她始终讳莫如深，她用她自己的方式，以同样坚定的态度将这个男人排除在她的生活之外，就像他也将她排除在他的生活之外一样。然而，两个人在同一个屋檐下，已经这样各自静默地生活了十五年了。

可是，这个秘密越是无法破解，对我偏执焦躁的心就越有诱惑力。它就好像一片阴影，一块面纱，随着说话引起的气流轻微摆动，有好多次我都觉得它近在咫尺，马上就要抓到它了，可是它又迷一般地滑掉了，稍过片刻便又出现来诱惑我，让人猜不透更难以捉摸。它不是可以揣摩的语言，也不是可以抓住的形式，对一个年轻人来说，再也没有什么比这种绞尽脑汁无休无止的猜测更让人困扰，更让人头脑清醒的了。我的想象力，平时总是闲得发慌，四处游荡，如今终于发现了自己想要猎取的对象，所以它因发现新的追踪而兴奋不已。在那些日子里，我这个一直以来都懵懂迟钝的年轻人生长出了全新的感官：一片敏锐捕捉、辨别每一个声调的耳膜，一道猎人一样时时窥探、处处提防的目光，一种在暗地里四处不停搜索的好奇心。我的每一根神经都活跃着，总是受到新的猜想的刺激，却从未有清晰的结果。

然而我却不能责备我这不断冒出来的好奇心，它是纯洁的。让我的感官如此亢奋的，并不是出于幸灾乐祸的心理或想在一个优越的人身上捕获某种卑劣行径的邪恶好奇心，正相反，这种好奇心来自我心底隐藏的恐惧，是一种彷徨无助的同情，这种同情带着些许的不安，隐约感觉到两个沉默者心里的痛苦。因为我越走近他的生活，就越深切地感觉到我的老师那张亲切的面孔上变幻莫测的阴郁压迫着我。那用高贵的精神控制着的忧郁，从来不会贬低自己的身分，变成无端的怒火或粗暴地发泄。如果说他最初吸引我这个陌生人的是他激昂的华丽言语所绽放出的耀眼光芒，那么现在更触动我心灵的则是他经常的缄默不语和他眼底眉梢的一抹忧伤。再没有什么比一个高贵男人的忧郁更能震撼一个年轻人的心灵：米开朗琪罗俯视自己内心的沉思者，贝多芬因痛苦向内收敛紧绷的嘴，这些现存的悲剧性的面孔比莫扎特银铃般清脆的旋律和达·芬奇人物四周的明亮光线更强烈地打动思想尚未成型的年轻人。青春本身就是美，它无需再被美化；它极度旺盛的生命力总是向往悲剧，喜欢让忧伤去吮吸它少不更事的血，因此，所有的年青人都喜欢冒险，喜欢向每一个受精神折磨的人表现关爱之情。

而这样一副真正忧郁的面孔，我还是第一次见到。作为一个从小在小市民的和睦家庭中无忧无虑长大的小人物的儿子，我所认识的忧愁只不过是日常生活中可笑的几种面具，或伪装成恼怒，或披着嫉妒的黄色外衣，常跟叮当作响的小钱联系在一起。但是这张脸上怅然忧郁的神情，却让我感觉一定是因为某种更神圣的因素的缘故。这种忧郁源于内心的伤痛，一枝残忍的绘图笔从里面将褶皱和裂纹刻在了这张过早衰老的面颊上。有时我踏进他的书房（总有一个孩子靠近鬼屋的恐惧），他正陷入沉思之中没有听见我的敲门声，我就那样手足无措、狼狈不堪地突然出现在他面前。每当这时，我总觉得坐在那里的是戴着瓦格纳[①]面具的躯体，身上穿的却是浮士德的长袍，而灵魂

① 指歌德《浮士德》中的人物，浮士德的助手瓦格纳是一个负面人物。

却在神秘的山谷中、在恐怖的瓦尔普吉斯之夜[1]四处游荡。他的感官好似都关闭了，既听不见我走近的脚步声，也听不见我小心翼翼的问候。然后，他会突然回过神来，试图用急匆匆的话语来掩盖他的失态；他来回踱着步子，想方设法地提出问题将我的注意力和目光从他身上引开。但是那种忧郁还是会留在他深锁的眉宇间，只有热烈的交谈才能将他从内心积聚起来的阴云驱散。

有时我想他一定感觉得到他的样子让我担忧，也许他从我关切的眼神和不安的手上猜想到我希望他信任我，也许他从我小心谨慎的言辞中看出我隐藏的恨不得把他的痛苦转移到我身上的热情。是的，他一定感觉到了，因为他出其不意地突然中断了热烈的谈话，有些感动地望着我。这异常温暖的目光笼罩着我，眼神因有太多的情绪浮动反而有些黯淡。他常常会抓住我的手，心神恍惚地握着。我总是期待着：现在，现在，现在他要对我说些什么了。但是他什么也没有说，往往比画一个生硬得有些粗暴的动作，甚至故作冰冷地嘲讽几句，好让自己平静下来。他用他的热情培养了我的热情，又唤醒了我心底对激情的渴望，现在却又像划掉作业中的一个错误那样把它划掉了，而且他越是看到我渴望得到他的信任，就越是粗暴地用“这个您不懂”或者“您太夸张了”这样的话讥讽我，让我感

① 5月1日原为英国土著督伊德教徒的古老节日，后改为圣瓦尔普吉斯的瞻礼日。在德国，传说在瓦尔普吉斯之夜，魔女们会在布罗肯山上举行盛大的仪式，庆祝春天的到来。这在歌德的《浮士德》中也有所提及。

到愤怒又绝望。我忍受这个阴晴不定、忽冷忽热的人的折磨，他在不经意间燃起我的热情，之后又兜头浇了一盆冷水。他用他的狂热激起我的狂热，随即又用讽刺挖苦当鞭子——是啊，我有一种可怕的预感，我越是想要接近他，他越是坚决地、甚至是恐惧地将我推开。他不允许任何人触及他的内心，触及他的秘密。

我感觉他的秘密好像已经藏不住了，它离我越来越近，就隐没在他奇特地吸引我的内心深处。我从他怪异的躲闪目光中隐约感觉到他一定在逃避些什么，当有人满怀感激地回应时，他的目光总是时而热烈四顾，时而惊慌躲闪；我从他妻子奇怪的缄口不言和这个城市里的人们谈到他时冷淡矜持的回避也感觉到了，每当有人夸赞他，那些城里人便会露出几乎愠怒的神色——我从他种种古怪的行为和突然的怅然若失中觉察到了这一点。我误以为自己已经深入一个圈子的内部，原来却仍然如在迷宫里一般盲目地转来转去，找不到通向其源头和中心的道路，这是多么痛苦的折磨！

但是对我来说最无法理解也最让人恼怒的却是他不计后果的任性行为。有一天，我去上课，却只见门上贴着一张纸条，说要停课两天。同学们似乎已经司空见惯，并不感到惊讶，可我昨天还和他在一起呢。我急忙赶回家，一路上焦急万分，生怕他生病了。见我情绪激动地冲进去，他的妻子只是无奈地淡淡一笑说：“这是常有的事儿，”语气出奇地冷静，“只不过您还不知道而已。”果然，同学们跟我说起他经常人间蒸发一样消失几天，有时只是发个电报请假。有一次，一个学生凌晨四点钟在柏林的一条街上碰见他。还有一次，另一个学生在外地的小饭馆里遇见过他。他像一个木塞子一样一下子从瓶口弹出去，谁也不知道他去了哪里。这种突然的出走像病痛那样折磨着我，让我感到不安。在这两天里，我失魂落魄、惊慌无措地四处游荡。没有他熟悉的身影相伴，我感觉课业无聊到了极点，学习也没有任何意义。纷乱的猜疑和嫉妒折磨着我，我心里陡然滋生出恼怒和怨恨的情绪，他竟然像把一个乞丐抛在寒风中那样，把我对他的一腔热血挡在他的真实生活之外。我徒劳地想要说服自己，对他而言我只是他的一个学生，还是个孩子，他已经善意地给了我超出一个授业恩师百倍的依赖和帮助，我有什么权利要求他告知我真相？但是理智控制不了我如火的热情：我傻乎乎地一天十遍地去询问他是否已经回来，直到最后我从他妻子越来越不耐烦的否定回答中听出了恼怒。半个晚上我一直都醒着，侧耳倾听是否有他回家的脚步声，清晨我又蹑手蹑脚地在他家的门口徘徊，却再也不敢敲门追问他的行踪。第三天，当他终于出其不意地走进我的房间时，我大大地松了一口气，从他尴尬的反映中我猜想我的反应肯定是有些过分了，为了掩饰，他一连提了好几个无关紧要的问题。他的目光躲避着我，第一次，我们的交谈开始吞吞吐吐、闪烁其词，半天进入不了正题，因为我们俩都竭力避免提到他的突然出走。这个无法企及的话题堵住了我们顺畅交谈的道路。他一离开我，强烈的好奇心便如火焰般熊熊燃烧起来，让我寝食难安。

我就这样战斗了几个星期，期待能打开他的心扉然后更深入地了解他。我固执地探索着那个隐藏在沉默坚冰之下的内核，感觉它一定如火山般炽烈。终于，我得到一个机会，第一次成功地闯入了他的内心世界。那天，我又一次在他的书房待到傍晚，他从紧锁的抽屉里拿出几首莎士比亚的十四行诗，他先用自己的译文朗读一遍，那些形象仿佛青铜铸成的雕像般浮现在眼前，随后他便将那些看似毫无联系、无法理解的密码神奇地破译出来，让人醍醐灌顶。我欣喜之余不禁感到惋惜，这个激情四溢的人所馈赠的思想之光就这样消逝在刹那的言语之中。我也不知自己哪儿来的勇气，竟然大着胆子问他，为什么没有完成他的大作《环球剧院史》。问完我就后悔了，因为我当即吃惊地发现，我这是违心地在他隐密的伤口上撒盐。他站起来，转过身去，沉默了许久。房间里好像一下子被暮色和静默装满了。终于，他走了过来，神情严肃地望着我，嘴唇翕动，半天才又慢慢张开，痛苦地承认道："我写不出大作了……这一切都已经过去了，只有年轻人才有这样的抱负。现在我没这样的毅力了。何必遮遮掩掩呢？我已经没什么长性了，我坚持不下去。以前我精力还算充沛，现在不行了，没精力了。我只能讲话，只有讲话我还驾驭得了，还能让我感觉有些热情。但是安静地坐在那儿写作，只是单独一人，独自一个人写作，这我恐怕再也做不到了。"

他听天由命的无奈神情震撼了我。我真诚又满怀信心地建议我的老师，应该把每天随意讲给我们的东西记录下来，不要总是无私地给予，而是耐心地将它们编辑整理成文字。“我不能写了，”他疲倦地重复道，“我精神总是无法集中。”“那您就口述！”我完全被自己这个想法惊住了，几乎是恳求地说道：“那您就给我口述，我来记录。您不妨试一试。也许只要开个头，您自己就一发不可收了呢。您就试一试口述吧，我请求您试一试，哪怕是为了我考虑呢！”

他有些惊愕地抬起头来，随后便陷入沉思。我这个想法好像触动了他。“为了您考虑？”他重复了一遍，“您真的认为，我这个老人还能做点什么事让别人高兴吗？”他的犹疑明显是一种让步，我从他的眼神里感觉到了。他的目光刚刚还是淡漠的，如今被希望之光融化，有了明亮的神采。“您真的这样认为？”他又一次重复道，我已经感觉到他心中的愿望正转变为他的意志，然后他坚决地说：“那我们就试一试吧！年轻人的想法总是对的，听他们的准没错。”我简直无法形容自己当时的喜悦心情，而我因志得意满而爆发的狂喜也感染了他，他快步地在房间里踱来踱去，几乎像年青人一样激动，我们约好，每天晚上九点，在吃完晚饭之后，先每天试验一个小时。第二天晚上我们就开始。

这些时刻，我该怎样形容它们呀！我整个白天都期待着它们的到来，下午开始，一种使人筋疲力尽的焦虑就像电流一样触遍我的全身，直击我的心灵，我好不容易熬过那几个小时，终于到了晚上。吃完晚饭我们便立刻走进他的书房，我坐在书桌旁边，背对着他，他则一边思考一边在房间里来回踱步，直到有一节旋律在他心中汇聚，他将它们升华为语言的奏章。这个奇特的人喜欢用乐感来描述一切，他总是需要做一些准备活动让他的思维活跃起来。打开他思路的有时是一帧图像，有时是一个大胆的比喻，有时是一个形象的情景，一旦开启，他的思想便不由自主地快速奔跑，将它们扩展成为戏剧性的场景。然后常常会从这些即兴创作的灿烂火花中闪出一道耀眼壮丽的自然之光，一气呵成。我还记得一些诗节，有几行似乎是抑扬格诗体，还有几行，它们如同奔流的飞瀑，精妙的排列就像《荷马史诗》中的战船目录和沃尔特·惠特曼粗犷的颂歌。我这个青涩的年轻人生平第一次有机会探究创作的秘密：我看到，只是一腔流动的热情而毫无色彩的思想怎样像铸铜钟的铜汁一样从激动兴奋的熔炉里流出来，逐渐冷却，显露出自己的形状，然后再变得浑圆丰满起来，最后迸发出话语，仿佛就像钟锤敲响大钟发出的阵阵强音，赋予诗人的思想感受以人的语言描述。每一个段落都抑扬顿挫富有韵律；每一段描写都形象生动如在眼前，这部恢宏巨著与其说是文学作品，还不如说是一首赞美诗，一首歌颂大海的赞美诗。这首诗把大海看作尘世间看得见、感觉得到的永恒来赞美，它波涛滚滚地涌向远方；它浩瀚无垠，水天相接，掩住海底的千沟万壑；它游戏于天地之间，随意摆弄着在尘世挣扎着的人们命运的小船。这篇大海的颂歌用奇妙的对比引出悲剧性的描写，有如怒海惊涛般带着毁灭自然的力量激荡着我们的内心。汹涌的波涛向一个国家滚滚而来：英国出现了，这个四面环海的岛国，无时不在经受这股永不停歇的自然之力的冲击，这股危险的力量包围着陆地的边缘，冲刷着地球的各个地带。在大不列颠，它创造了一个国家，它形成的冷漠、清澈的光芒折射进人们或灰色或蓝色的瞳孔里。在那个国家里，每个人既是航海者也是岛屿，就像他们的国家一样。风暴和危险磨砺了这个民族的意志，几百年来，人们在不断的航海远征中检验了自己的力量，并激发出强烈的、暴风骤雨般的热情。但是现在，和平之光照耀在这片国土之上，而早已习惯风暴和危险的人们仍向往着大海的波涛翻滚，向往着在风浪中探险，于是他们就制造血腥的游戏来重新获得紧张和刺激。刚开始，他们搭起木台来观看斗兽和格斗，熊流血过多而死，斗鸡激起人们恐惧中的快感，可是不久后他们就厌倦了，他们更希望从人的彼此对抗中感受更强烈的紧张和刺激。于是，从虔诚的剧院和教会的神话传说中演变出了大型的、波澜壮阔的关于人的探险、奇遇、远征、归来的戏剧。不过这次的航行不是在海上而是在人的心里，这是另一片浩瀚无边、波澜壮阔的海洋，海上翻滚着激情的波涛，澎湃着精神的浪花。不惧风吹雨打，自由航行在浪涛翻滚之间便是顽强的昂格鲁-撒克逊民族新的乐趣，这样就产生了英国的民族戏剧，伊丽莎白时代的戏剧。

他狂热地投入到这段野蛮原始的史前世界的描述中，

语言形象，气势磅礴。他的声音，开始时只是急促的轻声细语，后来绷紧声带的肌肉，慢慢变得洪亮、激昂，好似变成一架银光闪闪的飞机，越飞越高，越飞越远。狭窄的书房根本装不下它激荡的回响，它需要更加广阔的空间。我感觉自己的头顶上空刮起了风暴，雷鸣般的呐喊咆啸着从他的嘴里喷涌而出。我蜷缩在书桌边上，感觉自己仿佛正站在故乡海边的沙丘上，听翻滚的波涛和呼啸的海风发出震耳欲聋的声响。就这样，每句话的诞生都像一个人的诞生一样经过痛苦的战栗，这正是他第一次触动我在惊恐不安中感到喜悦的心灵。

在口述中，频频突发的灵感夺去了学术表述的语言，变成了文学创作，我的老师一停止口述，我便晕乎乎地站立起来，感觉极度疲惫。这种疲惫与他的疲惫不可相提并论，他的疲惫是一种激情耗尽，如释重负的虚空状态，而我则是因一时被太多思想的波涛激荡而心神俱疲。我们俩随后还是会再交谈一会儿，才能去睡觉，才能平静下来。通常我总是再读一遍我的速记稿，奇怪的是，这些速记符号一变成话语从我的口中流出，我说话的声音就变成了另一个人的声音，好像有个神灵无形中换走了我的语言。后来我才明白，我总是在不知不觉中模仿他的语调、他的声音，甚至他在哪里断句、哪里呼吸，所以现在仿佛不是我自己在说话，而是他在通过我的嘴说话，我已经完全变成了他感情的共鸣，话语的回响。

这一切已经过去了四十年，可是哪怕今天，当我正在滔滔不绝、慷慨激昂地做着演讲，我仍然有时会隐约感到我的声音脱离了我的控制，不是我在讲话，而是有一个声音从我的嘴里讲着他要讲的话。然后我听出了那个高贵的死者的声音，唯有他，即使故去还将气息留在我的唇上，每当我激情澎湃的时候，我便变成了他。我知道这是那些时光给我刻下的印记。

工作成果在增长，在我的四周长成了一片树林，渐渐遮住了我看向外部世界的视线。我只生活在这所阴暗的房子里，生活在这部作品不断增长的稠密枝叶中，生活在这个亲切、温暖的人身边。

除了大学里为数不多的几节课外，我的时间全部是属于他的。我在他家吃饭，他的信息不分昼夜在连接我俩住处的楼梯间来回传递。我有他们家的房门钥匙，他也有我的，这样他就不必去叫那个半聋的房东太太，随时都可以找到我。但是我和这个新集体的关系越是密切，与外面世界的联系就越稀少，我在享受这个集体温暖的同时，也不得不忍受他们几乎封闭的生活带来的清冷和孤寂。我的同学们一致对我表现出某种冷漠和蔑视的态度，不管是他们私下议论而有的偏见，还是因为我受老师明显偏爱而引来的嫉妒，总之，他们拒绝与我来往，即使在讨论课上他们也像是事先约好一样避免与我交谈。就连教授们也毫不掩饰他们对我的反感。有一回，我向一位拉丁语老师咨询一件小事，他却讥讽我道："您作为教授的知己……应该知道的嘛。"我想寻求自己这样被无端排斥的理由，但是无功而返，他的言语和目光都不能给我答案。自从我与这个孤独的人在一起，我自己便被完全孤立了。

其实被排斥在社会生活之外并不让我感到怎么难过，我的全部注意力都集中在精神层面的活动上了。但是我的神经渐渐承受不了这种持久的紧张状态而有了损伤。接连几个星期持续地精神紧张、用脑过度、透支身体，人不会不受到惩罚，加之我突然反转的生活，一下子从一个极端转向另一个极端，肯定会破坏上帝赐予我们的神秘的自然平衡的状态。以前在柏林，我整天东游西逛的惬意生活可以让我绷紧的肌肉得到放松，在女人身上寻求刺激可以让我焦躁的精神得到安慰。那么现在，紧张沉闷的气氛就这样一直压抑着我亢奋的感官，使它们仿佛带着电流的触角在我体内四处颤动着、逃窜着；我不再有深沉的睡眠，虽然或许我只是出于任性，每晚将老师口述的内容整理到凌晨（焦躁地逼迫自己尽快将文稿交到我亲爱的老师手里，好博得他几句赞美）。还有大学的课程和大量材料的阅读也要耗费我很多的精力，而与我老师的交流也总是让我情绪激动，每根神经都绷得紧紧的，精神高度紧张，不敢在他面前露出心不在焉的样子。受到虐待的身体不久便对我进行了报复，我多次突然昏迷，虽然时间都很短，但这是身体对我发出的警告，而我却根本不予理会。但是这种让人昏昏欲睡的疲倦与日俱增，每次情感的表达也变得更加强烈，神经愈发敏感，这影响了我的睡眠，刺激着被压抑的混乱思想。

第一个注意到我糟糕状况的是我老师的妻子。我经常感觉到她的目光充满担忧，她多次在我们的交谈中有意提醒我，诸如不要指望在一个学期里征服世界这类的话。最后，她直接就过来阻拦我了。一个阳光明媚的星期天，我正钻研一本语法书，她冲过来一把夺掉我手里的书，“够了，”她大声喊道，“一个风华正茂的年轻人怎么能甘愿做虚荣心的奴隶？您不要学我的丈夫，他老了，您还年轻，您不能像他那样生活。”每次她提到他时，总是流露出蔑视的语气，对于我这个老师的崇拜者一度表现出极大的不满。我感觉得到，她是故意的，甚至是怀着某种邪恶的嫉妒心理试图疏远我和老师之间的关系。她嘲讽我工作的热情，晚上做口述的时间太久，她就会不顾他的反对用力敲门，迫使我们停止工作。“你会神经错乱的，他会毁了你的，”有一回当她见我再次昏倒时，愤怒地冲我说道，“你看这几个星期他把你折磨成什么样子了！看你就这样糟蹋自己的身体，我再也不能袖手旁观，置之不理了。况且……”她停顿下来，没有把话说完。但是她毫无血色的嘴唇因强压怒火而颤抖着。

确实，我的老师让我做的事情并不轻松。我越是热心地为他工作，他越是看轻我殷勤的敬仰之情，表现得越冷漠。他很少对我表示出谢意。早上，当我将熬到凌晨才整理好的口述文稿交给他时，他总是不以为意地淡然说道“明天交给我也不迟”。如果我虚荣地想博得他几句赞赏，他便嘴角一扯，用一句嘲讽的话将我推到一旁。当然，他若看到我的失望和无措，也会用他亲切温暖的目光包围住我，似是安慰我所受到的屈辱，重新燃起我的希望，但是这种情形是多么罕见啊！他这种忽而冷漠地将你推开，忽而又热烈地向你靠近的性格，使我自己都难自控的炽热情感更加混乱。我到底在渴求些什么？不，我永远也说不清楚，我到底在盼望些什么、向往些什么、追求些什么，我这样热切地奉献了一切到底想得到他怎样亲切的表示。因为一个男人即使对一个女人怀着最纯洁的崇敬之情，那么他也会不自觉地渴望得到肉体上的满足，并在占有的同时为此种激情塑造一个最高的结合。可是这种纯精神上的一个男人对一个男人的激情，要怎样才能得到那不可能完全满足的满足呢？它心神不宁地围绕着崇敬的人转，总能感觉到新的狂喜，总能发现新的闪光点，却永远不能因做了最后的奉献而使自己从不安中解脱出来。它永远在不停歇地涌动，永远不会满溢而出，永远像精神那样不会得到满足。即便有过那么多次的恳切长谈，我仍觉得与他不够接近，他也从未对我完全袒露心迹或敞开心扉。有时他会充满信任地卸去身上的冷漠和拘谨表现出一点儿亲近，但是我清楚地知道下一刻他又会毫不犹豫地将这种亲近的联系无情斩断。这种反复无常的性格一次次让我感觉到无所适从的混乱。可以毫不夸张地说，我在盛怒下常常几乎要干出蠢事，有时仅仅是因为他把我介绍给他的书随手丢在一边，或者是晚上我们正聊得兴起，我正沉浸在我们讨论的问题时，他却突然冷冷地说：“时间很晚了，您现在回去吧！晚安！”可是刚刚他还亲热地把手搭在我的肩膀上啊。这些本不值一提的小事却足以扰得我好几个小时，甚至好几天都心绪不宁。也许是我的神经过于敏感吧，把一些本是无心的行为看成是侮辱和伤害，可是事后的这种自我安慰的解释对于我当时纷乱的思绪又能有什么用呢？这种情景每天都会重现，靠近他吧，要忍耐炽热激情的煎熬；远离他吧，要承受彻骨寒冷的痛楚，总是因他的淡漠而绝望，得不到任何的安慰，还让一些偶发的事件弄得愈加迷惘。

奇怪的是，每当我敏感的自尊心受到伤害的时候，我就会想到他的妻子。也许只是一时冲动，希望找一个和我一样遭受这种冷落的人，也许只是一种需要，想随便找个什么人聊一聊，即使得不到帮助，起码能得到理解吧，我就像找到一个盟友一般向她倾诉。通常她会讥笑我神经过敏，或是不以为然地耸耸肩，劝我要习惯他这些恼人的古怪脾气。有时候，我发泄完后会在她面前因情绪崩溃而绝望大哭，她总会目光充满惊奇，表情极其严肃地望着我，却不发一言，但是她嘴角的抽搐显露出她压抑的愤怒，我能感觉到她正竭力克制自己才不致说出什么不该说的话。毫无疑问，她也有话要对我说，也许她也跟他一样严守着一个秘密，如果我过分接近他，要触及他的秘密时，他会用冷漠的拒绝将我推开，而她则会开一个玩笑或临时搞个恶作剧来逃避我的进一步深究。

只有一次，我几乎就要套出那个秘密了。那天早上，我送整理好的口述文稿时，忍不住兴奋地向我的老师说起，有一段描写（是《马洛传》里的描写）让我感觉多么震撼。我还沉浸在那段描写之中，不由得赞叹道恐怕再没有人能像他那样写出这么伟大的传记了。一听这话，他却猛然转过身，咬着嘴唇，扔下那几页文稿，轻蔑地低声道："真是愚蠢！您懂什么是伟大呀！"这句冷漠的嘲讽（可能只是一时为了掩饰尴尬而随意说的）让我一整天都情绪低落。下午，我和他的妻子单独待了一个小时，我突然一阵歇斯底里，抓住她的双手："求您告诉我，他为什么这么恨我？为什么这么看不起我？我哪里惹到他了？为什么我说什么他都觉得不对，都会生我的气？我到底应该怎么做，请您帮帮我吧！他为什么这么不喜欢我——您告诉我吧，求您了。"

我这样突然的情绪失控吓了她一跳，她死死地瞪着我。"不喜欢您？"一阵尖利刺耳的笑声仿佛从她的牙齿缝里挤出来一样，我不禁骇然向后退了一下。"不喜欢您？"她又重复一遍，愤怒地盯着我迷惘的双眼，随后又慢慢俯下身来，她的目光竟变得温柔起来，几乎是带着同情，她突然（第一次）摸了摸我的头发，"您确实是一个孩子，一个傻孩子，什么也没发觉，什么也看不到，什么也不知道。可是这样最好，否则您会更加惊惶失措的。"

说罢，她猛然转身走开，留下我徒然地寻找着不可知的答案。我就像是被装进一个撕不破的噩梦口袋里，拼命挣扎着要得到一个解释，想要从这种矛盾的情感迷惘中解脱出来。

时光飞逝，转眼四个月过去了，这段时间里我的学业突飞猛进，思想上也起了意想不到的变化。可是眼看着学期结束，假期临近，我心里有些慌乱，因为我喜欢我的炼狱[①]，而家里那种没有文化氛围的平淡生活对我有放逐和劫掠的威胁。我私下计划要哄骗我的父母说是有重要的工作还没有完成，我巧妙地编织好谎言和借口，来延长这耗人心神的现状。但是我的时间早已排在另一个空间里，这个时刻就无形地悬在我的头顶，像正午报时的钟声就隐藏在铜钟里一样，随时都会出其不意地严肃提醒闲散的人们去工作或者去告别。

那个决定命运的晚上，一切都开始得多么美好，美好得有些反常，似要发生些什么！我和他们俩一起用餐，从打开的窗户可以看见外面飘着的朵朵白云，暮色透过暗淡的窗棂投射进来，悠悠白云反射的柔和光影静静地洒在室内，让人心里感觉宁静又祥和。我和老师的妻子比往常聊得更随便，更融洽，更热烈。我的老师并不加入我们的谈话，但是他的沉默仿佛是静静收拢翅膀的大鸟在俯视着我们，倾听着我们的对话。我偷偷观察着他，今天他的神态有种出奇明朗的东西，有一点儿不安，但绝不是慌张和急躁，像夏日云端闪耀的光彩。有时他对着光举起酒杯，观看酒的颜色，而当我的目光开心地追随着他的动作，他便对我微微一笑，转过酒杯来向我致意。我很少看到他的神

① 炼狱是天主教用来描述信徒死后灵魂暂时受罚的地方，根据天主教教义，人死后升“天堂”前在炼狱里洗涤“罪恶”，是天主教教义之一。

色如此明亮，动作如此优雅。他愉快地坐在那里，好似在欣赏远处街边传来的音乐或倾听看不见什么人的对话。平时经常颤动又布满细纹的嘴唇，如今安静、柔和地在那里宛如一个剥了壳的坚果。傍晚的日光在他转向窗口的额头上投下一层柔和的微光，让它看起来从未有过的美好。看到他如此平静安祥，真的是太奇妙了。是宁静夏日傍晚的反光太美，还是傍晚的惬意的微风醉人，抑或是空气里的安逸流进了他心里，我不知道。看他脸上的表情就像读一本摊开的书，我只是感觉到，今天有位好心的神仙抚平了他心底的裂痕。

现在他站起来，像平常一样摆一下头，示意我跟他到书房去工作。他的动作出奇的庄重，这个平时步履匆匆的人，今天反常地从容不迫起来。然后他又转过身去，从柜子里拿出一瓶还没有启封的葡萄酒，这个也不寻常。他的妻子似乎也发现他行为有些古怪，她放下手里的针线有些惊讶地注视着我们走向书房，不动声色地观察着他今天异乎寻常的举止。

书房像往常一样在昏暗的暮色中等待着我们，只有一盏灯在一堆白纸四周投下金黄的圆圈。我坐在平时常坐的位置上，重读了一遍手稿里的最后几句。他总是需要像音叉定调那样在他的心里找准节奏，然后才能让他的话语喷薄而出。平时他总是紧接上文的最后一句开始口述，这次他却迟迟没有开口。沉默在房间里弥漫开来，带着压力从四壁反弹回来压迫着我们。他似乎还没有准备好，我听见他烦躁的踱步声。“您再读一遍！”他的声音听起来有些奇怪的颤抖。我把最后几段又重读了一遍，这回他紧接着口述起来，比平时更快速，更简洁。他只用五句话概括了整体框架。他现在所描述的是戏剧发展的文化前提，是一幅那个时代的壁画，是历史的概述。现在他突然转向论述戏剧本身，它从中世纪的流浪艺人乘着大篷车四处表演的形式到终于有了固定的表演场地，然后又建造了自己的家园，有了保证权利和特权的文件，先是“玫瑰剧院”和“幸福女神剧院”，它们是只能上演简单粗陋戏剧的小木屋；到了后来，诗和戏剧蓬勃发展，不断壮大，工匠们便按照它们宽大的胸围制作了一件木制的裙裳。在泰晤士河边，在潮湿的、一文不值的淤泥地上建起一座带着一个粗笨的六角塔楼的木制建筑，这就是环球剧院。在这座剧院的舞台上，莎士比亚这位大师出现了。环球剧院就像是被海水冲上岸的一艘怪船，桅杆顶上挂着海盗式的红旗，稳稳地抛锚在泰晤士河泥泞的河畔。下层的百姓像在码头上那样闹哄哄地挤坐在大厅里，上流社会的绅士则坐在楼上一边闲聊，一边俯视着下面的演员。他们不耐烦地催促着快点开演。他们跺着脚，高声叫骂着，剑柄胡乱敲击着舞台前的木板。终于，几支闪亮的火把第一次照亮前面低矮的舞台，有几个人物草草装扮一下就登上了舞台，好似正在上演一出即兴创作的喜剧。即便今天我还记得他的原话，“突然一阵语言奏响的风暴呼啸而来，那波涛汹涌、激情澎湃的大海掀起血红的波浪，冲出木板的边界直击人类思想的各个时代、各个地区。它浩瀚无涯、无穷无尽，既欢快又悲壮，它变化多端，又包罗万象，是人类最真实的写照。这就是英国的戏剧，莎士比亚的戏剧。”

这段慷慨激昂的话结束后，他的口述就停了下来。接着便是一阵长久的、让人压抑的沉默。我不安地转过身去，我的老师疲惫地站在那儿，一只手用力扶着桌子边缘，正是我熟悉的精力耗尽的表现。但是这一次他雕塑一样的姿势让我感觉有些异样。我担心地跳起来，小心翼翼地问，我是否应该停止记录。他没有回答，只是面无表情，目不转睛地呆望着我，但是很快，他的眼睛就闪烁出耀眼的蓝色光芒，他微笑着向我走过来，然后问道：“那么，您真的什么也没觉察到吗？”他期待地望着我。“察觉什么？”我困惑地结巴着说。他深吸了一口气，再次微微一笑。几个月以来我又感觉到他亲切、温暖的目光包围着我，“第一部分完成了。”我强忍住才没有高声欢呼，突如其来的喜悦暖流一样流过我的全身。我怎么没觉察到呢，是啊，这是一个完整的架构，我们的地基从原始的基础一级一级向上精妙地累积，直至升高到可以创作的门槛，现在他们可以进来了，马洛、本·琼森、莎士比亚，他们可以胜利跨越这道门槛了。这是这部作品的第一个生日！我奔过去数那些稿纸，总共密密麻麻的有一百七十页，这是第一部，也是最重要最难写的一部，因为在这之后的描述大都是自由地模仿，不过到现在为止的叙述都是有历史依据的。毫无疑问，他会完成他的著作，完成我们的著作！

当时我是忘情地大声叫喊，还是因兴奋、骄傲、开心而手舞足蹈，我已经不记得了。但是我的激动一定是以出乎人意料的方式呈现的，因为他的目光一直满含笑意地注视着我，我时而浏览一下最后几句，时而匆匆数一数文稿，我将它们捧在手里，轻轻地掂量着，深情地抚摸着，急切地盘算着，想象着我们完成整部著作的样子。在我无法掩饰的喜悦里，他一定看到了自己的影子，但他将骄傲和自豪深埋在心底，只是动情地、微笑地望着我。然后他慢慢走近我，伸出双手握住我的双手，目不转睛地凝视着我。他平时只是偶尔才闪烁蓝色微光的双眼，现在却渐渐变得越来越亮，变成了清澈、透明，深情的蓝色，在所有大自然的物质中只有水的深处和人最深沉的情感才能呈现出这样的蓝色。这种蓝色闪着光，从他的眼底升起，直照进我的心里，好像有一股暖流正缓缓地流入我的心底，在那里奔涌激荡，让我产生一种莫名的渴望，心胸也开阔起来，心里似骄阳升起般感到说不出的欢喜。“我知道，”他的声音在这蓝光中响起，“没有您，我决不会有信心开始这项工作，我永远不会忘记您，是您拯救了我，给了我活力，如果我这失败的一生还能有什么留下来的话，那都是您的帮助，没有人如此真诚地帮助过我，是您一个人拯救了我！所以我不能说，我要感谢您，而是要说……我要感谢你[①]。来，过来！现在让我们完全以兄弟相称，像兄弟一样待上

① 德国人只在家人或知己朋友之间用“你”这个称呼。

一个小时！”

他轻轻将我拉到桌边，拿来了准备好的那瓶酒，两只酒杯也摆好了，他想用这象征性的饮料来表示对我的感谢。我因喜悦而有些发抖，没有什么比愿望突然得到满足更能触动我们的心灵。这是明显的信任的表示，我曾无意识地渴望得到它。他的谢意找到了恰当的表达方式，充满手足亲情的“你”跨越了年龄的界限，在经历了冷漠之后而显得尤其珍贵。酒瓶发出叮当的响声，这个要施洗礼的使者现在要用信任平复我心里的躁郁不安，我心中已经响起一个颤抖、轻快的声音，但是有个小小的障碍推迟了这个庄严时刻的到来，我们没有开瓶器。他要起身去取，我猜到了，急忙冲向餐厅。我急切地盼望这个时刻的到来，这是我的心灵得到平静的时刻，是他对我情感的最好见证。

当我飞快地冲出房门向有灯光的过道拐去时，昏暗之中撞上一个柔软的东西，那个东西赶紧向后退去，是我老师的妻子，她显然是在门口偷听。奇怪的是，我那么重地撞在她的身上，她却没吭一声，只是默默向后退去，而我却吓得呆在那里。我们之间有一瞬间的静默，她被撞见偷听，我则受到意外的惊吓，彼此都很尴尬。但是随后轻轻的脚步声响起，灯也亮了，我看见她背靠在柜子上，脸色煞白，目光严肃、探究地打量我，毫无表情的脸上却透着一种阴郁，好似带着警告和威胁的意味，但是她一句话也没说。

我双手颤抖着，烦躁地摸索了半天才找到瓶起子，有两次我必须得从她身边走过，一抬头便撞上她呆怔的双眼，好像抛光的木头一样闪着幽光。她并没有因被撞见在门口偷听而显现出丝毫羞愧，正相反，她的眼睛里有种我无法理解的坚毅果敢的光亮，那固执的表情告诉我，她没打算离开，她会继续偷听下去。这种意志上的优势使我很是困惑，在她坚定、警告的眼神逼视下我不知不觉低下了头。当我终于脚步不稳地回到书房，看到我的老师正不耐烦地拿着酒瓶，而刚刚那种极度喜悦的情绪却似乎被冻结成了一种怪异的恐惧。

但是他那么满心期待地等着我，目光那么愉快地投向我，我曾无数次想象有一天可以见到他今天这个样子，看到愁云从他的额头消散！但是现在，他额头闪着柔光，举止亲切、目光温暖地对着我时，我竟一时语塞得说不出话来。所有隐秘的喜悦和幸福好像从隐秘的毛孔慢慢流走了。我心慌意乱，甚至羞于听到他再次用亲切的“你”来称呼我，来感谢我。两只酒杯相撞发出清脆的响声，他老朋友一样用手臂搂着我，把我带到靠背椅那儿，我们面对面坐下。他的手轻轻放在我的手上，我第一次感觉到他要在我面前袒露心迹了，但是我一句话也说不出来。我不由自主地向门口张望，生怕她还站在那儿偷听。我暗自不住地思忖，她在偷听，偷听我们讲的每一句话，为什么恰巧是在今天，为什么是今天？当他目光温柔地望着我，突然深情地说道：“今天我想给你讲讲我，讲讲我自己年轻时候的事。”一听这话，我顿时吃惊地跳起来，摇着手表示拒绝，“今天不行，”我嗫嚅着，“今天别讲……请您原谅。”因为他会把自己暴露给一个偷听者，而我又不能告诉他有人偷听这个事实，想想都觉得可怕。

我的老师疑惑不解地看着我。“你怎么了？”他面带愠色，有些不快地问。“我累了……请您原谅……我可能是太过激动了，有点头晕……我想，”我一边说一边浑身发抖地站起来，“我想，我现在就该走了。”我的目光不由得掠过他再次望向门口，心想那个不怀好意的偷听者一定正好奇地潜伏在那里。

他也缓慢地从靠背椅里站了起来。一丝阴影掠过他突然变得疲惫的脸，“你真的要走……今天……恰恰在今天？”他拉住我的一只手，似乎不经意地使劲握住它，但是又突然像丢一块石头那样粗暴地甩开，“真遗憾，”他失望地说道，“我多希望我们可以推心置腹地谈一谈！太遗憾了！”我听到深深一声叹息，这叹息声像一只黑色的蝴蝶飞过整个房间。我满心愧疚，却又感到一种说不出的恐惧，赶忙慌张地往后退去，在他身后轻轻关上了房门。

我摸索着爬上楼，回到房间后马上倒在床上，但是却久久不能入睡。我从未这样强烈地感觉到，我的房间就在他们的房间的上方，中间只隔着一堵薄墙，笼罩在不透光的黑暗的屋梁下。我异常敏锐的心神感觉到他们俩也一样醒着，我不用看也能看到，不用听也能听见，此刻他正在他的房间里烦乱不安地踱来踱去，而她则躲在哪儿默默坐着或幽灵般偷听着什么。我感觉到她大睁着双眼，这种清醒警觉的样子令我毛骨悚然、不寒而栗，整幢房子静寂无声，黑漆漆、阴森森的，像一个恶魔，沉重地压在了我的身上。

我掀去被子。我的双手滚烫。我到了哪里了？我已经离那个秘密如此之近了，近得脸上已经感觉到它温热的气息，如今这秘密又离我远去了，但是它无声无息、无法辨认的阴影还在四处飘荡，我感觉到它就在这个屋子里，像一只踮着脚行走的猫，扑过来跳过去。它那带电的毛皮擦身而过，满是魅惑，虽温暖却阴森可怖。我在黑暗中感觉得到他的目光慈爱、温暖，温柔得就像他握住我的那只手。我还感觉到他妻子的目光可怕、锐利，带着威胁和诧异。我为什么要让自己困在他们的秘密之中？他们为什么要蒙住我的双眼不让我看到他们的真心？为什么要把我置于他们不可捉摸的纷乱之中？他们为什么都把各自的愤怒和憎恶硬塞进我的心里？

我的额头一直在发热。我跳下床打开窗户。窗外，夏日的烟雾笼罩在城市上空。有些窗户还透着灯光，里面的人可能坐在桌边闲聊，可能在热烈地讨论一本书的内容，可能在闲适地听着音乐。白色窗框后一片漆黑的屋子，里面的人一定已经进入梦乡。所有这些屋顶的上空都漂浮着一片静谧和安祥，宛若薄雾里透出的银色月光静静地、柔和地洒下来，让人感觉说不出的安宁。钟楼报时的大钟敲响了十一下，钟声悠悠传进人们或偶然倾听或已沉睡的耳朵。只有我的这间房子还清醒着，被莫名其妙的邪恶思想包围着，心里的执念疯狂地想去探究这纷乱无序的轻声细语。

突然，我吓了一跳，这不是上楼梯的脚步声吗？我站起向来侧耳倾听，没错，有人正摸索着攀上楼梯的台阶，小心谨慎、迟疑不决、步履蹒跚。我听惯了这踩坏的地板发出的吱吱嘎嘎声，这脚步声是冲着我的房间来的，只能是冲着我来的，因为只有我和那位半聋的房东太太住在楼上的阁楼里，她早就睡了，不会接待任何人了。会是我的老师吗？不会的，这不是他匆忙不稳的脚步声，这脚步声听起来胆怯、犹豫又沉重——现在又来了！每走一个台阶都这样。这一定是个小偷！只有罪犯才会这样走过来，决不会是朋友！我紧张地听着，耳朵里嗡嗡直响。突然，我感觉有一股凉气顺着大腿窜了上来。

这时，只听见门锁轻轻开动的声音，这位可怕的客人，他一定已经到了门口了。吹到我打着赤脚上的一丝风，说明外面的大门已经打开了，然而，只有他，我的老师，才有钥匙。可是如果真是他的话，他为什么这么鬼鬼祟祟，异乎寻常？他担心我，想来看看我吗？那么这个可怕的客人又为什么在外面前厅里犹豫呢？偷偷摸摸的脚步声突然停住了，我自己也同样被吓得呆住了。我觉得我想要大声喊叫，可是喉咙好像被什么黏糊糊的东西卡住了。我想去把门打开，可是我的双脚却像钉在地板上一样动弹不得。现在我和这个可怕的客人之间只隔着一扇门的距离，但是我们谁也不敢向前再跨出一步。

这时塔楼的钟敲响了，只有一下——十一点一刻。但是这一下钟声化解了我身体的僵硬，我猛地一下拉开房门。

门口站着的正是我的老师。他手里拿着蜡烛，房门猛然打开形成的气流使烛火蓝色的火苗向上窜起，在他身后的墙上投下巨大摇晃的黑影，像个醉汉般踉跄着要穿墙而过。他见到我，打了一个激灵，那股气流仿佛一阵狂风把他从睡梦中惊醒。他缩起身体，就像在寒冷中不由自主要拉紧被子一样，然后他向后退去，蜡烛抖动，蜡油滴在了他的手上，他却浑然不觉。

我吓得要死，全身都在颤抖，“您怎么了？”我只能结结巴巴说出这句话。他一言不发地凝望着我，好像有什么东西也卡在他的喉咙里。最后，他把蜡烛放到五斗橱上，那蝙蝠一样满屋乱撞的阴影终于安静下来，他吞吞吐吐地说：“我刚刚想……刚刚想……”

他的声音又顿住了。他站在那里，像一个被当场擒获的小偷，低头看着地板。这样的恐惧，这样的呆立着，实在令人难以忍受。我穿着衬衫，恐惧得发抖，他缩着身体呆立在那，羞愧而迷惘。

突然，这个虚弱的身体抖动了一下。他向我走过来，脸上带着凶狠、淫邪的笑意，这笑意在他的双眼里危险地闪烁，双唇却紧抿着。这笑意像一个陌生的假面具盯着我看了片刻，然后他的声音像分叉的蛇信子一样尖利地吐了出来：“我刚刚只想告诉您……我们还是不要以‘你’相称了……这……这……在一个刚入学的大学生和他的老师之间不合适……您明白吗……我们必须得保持距离……距

离……距离。”

他一直盯着我，眼神中充满憎恨，语气中满怀恶意，以致他的手都不受控制地紧攥在一起。我踉跄着向后退。他疯了吗？还是喝醉了？他站在那里，紧握着拳头，仿佛随时会扑上来打我的脸。

但是这种恐惧只持续了一秒钟，随后这犀利的目光便收了回去。他转过身去，嘟囔了几句类似道歉的话，然后拿起蜡烛。伏在地上的阴影又突然站起来，活像一个黑色的、殷勤的魔鬼，抢在他之前晃向门口，随后他自己也走了。我还没回过神，房门便“砰”地关上了，在他跌跌撞撞的脚步重压下，楼梯发出痛苦的呻吟。

我永远不会忘记那个夜晚，屈辱的愤怒与无奈的绝望轮番折磨着我。我头脑里纷乱如麻的思绪火花般四处乱窜。他为什么这样折磨我？我痛彻心扉地一遍一遍问着自己，他为什么这么讨厌我？他在半夜偷偷爬上楼来，只为了怀着恨意当面侮辱我吗？我哪里得罪他了？我该怎么办？我该怎样做他才能原谅我？我心烦意乱、浑身燥热地扑倒在床上，然后站起来，再钻进被子，但是无论怎样他阴森的影子总是幽灵般浮现在我的眼前：我的老师，他蹑手蹑脚地穿过房间，被突然出现的我吓呆了，背后巨大的黑影怪异地在墙上晃来晃去。

一整夜，我只是迷糊了一会便醒来，刚开始我以为自己是做了个梦，可是五斗橱上留着的那摊黄黄的凝固的烛油提醒我那不是梦。记忆里可怕的画面一再重现，昨天夜里一位窃贼般偷偷溜上楼来的客人曾站在这个明亮的房间里。

整个上午我都待在房里。一想到一会儿可能会与他碰面，我便觉得心情沮丧，浑身无力。我试着去读本书，去写点儿东西，但是什么也干不下去。我心情焦躁不安，神经敏感脆弱，随时都有可能会痉挛似的颤抖，莫名地啜泣，大声地吼叫。我看见自己的手指像风吹过树叶一样瑟瑟发抖，无法平静下来。我的双腿发软，膝盖上的筋络仿佛已被割断。怎么办？怎么办？我反反复复地问着自己，问得自己筋疲力尽。血管在我的太阳穴里突突地乱跳，我感到头晕目眩，眼前一阵阵发黑。但是我不能出门，不能下楼，不能在精神和体力都没恢复前突然去面对他。我又倒回床上，饥肠辘辘、头脑混乱、蓬头垢面、张皇失措。我又一次试图透过这道薄墙壁去想象里面的情景，他现在坐在哪里？他在做些什么？他也像我一样无法入睡，一样充满绝望吗？

到了中午，我还心乱如麻地躺在床上忍受着煎熬，终于，我听见楼梯上响起脚步声。我顿时又神经紧张起来，可是这脚步声很轻快，一步两个台阶地往上跳跃，马上就有一只手在敲门了。我跳下床，却没去开门，“谁呀？”我问。“您为什么不下楼来吃饭？”我听见他妻子有些不高兴地回答。“您不舒服吗？”“没，没有，”我张口结舌地道，“我就来，马上就来。”现在没有选择，只好快速穿好衣服下楼。但是我四肢都感觉瘫软无力，只好扶着楼梯的扶手。

走进餐厅，看到桌子上放着两套餐具，老师的妻子坐在其中一套的前面等着，她语气略带不满地责备我说怎么吃饭还要人请，就算是打了招呼。他的座位空着。我感觉到血往上涌，这出乎意料的缺席是什么意思？他难道比我还害怕碰面？他是不好意思了，还是今后再也不愿意与我一起用餐？我最后还是问了，教授怎么没来吃饭。

她惊讶地抬头看了我一眼："难道您不知道他今天一大早就走了吗？""走了，"我结巴着说，"去了哪里？"她的脸顿时绷紧了，"这个，我的丈夫可没告诉我，大概，又像平常那样去旅行了吧。"说完，她突然转头眼神严肃又疑惑地瞪着我询问道："可是您怎么会不知道呢？他昨晚还特意上楼找您去了，我以为，他是去向您告别的……奇怪，实在是太奇怪了……他竟然连您也没告诉。"

"告诉我，"我只能发出一声叫喊。这喊叫声将我过去几个小时所受的委曲、痛苦、侮辱等等所有的情绪都发泄出来。突然间，我低头痛哭起来，我号叫着，身体剧烈地痉挛、颤抖，我含混不清地说着什么，一声声无助地喊叫着，表露出无比的混乱和绝望。我神经质地浑身发着抖，歇斯底里地哭喊着。我的手握成拳，在桌子上胡乱捶着，我泪流满面，像一个暴怒的孩子，将这几个星期以来乌云一样积郁在心里的所有不满、所有痛苦都一股脑儿倾诉出来。我在疯狂的发泄中感到了宽慰，但是轻松之后我又因在她面前的失态而羞愧不已。

"天哪！您怎么了！"她跳了起来，有些手足无措。但是随后就快速跑过来，把我从餐桌边扶到沙发上。"您先静静躺一会儿。”她一只手抚摸我的手，一只手抚摸着我的头发。我的身体因太过激动还在不自控地一阵阵颤抖着。“您别折磨自己了，罗兰德，不要折磨自己了。我都明白，我早知道会发生这样的事。”她不停地抚摸我的头发，安慰我。但是她的声音突然变得严厉起来。“我知道他会让人情感混乱，谁也不会比我更清楚这点。但是请您相信我，每当我看到您这么依恋这个不值得依靠的人，我就想提醒您。您不了解他，您太盲目，您还是个孩子，一直毫无所觉，即使今天，您也还什么都没感觉到。也许今天您第一次明白了点什么吧——这对您、对他都好些。”

她亲切地俯在我的身旁，我感觉她的声音像是从空谷传来，有种奇特的安神作用。她双手温柔地抚摸也让我平静，我的痛苦好似麻痹了，整个人感觉舒适了许多。终于，终于又一次感觉到一丝同情，终于又一次这么近地感觉一只温柔、慈爱的女人的手的抚摸，像母亲一样温暖。也许我太久没有感到这样温柔的抚摸了，现在透过忧郁的面纱，我再次感受到一个温柔体贴的女人的关心和照顾，我在痛苦之中感到一丝慰藉。可是，我是多么羞愧啊，我无所顾忌的感情爆发暴露了我的秘密，这种完全将自己的真心暴露的情绪多么让人感到羞愧！但是我接着又不能自已地费力站起来，时而滔滔不绝时而断断续续，再次大声控拆他对我所有的不公，他怎样冷淡地拒绝我，又热烈地诱惑我回去；怎样无缘无故地漠视我、伤害我，他是个折磨人的魔鬼，而我却这样全心全意地依恋着他，恨他时满怀爱意，爱他时又心存憎恨。我的情绪又开始激动起来，她只好再次安慰我让我平静下来。她温柔的双手一次次将我弹起来的身体再轻轻地按回到沙发上，最后我终于安静下来了。她若有所思地沉默不语，我感觉到这一切她全都明白，也许比我自己还要明白得多……

就这样沉默了几分钟，然后她站了起来。“行了，当孩子也当得够久了，现在您重新做回大人吧。您坐到桌边去吃饭，没什么大不了的事儿，都是些误会，会解释清楚的，”看我一副不赞同的样子，她又坚决地补充道，“是误会就会解开的，我不会再让您像这样受摆布、被迷惑了，一切都会过去的，他也得学会克制他自己。您太单纯，还是不要和他那些离奇冒险的游戏有什么牵扯吧。我会去和他谈的，您一定要相信我。那么现在，您还是快来吃饭吧。”

我羞愧地任她将我拉到餐桌前，她很快就转移话题谈起了一些无关紧要的闲事，似乎已经忘记了我刚才的冲动和失态，我心里对她充满感激。她一直劝我说，明天是星期天，她和W讲师还有他的未婚妻一起去郊游，让我一起去散散心，从繁重的课业中解放出来。还说我所有的不适都可能是缘于身体的过度疲劳和神经的过度紧张。去野外的湖里游游泳，散散步，身体很快就会恢复平衡，又会和以前一样生龙活虎了。

我答应去，做什么都可以，只要别让我一个人待着，只要不回到我的房间里去，只要不在黑暗里胡思乱想。“今天下午您也别待在家里了，您出去走走，去好好玩一玩！”

她极力怂恿着我。“奇怪，”我想，“她怎么能猜出我的心思，我们之间并不熟悉，可她总是能知道我的难处，了解我的痛苦，而他呢，尽管熟识我却总是误解我，伤害我。”这个我也答应她了。我心怀感激地抬头看了她一眼，我仿佛看到了一张崭新的面孔，她的眼神里没有了平时男孩子一样的傲慢和讥讽，多了亲切、温柔的感觉，我从未见她如此真诚。“为什么他不会这么和气地对待我？”我心中迷惘地想着，“为什么他从未感觉到他伤害了我？为什么他不会用他亲切、温柔的手抚摸我的头，握住我的手？”我感激地吻了吻她的手，她不安地、几乎是气恼地把她的手抽回去。“您不要再折磨自己了，”她重复了一遍，嘴角又变得坚决、严肃起来，她飞快地站起身，轻轻地说，“您相信我吧，他不值得您这么做。”可她这句轻得如同耳语的话在我差不多已经平静的心里又掀起了一阵波澜。

那天下午和晚上我所做的事情是那样幼稚可笑，以致于好多年里每次回想起来还会羞愧万分，甚至在内心反省时我也拒绝去对此事做任何回忆。今天我不会再对那些愚蠢的行为感到羞愧了；相反，今天的我多么深切地理解这个放荡不羁、深陷感情迷惘的年轻人，他极力想要摆脱那种特殊情感带来的危险。

我仿佛从一个长长的通道尽头，仿佛透过望远镜在观看着当时的自己，看着这个迷惘、绝望的年轻人，他走回自己的房间，却只能烦躁地走来走去，不知道自己想要做什么。他突然穿上外套，变了一种走路的姿态，摆出狂热而坚决的表情，然后步伐坚定地走到街上。是的，这是我，我认出了自己，我了解当初这个愚蠢、苦恼、可怜的年轻人的每一个想法。我知道，我突然挺直腰身，站在镜子前面，对自己说："我才不在乎他呢！让他见鬼去吧！我凭什么要让这个愚蠢的老头儿折磨自己！她说得对，出去走走，去好好玩一玩！前进！"

真的，当初我就这样走上了大街。我想要解放自己，我逃跑，唯一一次怯懦地逃跑，不愿看到自己强装的快乐，根本就不是快乐，那一大块坚冰，仍然沉重地压在我的心上。我还看到我走路的样子，手里紧握着沉重的棍棒，狠狠地瞪着经过的每一个同学。我蠢蠢欲动着，想随便找个人争吵，想随便找哪个挡住我去路的人打架，以发泄我仓皇无措、无处发泄的愤怒，但是幸好根本没人注意到我。于是，我便晃悠到那家咖啡馆——我的同学们经常在那里聚会。我想好了，不管他们邀不邀请我，我都会主动坐在他们的桌旁，话语稍不投机便挑起一场争斗。可是，我想挑衅的想法又落空了，这一天天公作美，天气好得大多数人都去郊游了，只有两三个人在那儿坐着，他们客气而疏远地和我打着招呼，没给我一点机会让我发泄我心里混乱的情绪。我恼怒地站起来走了，之后走进一家我感觉已经不那么低俗龌龊的郊区小酒馆。小城里寻开心、游手好闲的烂人在那里听着女子小乐队演奏的闹哄哄的音乐，一堆一堆挤在一起，在烟雾缭绕中喝着啤酒。我一口气灌下了两三杯啤酒，邀请一个臭名昭著的娘们儿和她的女友，一个同样涂脂抹粉、骨瘦如柴、见惯风月场合的女人坐到我的桌旁，我有一种病态的快感，我一定要让我的举动格外引人注目。这座小城里的人大都认识我，都知道我是教授的学生。那些人以怪异的穿着和举止表明他们与众不同——我就这样享受着这种既幼稚可笑又自欺欺人的乐趣，我出丑，也会让他出丑（我愚蠢地认为）。我想让他们看看，我不在乎他，我根本不把他放在眼里，我并不关心他。我当着所有人的面，用最丢脸、最不知廉耻的方式向这个胸脯肥壮的女人大献殷勤，透着愤怒与憎恶陶醉其中，不一会儿就真的醉了。我们什么酒都乱喝一气，葡萄酒、烧酒、啤酒，我们不顾羞耻地拉拉扯扯、搂搂抱抱，弄得椅子也倒了，旁边的人也都唯恐避之不及。但是我丝毫不感到羞耻，相反，我还旁若无人地大声喊叫，我就是想让他知道，我这个傻瓜也有愤怒的时候，我要让他知道，他对我一点儿也不重要。啊，我不觉得悲伤，也不感到屈辱。“拿酒来，酒！”我用拳头使劲砸着桌子，桌子上的酒杯都在颤动。最后，我左拥右抱着她们俩一起离开，大摇大摆地横穿过那条主干道，这时正好九点，是通常的节日彩车经过的时刻，大学生、小姑娘、居民和军人都愉快地在街头漫步。我们三个像摇摇摆摆、龌龊肮脏的三叶草，在道上大声喧哗着，终于有一名警察被激怒了，厉声呵斥我们。接下来又发生了什么事，我再也不能准确地描述了，一团蓝色的酒精燃烧的烟雾模糊了我的记忆。我只知道，我几乎神智不清了，但我十分厌恶这两个烂醉的女人，就打发走了她们。我还去什么地方喝了咖啡和白兰地。在大学主楼前，为了逗弄跑过来的小伙子们我还做了一个抨击教授们的演讲。然后，我还出于模糊的本能想要更进一步玷污自己的名声来再公开侮辱他一次，这是我的愤怒太过偏激而生出的荒唐想法。我想找一家妓院，可是我找不到路，最后只得恼怒地跌跌撞撞地回家。我的手已经不听使唤了，费了好大劲才把门打开。我拖着双脚极艰难地登上头几级台阶，但是当走到他的房门前时，我仿佛被人兜头浇了一盆冷水，昏昏沉沉的醉意顿时消失，我一下子清醒了。脑子里浮现出自己那张扭曲的脸，浮现出自己因愤怒而做下的无能的傻事，我羞愧得无地自容。为了不让人听到，我像一条做错事挨了揍的狗，垂头丧气、蹑手蹑脚地悄悄溜进自己的房间

我睡得像死猪一样，醒来的时候，阳光已经漫过地板照到我的床头，我一骨碌爬起来。虽然头痛欲裂，但是昨晚的记忆依然清晰，我强压下心里的羞愧感，我不想再有羞愧感了。我一再告诉自己，这都是他的错，我这样放浪形骸，都是他一手造成的。我安慰自己，昨天的事只不过是上大学的学生都会有的一时贪玩罢了，对于几个星期来只知道专心工作、不问世事的人来说，这样的玩乐应该无伤大雅。但是这样的安慰并没有让我沮丧的心情舒服一些，我还是战战兢兢、局促不安地下楼去找我老师的妻子，打算履行我昨天答应她去郊游的诺言。

奇怪的是，我的手刚一触到他家房门的把手，脑海中

便浮现出他的样子，随之而来便感觉到那种让人脸红羞耻的冲动行为带来的痛苦和绝望。我轻轻敲门，他的妻子目光温柔地向我迎过来：“您都干了些什么呀，罗兰德？你太胡闹了！”她的语气听似责备，其实充满同情，“您为什么这样折磨自己？”我无措地站在那，她一定也已经听说了我的荒唐行径。然而，看到我窘迫的样子时，她却试图安慰我，“但是今天我们可要理智些，W 讲师和他的未婚妻十点钟就到，然后我们去划船、去游泳，忘掉所有不愉快的事儿。”我大着胆子，小心翼翼地问教授回没回来，她看了看我，并没有回答，其实我自己也明白，问也是白问。

讲师十点钟准时来了，他是一位年轻的物理学家，是个犹太人，所以在大学的同事们当中很受排挤和孤立，事实上他是唯一愿意与我们这些行为怪异、不爱交际的人有来往的人。陪他一起来的是一位年轻的姑娘，他介绍说是他的未婚妻，但我看更像是他的情人。她嘴边总带着笑意，看起来天真、俏皮又有些浮夸，但对于我们这次临时组织的郊游她倒是挺合适的。我们先乘电车到附近的一个小湖，一路上我们不停地吃东西、闲聊，不停地说笑。几个星期以来，我一直都紧张、疲惫地工作，都忘了轻松愉快地说笑是什么感觉了，这一个小时简直像一种低度、易起泡的葡萄酒一样让我感到沉醉。的确，他们幼稚可笑、大胆放纵的尽情玩乐成功地将我的胡思乱想从涌着黑色蜜汁的蜂房里引出来，平时它们总是围着这个蜂房嗡嗡乱飞。我到了野外，在跟这个年轻姑娘偶然赛跑时，又感觉到自己肌肉的强劲力量，我好像又变回了昔日那个身强体健、无忧无虑的年轻小伙儿。

我们在湖边租了两只划艇，我老师的妻子在我这只艇里当舵手，另外那只讲师和他的女友则都坐在划手的位置。划艇刚一离岸，我们便燃起了体育比赛的热情，都想超过对方。我当然处于劣势，因为对方是两个人划，我是单打独斗对抗他们两个。但是我可是个训练有素的划艇运动员，我迅速脱掉外衣，摆好姿势奋力划了起来，我划的力量比他们有力得多，很快就超过了他们。揶揄、嘲笑的话像冰雹般在头顶丢过来甩过去，此起彼落，我们互相刺激着，完全不在意七月骄阳的炙烤，也毫不理会挥汗如雨、大汗淋漓，我们就像被判划桨的囚徒一样拼命重复着划船的动作，尽情享受着运动带来的乐趣。终于临近目的地了，这是湖边一处被树木覆盖的突出的陆地。我们划得更起劲了，我的同伴也已经沉醉在这场竞赛的游戏中了，在她无比喜悦的欢呼声中，我们的小艇先触到了岸边的沙滩。我跳下船，浑身汗流浃背却热血沸腾，沉浸于这不同寻常的阳光和胜利带来的喜悦，我的心简直要跳出胸膛，被汗水浸透的衣衫都紧贴在身上。讲师的情形并不比我好些，我们两个顽强的斗士非但没得到赞扬，反而因为我们气喘吁吁的狼狈样子被两位女士尽情嘲笑了一番。最后，她们给我们一点儿时间让我们凉快凉快。几句玩笑话过后，我们便在灌木丛的左右两边临时隔离出两个浴场。灌木丛后面发亮的内衣和裸露的胳臂闪着光，让我们加快了换衣服的速度，我们还正在准备时，两位女士却已经噼噼啪啪拍打着湖水了。讲师不像我那样疲乏，我刚刚可是一个战胜他们两个，所以他当即也跳进水里。而我因为划船用力太猛，感觉心还在剧烈跳动，于是我就先惬意地在躺在阴凉处，看天空的云彩悠然地从头顶飘过，在血液的沸腾中愉快地体会着呼呼作响的倦怠之感。

可是没过几分钟，就从湖面那边传来催促声，“罗兰德，快来呀！游泳比赛，有奖励！有奖潜水！”我没有动，我觉得我可以像这样躺上一千年，阳光透过枝叶照在身上，让我的皮肤有些微微发烫，微风轻轻拂过又带来些许清凉。但是又飘来一阵笑声，只听到讲师说：“他不行了！他被打垮了！您快去把这个懒鬼弄过来吧！”然后，我就听见越来越近的水声，接着就听见她很近的说话声：“罗兰德，快来！去参加游泳比赛！我们必须露一手让他们瞧瞧！”我没有回答，让人来寻找，我觉得挺有意思。“您在哪儿呢？”我听到有人赤脚在沙子上走动的声音，突然她站在我面前，还在滴水的游泳衣紧紧裹住她男孩般颀长的身体。“您在这儿哪！啊，可真享受！可是现在快来，懒家伙，人家已经快游到那边的小岛上了。”我舒服地仰躺着，懒洋洋地摊开四肢说：“这儿多美啊！我随后就跟上来。”

“他不愿意，”她拢起手做成喇叭状笑着朝湖的那边喊道，“快让牛皮大王游过来！”远处回响着讲师的声音。“快来吧，”她有些不耐烦地催促着，“您别让我丢脸。”但是我只是懒懒地打了个哈欠。这时，她半开玩笑半恼怒地折下一根灌木枝。“起来！”她厉声重复了一遍，并用枝条朝我胳膊上抽了一下催促我快起来。我一下子坐起来，她抽得有些重了，我胳膊上顿时起了一道红痕。“现在我可真不干了。”我半开玩笑半愠怒地说。但是现在，她真的生气了，她以命令的口吻道：“起来！立刻就起来！”看我固执地一动不动，她便再次抽了我一下，这回抽得狠了，我的胳膊火辣辣的疼，我气愤地跳起来，去夺她手中的枝条，她往后退，但是我抓住了她的胳膊。在争夺枝条的拉扯中我们半裸的身体无意间靠得很近。我抓住她的胳膊，扭住她的手腕，想迫使她扔掉枝条，而她躲闪着一弯腰，这时突然啪的一声——她泳衣腋下的带扣被扯断了，左边的衣片掉落下来裸露出她的胸部，她乳房上红艳艳的“蓓蕾”顿时突兀地映入我的眼中。我不由自主地望了一眼，只一刹那就足以让我慌乱得不知所措，我哆嗦着、深感羞怯地放开她的手。她红着脸转身，用一根发卡把断裂的带扣别住。我站在一旁，不知说什么才好，她也沉默着不作声，不安的气氛在我们之间弥漫开来，让人甚至有些窒息。

“喂……喂……你们在哪里？”小岛前有声音传过来。“哎……我来了。”我急忙大声回答，庆幸能够摆脱这种窘境，然后就扑通跳入水中，连扎了几个猛子，在水中浮沉的热忱和喜悦让我感觉不到湖水的清冽和凉意，也将血液里流淌的危险欲望冲刷得无影无踪。我很快便赶上了他们两个，向身体不怎么强壮的讲师挑战，我赢了他。我们又游回那块突出的陆地，她已经穿好衣服在等候我们了，她从带来的篮子里取出食物，要在露天的土地上野餐。但是不管我们四个人之间肆无忌惮的玩笑话说得多么开心，我们俩都不自觉地避免互相接话。我们聊天，我们大笑，仿佛一切都过去了。只是当我们的目光无意间相遇时，还都会默契地立刻避开，那个意外引起的尴尬和难堪的窘迫还没有消退，总感觉到对方还记得刚才的窘境，于是就更加羞涩不安。

下午很快便在再次举行的划船比赛中度过了，但是体育运动的激情过后总是惬意的疲劳。香醇的葡萄酒、温暖的阳光、清新的空气渐渐融入血液，让人不自觉地亢奋起来。讲师和他的女友越来越肆无忌惮地做着亲昵的小动作，我们俩只能颇为尴尬地忍受着。他们俩挨得越来越近，而我们则更加小心地保持着距离。他们两个已经很明显地表露出来了，因为他们总是在树林中有意无意地落在后面，显然是为了可以不受打扰地亲吻。而剩下我们单独相处的间隙，我们都会感觉有些拘谨，谈话也总进行不下去。最后我们四个都满意地聚在一起踏上归途，那两位怀着对新婚之夜的憧憬，我们则欣慰于终于摆脱了这样尴尬的处境。

讲师和他的女友一直把我们送到寓所门口。我们各自上楼，还没走进房间，那种既痛苦又迷惘的感觉又回来了，同时又那么渴望他的存在。“但愿他已经回来了！”我烦躁地想。仿佛她从我的嘴唇上感知到了我没发出的感叹一般，她说：“我们去看看，他是不是已经回来了。”

我们走进去。房间里静悄悄的，他的书房里的摆设还和原来一样，我不能自已的激动情感下意识地想象着他蜷缩在那把空椅子里忧郁、凄凉的样子。但是那些纸张仍静静地放在那里没人动过，似乎期待着他的归来，就像我一样。但是随后便是心里的愤懑，他为什么要逃跑？他为什么要抛下我？嫉妒的怒火越燃越炽，从我心底直升到我的咽喉，我心里又模糊地涌起那种愚蠢地想要做些什么恶事来报复他的欲望。

她跟着我，“您留在这里吃晚饭吧，今天您别一个人待着。”她怎么会知道我害怕待在空荡荡的房间，害怕听见楼梯的响声，害怕陷入痛苦的回忆，我的所思所想，我没说出口的念头，我心中的每一个邪恶的欲念，她都能猜得到。

一种莫名的恐惧向我袭来，我对自己内心不断翻滚的仇恨情绪有种说不出的恐惧，我想拒绝她，但是我太怯懦，不敢说“不”。

我一向都憎恶通奸，倒并非出于我自以为是的伦理道德观念，也并非由于虚伪的贞操想法，更不是因为它意味着在黑暗中偷窃并占有别人的肉体，而是因为几乎每个女人在这一时刻都会泄露丈夫的隐秘。每个女人都是大利拉[①]，她哄骗男人，合乎情理地窃取让他强壮或虚弱的秘密，并为了利益将它出卖给另一个人。让我觉得是背叛行为的，并不是女人甘愿委身，而是她为了替自己开脱，几

① 大利拉，《旧约》中的人物，非利士女子，参孙情妇，后接受非利士首领的重金贿赂，把参孙出卖给他们，使参孙失去神力。见《旧约·士师记》第十六章。

乎总是将遮掩丈夫羞耻的遮羞布微微掀起，把好似是在睡梦中一样受蒙骗的人完全袒露出来以满足另一个人的好奇心，让他饱受陌生人的嘲笑。

所以，我当时并不是为愤怒的绝望情绪所困扰，而是在他的妻子初时同情，而后多情的拥抱中得到了安慰——一种情感无比迅速地演变成另一种情感——时至今日我都认为我生平所做的最卑鄙无耻的事并不是这个（因为这一切都是在无意识的情况下发生的，我们两个不知不觉、不由自主地坠入这烈火灼人的深谷），而是因为我在热吻之后还让她给我讲述他的秘密，我让这个被激怒的女人泄露他们婚姻的隐私的原因。为什么我忍耐着，没有将她推开，反倒任由她暗示，向我诉说许多年来他一直不肯亲近她，避免和她有身体接触？为什么我不坚决地阻止她谈论他性生活方面的隐私？因为我是那样急切地渴望知道他的秘密，渴望知道他对我、对她、对所有人犯下的过错，以致我恍恍惚惚地鼓动她愤怒地诉说她所受的冷落——这与我自己被他抛弃的感觉何其相似！就这样，出于混乱的情感和共同的仇恨，我们两个做出了某种如同爱情般的举动，但是即使在我们的身体互相探求、紧紧结合的时候，我们也总是一再想着他，总是谈论着他，只谈论他。有时她的话刺伤了我，我为自己感到无比羞愧，因为我竟然被卷入自己所憎恶的事情里。但是我的下半部分身体根本不服从我的意志，它疯狂地索求着自己的快乐。我浑身战栗，颤抖着亲吻出卖我最敬爱的人的嘴唇。

第二天早晨，我舌尖上都充斥着厌恶和羞耻的苦味，我悄悄上楼溜回自己的房间。一旦她身体的温热不再使我心神荡漾，左右我的意志，我立刻就感觉到我卑鄙的背叛是多么鲜明地摆在我面前的现实。我绝无可能再走到他面前，再也不能去握住他的手，我窃取的不是他的，而是我自己最珍贵的东西。

现在我除了逃跑已无路可走。我匆忙地收拾完行李，整理好我的书，和女房东结清账目，我再也不能让他找到我，我也要消失，无缘由地、神秘地消失，就像他在我面前消失那样。

但在我正忙着整理东西的时候，我的手突然就僵住了。我听见木头楼梯发出的吱嘎声，听见一阵急促的上楼梯的脚步声——是他的脚步声。

我的脸色一定是难看得吓人，因为他一走进房间便惊呼道："你怎么了，孩子？你生病了吗？"

我向后退去。在他想走近些，想要关切地拉住我的手时，我避开了。"你怎么了？"他惊恐地问，"出什么事了吗？或者是……或者是……你还在生我的气吗？"

我战栗地靠向窗口。我不能看他。他关切、温暖的声音好似撕开了我内心的一道伤口，我几乎要昏倒在地，感觉心底涌起一股热流，一股混着羞愧、耻辱的炽热的热流灼烧着我。

他也惊异且无措地站在那里。突然，他声音很低，有些迟疑又有些胆怯地轻声问了一个古怪的问题，"有人对你……对你……说了我什么事吗？”

我做了一个否认的手势，却没有转过身去。但是好像有什么可怕的想法占据了他的思想，他固执地重复道：“告诉我……坦白地告诉我……有人说了我什么吗……随便哪个人，我不问是谁。”

我又做了一个否认的手势。他不知所措地站在那里。但是突然间他好像发现我的箱子已经收拾好了，我的书也整理得差不多了，他的到来正好打断了我临行前所做的最后准备。他情绪激动地走到我跟前，“你要走，罗兰德，我看出来了……告诉我真相。”

我稍稍振作一下，敛一敛心神。“我必须走……请您原谅……可是我无法向您解释这件事……我会给您写信的。”我喉咙哽咽，再也说不出更多的话来，所说的每一个字都敲击着我的心，让我的心跳得厉害。

他愣了一会儿之后，突然就露出了我常见的那种疲倦的神态。“也许这样更好，罗兰德……没错，这样更好……对你，对所有人都好。但是你走以前，我们再谈一谈。七点钟，在往常的时间……然后我们就告别，男人对男人……只是不要逃避自己，不要写信……那太幼稚了，与我们不相称……而且，我想对你说的话，是怎么也不会下笔写下来的……所以你会来，对吗？”

我点了点头，目光始终不敢从窗口移开。但是在清晨明亮的晨光中，我却什么也看不到，一块浓重的、漆黑的烟幕隔在我和这个世界之间。

七点整，我最后一次走进我曾挚爱的房间，早到的暮色透过门帘渗进屋里，隐约可见光滑细腻的大理石雕像仿佛在房间深处泛着青光，那些书静静地躲在闪烁着珍珠般光泽的玻璃后面。这是我记忆中的秘密所在，在这里语言对我而言是富有魔力的，在这里我经历了从未有过的精神上的陶醉和狂喜……如今在这个告别的时刻看到他，看到这个我崇敬的影像正慢慢地、慢慢地从靠背椅里站起来，影子一般向我迎面飘来，只有额头像石膏灯那样在黑暗中闪着光芒，上面飘动着一缕轻烟，那是老人的白发在摆动。这时，一只手费力地抬起，它在寻找我的手，然后我注意到那双眼睛严肃地盯着我，我感觉到我的胳膊被轻轻抓住，随后被领到一把椅子旁边。

“坐下，罗兰德，让我们谈一谈，把话说清楚。我们是男人，必须坦诚相见。我不强求你——但是，在我们临别的最后时刻，让我们把一切都说清楚不是更好吗？现在说吧，告诉我，你为什么要走？是因为每次我都让你无故受辱，你受到了伤害，生我的气了？”

我做了一个手势表示否认。他，他这个被蒙骗、被出卖的人，居然还想要承担所有这些罪过！我心里悚然一惊。

“那我过去是不是有意无意地伤害过你呢？我知道我有时脾气古怪，我曾违背自己的本意激怒过你、伤害过你，折磨过你。你对我的关怀和帮助我应该表示谢意的——这我知道，我知道，这一切我一直都知道，甚至在我伤害你，让你难过的那个时刻，我也是知道的。是这个原因吗？告诉我，罗兰德！因为我希望我们可以坦诚地互相告别。”

我又摇了摇头，我根本无法开口。他原本坚定的声音现在开始变得有些慌乱和迷惑。

“或者……我再问你一遍……是不是有什么人私下对你说过我的什么事情……让你觉得卑劣，觉得……令人讨厌的事……某种让你……让你鄙视我、看不起我的事？”

“没有！不！没有……”我啜泣般冲口而出，我怎么会鄙视他，怎么会看不起他？

他的语气变得有些焦躁和不耐烦了。“那是怎么了？还会有什么别的原因吗？你觉得工作太累了吗？或者有什么东西吸引住了你？一个女人……是一个女人吗？”

我没作声。这次的沉默显然与之前不同，他感觉到这是一种默认。他俯身凑近我，用极轻的、近似耳语的声音说：“是一个女人？我的妻子？”他的声音里没有激动，一丝的激动和愤怒也没有。

我还是没作声。他明白了。我浑身发抖：现在，现在他会发怒了，会抓住我，痛打我，惩罚我……我几乎渴望他鞭打我，鞭打我这个窃贼、这个叛徒，渴望他像驱赶一条癞皮狗那样把我从他受玷污的房间里赶出去。但是奇怪……他还是非常安静……听起来几乎更像是如释重负，他若有所思地喃喃自语道：“这我应该早就想到的。”他在房间里踱了两圈，然后在我面前站住，我觉得他语气中几乎带着轻蔑说：“这件事……这件事有这么严重吗？难道她没告诉你她是自由的，她想干什么就干什么，完全随她的意愿，我无权干涉她……无权禁止她做任何事。哪怕是细微的小事，而且我也没兴趣……她为什么要克制自己，不让人喜欢呢？而这个人恰恰是你……你年轻、聪明、漂亮……你在我们身边，和我们关系亲近……她怎么会不爱你呢……我……”他的声音突然颤抖起来。他俯下身来，离我越来越近，近得我可以感觉到他的呼吸。我又一次感觉到他那温暖、热切的目光包围着我，又感觉到了那奇异的光芒，就像我们之间的那罕见的奇特瞬间一样。他越靠越近。

然后他悄声地，如同耳语般，连嘴唇几乎都没动地说：“我……我也爱你呀！”我跳起来发火了吗？我恐惧地要逃跑了吗？但是肯定是有惊异、逃走的暗示表现出来，因为他像被人一把推开似的踉跄着向后退去。一层阴影罩在他的脸上，让他的脸色黯淡下来，“现在你鄙视我了吧？”他轻声问，“现在你厌恶我了吧？”

为什么我当时一个字也说不出来？为什么我只是沉默地坐在那里，冷漠又麻木，窘迫又迷惘？为什么我没走到这个亲爱的人身旁帮他排解这荒谬的忧愁呢？但是当时种种往事波涛汹涌般向我袭来，我仿佛是找到了密码，一下子把所有那些困扰我的、不可理解的谜题都解开了，我无比震惊地明白了，为什么他时而亲切温柔，时而又冷漠粗暴；为什么他会在深夜来访；为什么在我的激情热烈地迸发时他会毫不在意地转身离去。爱，我在他那儿一直感觉到的原来是爱，有时温柔羞怯，有时奔放热情，有时被莫名的力量阻挡。我喜欢这爱，并在每一束属于我的稍纵即逝的光芒中享有过它，现在这个字从一个长着胡子的男人嘴里说出来，即使听起来性感又温柔，我还是感到头皮发麻，悚然一惊。尽管我对他满怀谦卑的尊重和深切的同情，但是我这个慌乱无措、遭受突然打击的年轻人竟然找不到一句话来回应他出其不意向我袒露的激情。

他颓唐地坐在那里，紧盯着沉默不语的我。“你也觉得这件事很可怕，太可怕了，”他嗫嚅道，“那么你……你也不能原谅我，你也不能，我对你缄口不言，逼得我要窒息了……我向你隐瞒了真相，躲起来不让你发现，而我对任何人也没什么好隐瞒、好躲藏的……但是现在好了，现在你都知道了，我不会被压抑得几乎无法呼吸了……因为我已经快承受不了了，啊，太沉重了，受不了了……这样的沉默和隐瞒太痛苦了，还不如让它结束吧……”

他的声音听起来充满悲伤，又饱含温情和羞愧，微微颤动着直击我的心底。我感到愧疚，我竟然就这样一言不发，冷漠无情地在他面前沉默着，我从他那里得到的比从任何一个人那里得到的都要多，而他还无端地在我面前贬低自己。我心急如焚地想要对他说一句安慰的话，但是我颤抖的嘴唇却怎么也不受控制，吐不出一个字。我就那样困窘、无助、悲伤地蜷缩在椅子里，样子甚是可怜，以致他几乎是不满地鼓励我，“罗兰德，你别这样坐着，你这样一句话也不说真吓人……你要理智些……这件事对你真的有这么可怕吗？你为我感到羞愧吗？现在一切都过去了，我全都告诉你了……让我们至少像两个男人那样，像真正的朋友那样，好好地告个别吧。”

但是我浑身无力，根本无法控制自己。他碰了碰我的手臂，“来，罗兰德，坐到我身边来……你已经知道这一切，我们之间的关系也明朗化，可以坦诚相待了，我现在觉得轻松了许多……刚开始我一直担心，害怕你会猜到我有多么喜欢你……后来我又希望你自己会感觉到，这样我就不必坦白了……但是现在看来一切都结束了，我自由了……我可以坦率地跟你说了，以跟别人从未有过的坦率跟你说。因为这些年来你比任何一个人都更亲近我……我没有像爱你这样爱过别人……没有人像你这样，唤醒了我生命中最后一点热情，让它焕发了活力……所以在分别时你也应该比任何人都了解我更多，在这段我们一起工作的时间里，我已经清晰地感觉到了你的询问，你无言的探究……只有你一个人应该了解我的一生。你愿意听我讲给你听吗？”

从我的目光里，从我迷惑而感动的目光里，他看出了我的心意。

“那么你过来……靠近我些……这样的事情我无法大声讲。”我俯下身——应该说，我虔诚地俯下身。但是我刚坐在他对面，等待着倾听他的讲述，他却又站了起来。“不，这样不行……你不能看着我讲……否则……否则我就什么也讲不出来了。”说完，他伸手关掉了灯。

黑暗笼罩着我们。从他的呼吸上，我感觉到他就在身边，这呼吸声在黑暗中听起来有些沉重，喉咙中夹带着呼噜声。突然，一个声音在我们之间响起，向我讲述了他一生的经历。

那天晚上，这位我最尊崇的人像开启一个坚硬的贝壳那样向我袒露了他的一生。自从四十年前的那个晚上起，我一直觉得我们的作家和诗人所讲述的不同寻常的故事、戏剧舞台上所演出的悲剧都是儿戏，根本就不值一提。是懒散、怯懦，还是目光短浅呢？他们总是只展现生命的上层被光照亮的部分，在那里感官都公开地按照规则行事，一切都是一目了然又循规蹈矩的表面现象。而生命的下层则在拱形的地窖里，在内心最深处的阴暗角落里，真实而危险的激情猛兽闪着耀眼的磷光四处横冲直撞，变换着各种方式在暗中交媾、撕咬。他们是否会被这混着疯狂情欲、旺盛精力和沸腾血液的生命气息所吓坏呢？他们过于娇嫩的手是否敢去触摸人类的疖疮？他们的眼睛早已习惯于黯淡的光线，是否还能向下搜寻发现这些潮湿阴暗中滑腻的、危险的、腐烂的梯级？他们看得见的、已知的欲望怎么能和看不见的、隐秘的欲望相比呢？哪种恐惧能比得上处于危险中的不寒而栗呢？哪种痛苦比无力摆脱羞耻的痛苦更深刻呢？

但是在这里，有一个人将自己完全赤裸地暴露在我的面前，他撕开自己的胸膛，渴望我去了解他那颗破碎的、受毒害的、灼伤的、腐烂流脓的心。一种野性的肉欲年复一年折磨着这个被压抑的如同鞭笞派[①]的教徒。只有被羞愧、压抑、隐忍遮掩了一辈子的人，才会这样忘我地坦白自己的一生。在这里，一个人对我完全敞开了心扉，一段一段把他的经历袒露出来。在这一时刻，我这个不谙世事的年轻人第一次感受到人世间情感难以想象的深沉莫测。

起初，他的声音只是空洞地在房间里回想，好似原始情感爆发前朦胧的烟雾或秘密事件执行前无把握的预示，但是恰恰越是极力抑制的激情越能预感到它即将迸发出的巨大威力，这就好比人们总是能从强行放慢了的节拍上预感到急促节拍的到来，然后预先感到了兴奋一样。随后便展开了画面，闪现出具体的形象，它们被内心狂暴的激情撕扯着，然后才渐渐变得清晰。

我先看到一个男孩，性格腼腆、内向，连话都不敢和同学讲，但是却在一种混乱的、身体本能的驱使下对学校里最俊美的男孩产生了强烈的爱慕之情。可是，在他做出过分亲热的举动时，那个俊美男孩生气地把他推开了，另一个男孩则用极其露骨又难听的话嘲笑他一番，更糟的是，他们俩竟把他这种不正常的欲求当作耻辱的行径给散播出去。于是，同学们一致同意把这个情感混乱的孩子像对待麻风病患者一样驱赶出他们的快乐团体，并对他进行讥讽、嘲笑、羞辱。每天上学都成了一种折磨，一路上还得东

① 鞭笞派，中世纪宗教派别，主张以皮鞭自笞忏悔，包括为了惩戒或修行而进行公开的鞭笞。在早期基督教会，鞭笞显然是惩戒违抗戒律的神职人员。从4世纪起，神职人员和在俗信徒都自行鞭身，作为最灵验的苦修手段。

躲西藏，这个早早就被贴上标记、被同学排斥的孩子每天晚上都心神不宁、怅然若失。他厌弃自己，感觉自己那反常的，最初只在梦境里才清晰的欲望是荒唐的妄想，是可耻的恶习，是肮脏的罪恶。

他的声音时高时低、起伏不定，有那么一瞬间，他的声音仿佛就要消散在黑暗中了。但是在一声叹息中这声音又响了起来，在迷漫的烟雾中又闪现出新的画面，模糊、缥缈，如幽灵一般虚幻。男孩成了柏林大学的学生，这座隐晦的城市第一次让他长期压抑的特殊情感得到了满足，但是这种情感又因心生厌恶而变得丑陋肮脏，因无时不在的恐惧而变得扭曲混乱。他们在黑暗的街角、喧嚣的火车站或桥墩的阴影里幽会，其震颤中的欢愉是多么可怜，还要冒着各种可怕的风险，所以大都以无耻的敲诈勒索告终，而且每次幽会后几个星期都心存恐惧，好似蜗牛爬过留下了长长的、黏滑的印迹！这是一条光明与黑暗之间的地狱之路。白天他勤奋刻苦地学习，是个有素养的研究人员，精神上的清澈、纯粹的因素净化了他的心灵；而到了夜晚，这迷乱的情感诱惑则把他推进市郊的渣滓中间，他与那些身份可疑，一见到警察的尖顶头盔便仓皇逃窜的年轻小伙子们为伍。他走进烟雾弥漫的小酒馆，它们那好猜疑的门只对露出某种微笑的人开启。他的精神必须时刻绷得紧紧的，才能小心翼翼地隐藏日常生活中的双重性，才能在陌生目光的注视下遮掩这个美杜莎[①]式的秘密。白天他完美地保持着一个大学讲师的尊严，庄重又体面，只为了在夜晚不为人知地混迹到那个圈子，在闪烁的昏黄灯影中忸怩作态地干那些见不得人的冒险勾当。这个备受折磨的人一再想约束自己的情感，控制自己的行为，尝试用克制的鞭子将自己脱离常轨的激情赶回正常的樊篱中去，而内心对黑暗、冒险、猎奇的欲念又一再把他拉进危险的境地。与这种无法治愈的迷惘情感和强大的诱惑力搏斗的十年、十二年、十五年就像发作了一场痉挛，转眼就过去了。没有欢愉的享乐，让人透不过气的羞耻感，精神上的折磨，渐渐地，他内心深处那已模糊的、胆怯躲闪的目光也流露出对这种激情的恐惧。

终于，在三十多岁的时候，他终于强行将这辆马车拉回了正轨。在一个亲戚家里，他认识了他现在的妻子，当时是一位年轻漂亮的姑娘，她模糊地为他独特的气质所吸引，向他表露了真挚的爱慕之情。这个男孩般的身体和她青春热情的举止，第一次短时间地让他感觉受到了诱惑。短暂的相爱克制了对女性的抵触情绪，他第一次被征服了，他渴望凭借这一正当关系可以控制住他那误入歧途的特殊癖好。他迫不及待地想抓住这根救命稻草，紧紧锁住自己，找回自己迷失的情感。他第一次找到了抵抗自己

① 美杜莎，希腊神话中的一个女妖，戈尔工三女妖之一，一般形象为有双翼的蛇发女人。她的父亲是福尔库斯，母亲则为海妖科托。她的头发都是蛇，被其目光触及者即化为石头。

内心危机的支撑，为了避免再次走上那条危险之路，他迅速和那个年轻姑娘结了婚，当然他事先也坦白了自己的过去。他以为这样就堵住了进入那块恐怖区域的道路。最初的几个星期，他过得无忧无虑；但是很快新的刺激便被证实是没用的，他那原始的欲求又变得强大起来。从此这个大失所望的女人便只能充当他掩人耳目的摆设，遮掩他情感的双面性。他又铤而走险，沿着法律和社会的边缘走进更加危险的黑暗之中。

他内心情感的迷惘又增添了特殊的烦恼，他选定的职位导致他这种特殊情感更应该受到诅咒。这位讲师，之后不久便被任命为教授，他的职责和义务就是必须经常跟年轻人接触，风华正茂的年轻人在他身旁一再给他带来极大的诱惑，他们仿佛都是普鲁士僵硬死板的学术界中一个个看不见的古希腊竞技场上的俊美少年。这都意味着新的灾难、新的威胁，所有的人都热烈地爱他，却看不出这位师者假面具后那张厄洛斯[①]的面孔。每当他偷偷颤抖的手亲切地抚摸他们时，他们总是感到无比的喜悦，他们将自己的热情倾注在一个不得不经常对他们抑制自己情感冲动的

① 厄洛斯，希腊神话中的爱神，他是世界之初创造万物的基本动力，是一切爱欲和情欲的象征，但在柏拉图之后，他被认为是爱神阿佛洛狄忒的儿子，一个手持弓箭的美少年。

人身上。这是坦塔罗斯的痛苦[①]：面对热烈的情感要冷若冰霜地对待，永无止境地与自身的弱点进行斗争！每当他觉得自己快要抵制不住一个诱惑时，就会突然逃离。这就是当初使我迷惑不解的那些荒唐的越轨行为：他一再突然地消失又突然地归来。现在我看到了这条可怕的逃避自我之路，是一条逃进陋巷、通往深渊的恐怖之路。他总是到大城市里去，在那里的偏僻场所找寻亲密的知己，他们都是生活在社会底层的人。他与淫乱的青年相会，而不是高尚地奉献自己的年轻人。与这些人相会有辱名声，但是他需要这种讨厌的人，需要做这种让人不齿的事，需要这种失望酿成的毒汁。这样，他才可以坚定地抵御自己感官的要求，镇定自若地回到学校，站在热情地聚在他周围深深依赖他的大学生中间。啊，他的坦率让我看到了怎样的相会呀，是怎样幽灵般的、散发着世俗恶臭的人间形象啊！他这么极富才智的人，这么温文尔雅、注意仪表、看重形象的人，这么精通各种情感的大师，他在那些肮脏的、烟雾弥漫的、只让熟客进出的小酒馆里曾遭到过人世间最大的屈辱。他了解街头浪荡的涂脂抹粉的少年的无礼要求；熟悉理发店学徒身上的香水味和他们的亲昵举动；听过穿着

① 坦塔罗斯，希腊神话中主神宙斯之子，起初甚得众神的宠爱，后变得骄傲自大，侮辱众神，因此他被打入地狱，永远受着痛苦的折磨。后遂以其名喻指受折磨的人；"坦塔罗斯的痛苦"讲的是坦塔罗斯因欺骗众神被罚永世站在上有果树的水中，水深及下巴，口渴想喝水时水即减退，腹饥想吃果子时树枝即升高。喻指能够看到目标却永远达不到目标的可望而不可即的痛苦。

女人衣裙的异装者发出的咯咯娇笑；见过无所事事的流浪艺人对金钱的贪婪；享受过嘴里嚼着烟叶的水手们粗俗的温存。所有的嘲讽、屈辱、暴力，他在这条崎岖泥泞的道路上都遇到了。他多次被偷得精光（他太软弱又太高贵，不能也不屑和一个马夫厮打），没有手表、没有外套，还在回家的路上饱受在郊外下等小饭馆喝醉的伙计们的嘲笑。勒索者曾经跟踪过他，有一个人曾跟踪他好几个月，步步紧逼，一步一步跟踪他到了大学，还放肆、无耻地坐到他教室第一排的座位上，然后下流地朝这个全城知名的教授暧昧地挤眉弄眼，教授看着他眨着的眼睛浑身发抖，拼尽最后一丝力气才勉强把课讲完。有一次，我的心简直要停止跳动，因为他坦率得连这件事也讲给我听。深夜在柏林，他和一帮同伴在一家声名狼藉的酒吧被警察逮捕了。一个肥胖壮硕的红脸警官，带着下级公务员那种趾高气扬的嘲讽微笑，以为可以端起架子在一个知识分子面前耍耍威风，在把这个浑身战栗的人的姓名和身份记录下来之后，还仁慈地告诉他，这一次他可以无罪释放，但从此他的名字就会留在某种名单上了。正如要是长久坐在卖劣质烧酒的酒馆里，衣服上一定会沾染上劣质烧酒的酒气一样，在这座城市里，不知从哪里悄悄开始的，有关教授的流言在街头巷尾渐渐散播开来。就像在中学时那样，现在同事们与他说话和问候的语气明显越来越冰冷，神情也越来越冷淡，直至最后那个异样透明的玻璃房间将这个永远的孤独者与所有的人都隔离开来。即使他躲在上了锁的封闭房间里，也一直觉得自己被人暗中窥探，感觉他的秘密被人识破。

可是这颗受尽折磨、总在惊恐之中的心却从未感受过一个真正朋友、一颗高尚心灵的理解和宽容，也从未感受过一位男性温柔真挚的回报。他不得已将自己的情感分割成上下两部分：一部分是与大学里有文化教养的年轻同伴们亲切交往的渴望；一部分是与他在黑暗中追逐的、留给他清晨可怕的痛苦回忆的欲望。这个已渐渐衰老的男子从未感受过纯真的爱慕，从未体验过一个年轻人的饱含激情的深情爱慕。就在他布满荆棘的苦难生活中已变得心灰意冷的时候，一个年轻人再次闯入他的生活，他热情地向这个年迈的人奔来，用自己的言语和行动把自己无私地奉献出来，向这个不知不觉间被征服了的人抒发自己的满腔热忱。他错愕地面对着这个奇迹，觉得自己已无价值可言，不配得到老天如此纯洁的礼物。这个青春使者外表俊美，性格奔放，对他怀有炽热的情感，通过心意相通的纽带和他连结在一起，渴望得到他的喜爱，丝毫没意识到这其中有什么危险。这个青年无知的心灵中燃烧着厄洛斯的火炬，就像傻瓜帕尔齐法尔[①]那样大胆和无知。帕尔齐法尔曾俯身凑近国王中毒的伤口，他不会魔法，对自己本身就是治病的良药一无所知……这正是他一生企盼的人，只是一切都太迟了，他在他生命的暮年才踏进这个房间。

---

① 帕尔齐法尔，中世纪传说中的十三圆桌骑士之一，亚瑟王的骑士之一，圣杯三骑士之一，曾历尽艰险，寻找圣杯的秘密。

随着他描绘的形象，他的声音仿佛越出了黑暗，好像有一束光将他的声音过滤了，一种发自内心深处激荡的柔情使他的声音有了音乐的质感，因为这张雄辩的嘴正在谈论那个年轻人，那个迟到的恋人。我也因感受到同样的喜悦而激动地颤抖着。但是突然，我的心口像是挨了重重一击，猛地一抖，因为我的老师谈到的这个热情的年轻人，不就是……不就是……我的两颊泛起羞涩的红晕……不就是我自己吗？我仿佛看见自己在炽热的镜子里凸显出来，笼罩在意想不到的爱的光辉里，它的反光还在灼烧着我。是的，这就是我——我越来越清楚地看见了自己，我激奋的模样，我狂热地想亲近他的愿望，我因精神上的东西无法满足贪婪的欲望而有的迷乱；我清楚地看见了自己，我这个愚蠢、疯狂的年轻人，对自己的力量一无所知，是我让这个冷漠拘谨，早已将内心封闭的人的心中再次涌起创作的源泉，是我再次点燃了他疲惫的心中早已倾倒的厄洛斯的火炬。我惊异地发现我这个腼腆胆怯的孩子对他意味着什么，意识到他把我热情奔放的情感视为他晚年所接受的最神圣的馈赠来热爱。我更惊异地发现，他在我身上表现出了多么顽强的意志力，因为他恰恰不想看到我这位纯洁的恋人，在遭受嘲讽和羞辱后身体的颤抖；恰恰不想拿不可抗拒的命运最后的恩赐去满足感官的享受。所以他才会那么激烈地抗拒我的热情，用猛然倾倒在我头上的冰冷嘲讽浇灭我心中汹涌澎湃的炽烈情感。他将温柔亲切的话语变成尖利生硬甚至是无情的冷言冷语，将想要温情抚摸我的手紧紧捆住，仅仅是为了保护我，使我清醒，他才强迫自己做出那么粗暴的举止，而这一切曾经搅得我几个星期都心神不宁、怅然若失。现在那个恐怖又迷乱的夜晚又清晰地浮现在我的眼前，他当时受强烈感情的控制，像个梦游者一样踩着吱嘎作响的楼梯爬上楼来，就为了用那带侮辱性的伤人话语拯救他自己，也拯救我们之间的友谊。那个夜晚带给我的混乱和迷惘现在我都明白了。我被深深感动了，我激动得像发热的病人，心都融化在同情里。我知道了，为了我他承受了多么大的痛苦，为了我他多么勇敢坚毅地克制了自己的情感。

我清晰地感觉到这黑暗中的声音，这黑暗中的声音，仿佛已经钻入我的内心！这是一种发自肺腑、来自灵魂深处的声音，有着常人绝不会有的语调，我以前从未听见过，以后也再也不会听见。一个人一生只会这样敞开心扉地对另一人说一次，只为了今后永远的沉默，就像神话传说中那只天鹅，只在临死之前才会用它沙哑的声音引颈高歌一次作为永久的绝唱。我战栗着，心碎地将这喷涌而出的、热烈而恳切的声音印在我的心底，就像一个女人接受一个男人。

突然间这个声音停了下来，我们之间只剩下黑暗。我知道他就在身边不远的地方，我只需一抬手，便会触碰到他。我心里有股冲动，急切地想去安慰这个饱经沧桑的人。

但是这时他动了一下，灯亮了。一个疲倦、苍老的身影从椅子里站了起来——一个身体老迈、精疲力竭的男人缓缓向我走来。“再见了，罗兰德……我们都不要再说什么了！你能来，这已经很好了……你要走了，这对我们都好……再见了……让我……让我在分别时亲吻你一下吧！”

像是有魔力牵引一般，我踉踉跄跄地朝他走过去。他眼睛里平日闪烁不定，似被迷雾遮挡的微光，现在毫无顾忌地闪耀着光芒，仿佛有熊熊的火焰正在他的眼底燃烧。他把我拉到身边，他的嘴唇颤抖着渴求地压在我的唇上，他在战栗中把我紧紧搂在怀里。

这是一个我从未在任何一个女人那里体会过的吻，一个疯狂、绝望得好似临终呼喊的吻。他身体痉挛似的颤抖也传染给了我，我也浑身发抖，感觉自己受到一种异常可怕又陌生的情绪的控制，一心想要奉献自己，却又因对男性间身体接触的抵触而万分恐惧，一时间我思绪纷乱，深深陷入情感的迷惘中，让这一刹那的压抑延伸开去，成为永久的心醉神迷。

然后，他放开了我，那猛然间的抖动，好像有一股力量将两个身体用力拉扯开，他费力地转过身去，瘫坐在椅子上，背对着我，他就那样呆呆地靠在椅背上凝视着前方有几分钟。但是他的头渐渐变得沉重起来，先是疲倦而虚弱地低垂，然后就像一个长时间摇摆的重物突然坠落，他的额头随着一声闷响重重地撞在了写字台上。

我的心里顿时涌起无限的同情。我不由自主地向他走去，想要去安慰他。但是他弯下去的后背又再次抽搐起来，从他紧握的双手的空隙传来他沙哑、沉闷的呻吟，他拉长声音威吓道："走开！走开！不要……不要过来！看在上帝的分上……为了我们两个……现在就走吧……走吧！"

我明白了。我恐惧地向后退去，像一个逃犯一样离开了这个我曾经那么挚爱的房间。

从此，我再也没有见到过他，没收到过一封信，也没得到一点儿消息。他的著作从未出版，他的名字被人忘记。没有人比我更了解他。但是即使今天，我仍觉得自己还是一如当年那个懵懂无知的少年，在他之前有父母，在他之后有妻儿，但是我最感激的人是他，我最爱的人也是他。

心的沦亡

要想给人的心灵以足够的震撼，命运并不总是需要将所有积蓄的力量都暴发出来，让一件不足挂齿的小事达到摧毁人心的目的，更能激起乖僻命运的强烈渴望。这件小事我们称其为诱因，人类模糊的语言将它无足轻重的微力与起持续作用的强大力量相比较，得出了让人惊异的结果。这就像疾病在发作之前很少被发觉一样，一个人的命运也不会初露端倪、未成定局就被我们感知。命运总是先在内部控制我们的精神、根植于我们的血液，然后再从外部直击我们的灵魂。人在自我认识的同时也在进行大都徒劳的自我保护。

有位老人叫索罗门松，自称在国内任枢密委员会的顾问。有一次，他陪家人到意大利过复活节，住在加尔达湖畔的一家旅馆里。夜里，老人突然感到胸口一阵剧烈的疼痛，好像有重物压在身上，几乎喘不过气来。老人有些害怕了，因为他一直患有胆囊痉挛症，医生建议他去温泉小镇卡尔斯巴德疗养，可是他没遵从医嘱，因为家人的关系来到了这处南方的度假圣地。他惊恐地用手按住自己肥胖的腹部，担心此时病症会突然发作。过了一会儿，尽管疼痛仍在继续，但已不如刚才那么剧烈，于是他有些释然了，他只是胃部痛得厉害，可能是吃了什么不干净的东西引起的轻微食物中毒吧。毕竟在意大利，旅游者因不适应当地美食而发生此类事件早已司空见惯了。他舒了口气，收回颤抖的手，可还是觉得疼得无法呼吸一样。老人呻吟着挣扎下床，想看看稍微活动一下能不能有所缓解。果不其然，站起来走了几步后，他感觉舒服多了。可是他的房间狭小，此时又黑，他还害怕吵醒床上沉睡的妻子，引起她不必要的担忧，于是他披上睡衣，光脚穿着拖鞋，轻手轻脚地摸索着来到走廊上，好在那里溜达溜达，缓解一下疼痛带来的痛苦。

当他推开正对着黑漆漆的走廊的房门的时候，从敞开的窗口传来教堂塔楼报时的钟声。钟声敲了四下，初听非常有力，然后便在湖面上荡漾开去，渐渐地消失了。已是凌晨四点钟。

长长的走廊里漆黑一片。但是老人记得白天走过时走廊是笔直而宽敞的，所以即便没有灯光，他也能从一端走到另一端。他喘着粗气，来来回回地踱着，欣喜地觉察到，胸口的重物似乎已经落下，疼痛感也慢慢消失了，他打算回自己的房间休息。突然传来一阵声响，吓了他一跳，也让他停住了脚步。这是从他旁边暗处传来的低语声，声音很轻但是在寂静中很是清晰。接着“吱呀”一声开门的声响，一道狭长的光划破黑暗，然后是脚步声和又一阵耳语。这是什么？老人不由自主地躲进角落的黑暗里，他并不是出于好奇，而是完全可以理解的羞愧心理，生怕有人撞见他，误会他在梦游。可是，就在灯光照亮走廊的一瞬间，他清楚地看见一个白衣女人的身影从那个房里溜出来，并迅速走向走廊的尽头。然后，走廊尽头的某个房间门口传来门把手扭动的“咔嚓”声，而后，一切又归于黑暗和寂静之中。

老人身体摇晃了几下，仿佛挨了当头一棒。刚刚走廊尽头门把手响动的房间，那不就是，不就是自己家人的房间吗？他为家人租的三个房间中的一个。不会是他的妻子，因为他离开房间时她还酣睡未醒，那么，这个刚从别人房里溜出来的白色的身影——没错，不可能弄错——不会是别人，只能是艾莲娜，他刚满十岁的女儿。

这个想法让老人心头发紧，浑身战栗。他的女儿艾莲娜，他活泼开朗的可爱女儿艾莲娜。不，这决不可能，我肯定是眼花弄错了。她到别人的房里做什么呢，除非……他像要摆脱凶猛的野兽般想要摆脱自己冒出来的念头，可是那个快速消失在走廊尽头的白色身影如同幽灵般盘踞在他的脑海再也无法甩开，他一定要弄个水落石出才行。老人气喘吁吁地沿着走廊的墙壁，摸索到了他房间的隔壁，也就是女儿的房门口。但可怕的是，就在那时，在凌晨四点钟，他看到唯有女儿房间的门缝里透着微光，钥匙孔里的耀眼白点也证明女儿房间里亮着灯。还有，房间内的开关“咔嗒”一声后，那一缕微光便马上无声无息地又消失在黑暗里——不，不，在这里自欺欺人也于事无补——就是他的女儿艾莲娜，在凌晨时分，从别人的床上偷偷溜回了自己的房间。

恐惧让老人冷汗直流，身体不受控制地打着哆嗦。他真想破门而入，狠狠揍一顿这个不知廉耻的女儿。但是，他肥胖身躯下的两条腿却不听他的使唤，在犹豫不决中没了勇气。他只能拖着疲惫的身躯踱回自己的房间，一头倒在床上，困兽般愤怒不已。

老人就这样一动不动地躺在床上，瞪大眼睛凝视着黑暗。听着身边酣睡的妻子均匀的呼吸声，他的第一想法就是摇醒她，告诉她刚刚他看到的一切，他想大声喊叫，以发泄自己内心的痛苦。但是，他怎么能说得出口呢？这可怕的一切让他用什么样的言语才能描述呢？不，永远不会，他永远也不可能说出来。那么，怎么办呢？他应该怎么办呢？

他试图集中精神仔细思考，可是思绪纷乱得如同盲目乱撞的蝙蝠。这简直太不可思议了，他的女儿艾莲娜，长着一对漂亮的大眼睛，温柔善良又有教养的姑娘……曾几何时，他看她埋头做功课，她用红通通的小指头费力地临摹大大的字母……曾几何时，他放学后领着穿浅蓝色小裙子的她去蛋糕店吃蛋糕，她沾着糖的小嘴的亲吻是多么甜蜜……这一切难道不就发生在昨天吗？不，那是多年以前的事了……但是，就在昨天，真的就在昨天，她还孩子气地跟他撒娇，求他给她买那件陈列在商店橱窗里色彩绚丽的天蓝色夹金色的高领毛衣。“亲爱的爸爸，求你了！给我买一件吧！”他怎么抵挡得了女儿十指交叉面带笑容的央求呢？而现在，现在她竟然就在他眼皮子底下，就从他隔壁的房间半夜里偷溜出去，爬到一个陌生男人的床上去，赤身裸体地在那里恣意寻欢……

“我的天哪！我的上帝呀！”老人禁不住一阵呻吟。“耻辱啊！真是奇耻大辱！我的宝贝，我温柔可爱、受过良好教育的女儿，竟然随便和一个男人……是谁？这个男人到底是谁呢？能是什么人呢？我们到这儿来才不过三天，在这之前，她从来没接触过那些花花公子，不认识长脸的乌巴蒂伯爵，不认识那个意大利军官，也不认识梅克伦堡的骑马师……艾莲娜是在到这儿后第二天的舞会上才与他们认识的呀……难道她早就和其中的一个……不，这不可能是第一次，多半早就已经开始了……可能在家里……我却一无所知，浑然不觉，我真是个傻瓜，被人蒙骗的傻瓜……可是我对她们又了解多少呢？我终日都在为了她们辛苦奔波，每天在办公室工作14个小时，和从前拎着满箱的货样待在火车里一样……为了她们去弄钱、钱、钱，好让她们娘俩穿时髦的衣服，戴漂亮的首饰，让她们过有钱人的日子……晚上，当我疲惫地回到家里，她们经常都不在家，她们去剧院看戏，去参加舞会，去朋友家做客……我知道她们整天都在做什么呢？现在我知道了，我的女儿在夜里用她纯洁而青春的肉体去勾引男人，就像个妓女……啊，真是奇耻大辱啊！”

老人不停地呻吟、叹息，每一个新的念头都加剧他的伤痛，他感觉自己的头颅被打开了，大脑血淋淋摊开在外，里面蠕动着肥胖的红色蛆虫。

“这一切为什么我都容忍了？为什么我还躺在这儿苦苦折磨自己，而她这个小荡妇却可以心安理得地卧榻而眠？为什么我没有立刻就冲进房间，告诉她我知道她那些无耻勾当？为什么我没有去打断她的腿？因为我太怯懦……因为我太胆小……在她俩面前我就是个懦夫……我什么事情都不跟她们计较……只要能让她俩日子过得轻松无忧，哪怕吃再多苦受再多累我也觉得值得……我不舍得在自己身上花一分钱，每天省吃俭用，一分一分地把钱积攒起来……只要能使她们高兴满意，我恨不得把身上的肉都割下来……可笑的是，我刚让她们富起来，她们就开始看不起我，觉得我让她们丢脸……在她们眼里，我既无绅士的优雅，又无教养……可是，我那时候到哪里去受教育，然后有教养呢？才十二岁，家里就不让念书了，我必须去挣钱，拼命去挣钱……扛着装货样的箱子走街串巷地推销，一个村庄到另一个村庄，一个城市到另一个城市，后来才有了自己的商行……但是她们呢，才改变了身份，有了自己的住宅，就不愿再用我那诚实的古老姓氏了……什么委员会参议，什么枢密院顾问，都是我不得不花钱买来的罢了，以免人再称她索罗门松太太……好让她做出高贵的样子……高贵！高贵！每当我反对她们故作高贵的虚荣，反对她们的‘上流’社会，她们就会嘲笑我。每当我向她们讲述我的母亲——愿上帝保佑她入天堂——她过去是如何勤俭持家，相夫教子，她们就会笑话我落伍了……艾莲娜总是讥笑我说：‘亲爱的爸爸，你那一套早就过时了。’是啊，都过时了……可是现在，她却睡在陌生人的床上……这可是我的孩子……我唯一的女儿啊……啊，多么丢脸，简直是奇耻大辱……”

老人辗转反侧，不断发出令人害怕的痛苦呻吟，连身边沉睡的妻子都被吵醒了。“你怎么了？”她睡眼惺忪地问了一句。老人屏住呼吸，没有动弹。他就这样这样一动不动地躺在他痛苦的黑暗棺材里直到天明，纷乱的思绪像不断啃噬的蛀虫一样折磨着他。

早晨，他第一个来到餐厅吃早餐。他长叹一声坐了下来，可是一点胃口也没有，什么也吃不下。

“又是一个人，”他心想，“总是我独自一个人！每天早晨，当我去上班时，整晚聚会或是看戏后疲惫的她们还在睡梦中未醒……等到我晚上下班回家时，她们已经出去交际去了，在那样的社交场合，她们从来不需要我陪着……啊，是金钱，是该死的钱让她俩堕落，让我们彼此疏远快成陌生人了……可是，我多么愚蠢，总是想着为她们攒更多的钱，这么多年，我熬坏了身体，自己穷得一无所有，是我毁了她们……我不辞辛苦，拼命干了五十年，一天都不曾享受过，现在，却落得孤家寡人的下场……”

老人慢慢变得烦躁起来。“她怎么还不下来？我要和她谈谈，这件事必须得说清楚……我们必须离开这里，立刻离开……她为什么还不下来？大概她累了，正睡得香呢，而我却在这儿心碎不已……她妈妈每天都花好几个小时打扮自己，她得洗澡，得涂脂抹粉、修指甲、做头发，十一点前不会下楼来的……这样看来，女儿变成这样也没什么好奇怪的……啊，钱，这该死的钱！”

这时，老人背后传来轻轻的脚步声。“早上好，爸爸，睡得好吗？”有人温柔地从一边俯下身子，在他青筋突起的额头落下一个轻吻。他不由得哆嗦了一下，他讨厌法国香水那甜腻的气味，还有就是……

“您怎么了，爸爸？怎么又心情不好了？服务员，一杯咖啡和一份火腿蛋……您没睡好吗？还是听到了什么坏消息？”

老人克制住自己。他有些难过地低下头，不敢望向自己的女儿。他没有勇气开口，只能沉默不语。他的目光正好落到桌子上女儿那两只粉嫩的手上，正懒散、优雅如一只娇惯的长毛狗一样在雪白的桌布上忙着什么。他禁不住又一阵颤抖。他的目光逡巡着女儿白皙、细嫩的胳膊，从前，她多少次用这双手臂在上床睡觉前拥抱过他……这是多久以前的事了呢？最后，他的目光停在女儿优美的胸部，它们高高地隆起，在那件新买的高领毛衣下随着呼吸均匀地起伏着。“赤身裸体……一丝不挂……和一个陌生男人彻夜寻欢，”老人愤怒地暗自想着，“所有这些她都搂抱过，玩弄过，品尝过，占有过……我心头的宝贝……我的孩子……啊，这个混蛋……啊……啊……”

老人禁不住又呻吟了几声。“爸爸，您怎么了？”女儿有些担忧地问道。“我怎么啦？”他脑子翁的一声，心里在大声吼叫，“我的女儿做了婊子，而我却没有勇气跟她说。”

可他只是含混不清地呢喃道：“没什么！没什么！”然后急忙伸手拿起报纸，用打开的报纸挡住女儿那疑惑的目光。他越来越感到自己的软弱，不敢去看女儿的眼睛。他拿报纸的手抖得厉害，“我现在必须跟她讲，趁现在只是我们两个单独在一起。”这种想法痛苦地折磨着他的神经，可是他却始终开不了口，甚至连抬头看女儿一眼的力气都丧失了。

突然，他站起来用力推开椅子，脚步沉重却迅速地向花园走去；因为他感觉两行热泪已不受控制地流下了面颊。他决不愿女儿看到。

老人迈着他的短腿在花园里漫无目的地踯躅着，久久凝视着湖面。内心强压的泪水此时完全模糊了他的视线，但在泪眼迷蒙中他却被眼前的美景吸引住了：清晨的阳光给湖面上磅礴的白雾镶上了银边，使湖面看起来好似波涛汹涌。小山丘上的柏树勾勒出暗黑的线条，仿佛柔光中一幅水墨画。远山含黛，陡峭俊逸，威严却不傲慢地俯瞰着这一池如烟碧水，犹如严肃的长者观看一群顽皮的孩童无忧无虑地嬉戏。大自然的美景就这样广阔无边、芬芳迷人、热情好客地展现在眼前，让人多么神往，又感觉多么幸福！造物主在南方露出了永恒、神奇的微笑，吸引人们来到这里享受极乐。“幸福啊！”老人恍惚地摇晃着他那已经过于沉重的脑袋。

“这里能让人们体会到幸福。我也该享受一回这样的幸福，我也要体会一下不用为生计奔波的生活是多么惬意美好……五十多年了，写写算算、投机经营、机关算尽之后，也想有朝一日可以享享清福……有朝一日……有朝一日……在死神降临之前……六十五岁的年纪，我的上帝，已是土埋半截的人了，钱救不了我，医生也帮不了我了……我只想在这之前可以轻松地喘几口气，有朝一日自己也可以享受一回……可是我故去的父亲在世时曾经说过：‘我们不屑于消遣享乐，只有真正走进了坟墓，才能完全卸去身上的负担。’昨天我曾想过，或许我也可以享受一下了……昨天我还以为自己是个幸运的人，欣慰于自己有个聪明美丽、活泼开朗的女儿，为她的高兴而高兴……可是今天上帝就惩罚了我，夺走了这一切……现在一切都没了，一去不复返了……我再也无法和自己的亲生女儿讲话了……我再也不能直视她的眼睛，她让我感到羞耻……在家中，在办公室里，哪怕夜晚躺在床上，我都会不由自主地想起，她现在在哪里？ 她之前去过哪里？她都做了些什么？我再也不能心平气和地回家了……过去，她跑来迎接我，我一看到她那样年轻、漂亮，就会高兴得心花怒放。如今，她过来吻我时，我会暗自思量：昨天，谁亲吻过她的嘴唇，她跟谁上了床……她不在身边，我便惶恐不安，她在身边，我又会羞愧难当，不敢看她的眼睛！不，我不能这样活着……不能这样活着……”

老人像醉酒的人一样踉跄地走着，时而还喃喃自语。他一再呆望着湖面，泪水顺着面颊流进了胡须里。他只得取下夹鼻眼镜，傻乎乎地站在狭长的小路上，擦拭他近视镜里的泪水。他失魂落魄的可怜样子被路过干活的男孩看到，男孩先是诧异，之后用意大利语朝他喊了几句什么就笑嘻嘻地跑了。男孩的嘲笑声把老人从混沌中惊醒，他赶忙戴上眼镜，侧身向花园的深处走去，想随便找个椅子坐下，避开人们的目光。

可是，他刚走进偏僻处，就让左面什么地方传来的一阵笑声吓了一跳……这笑声，他是多么熟悉啊，现在却撕裂着他的心。这笑声对他曾如银铃般悦耳动听，十九年来，为了这甜美清脆的笑声……为了这笑声……他有多少次乘坐火车的三等车厢去波兹南和匈牙利，只为了可以加点金黄色的腐蚀质，好让她们可以无忧无虑地尽情欢笑……他就是为了这笑声而活，长期高强度工作使他积劳成疾，他患上了胆囊痉挛症……只是为了让她可以笑口常开……如今这笑声却像一把利刃插入了他的胸口，令人生厌，让人诅咒。

可是满心失落的老人还是为这笑声所吸引。他的女儿在打网球，光洁白皙的手臂挥舞着球拍，动作娴熟，网球在她的操控下听话地起落。她纵情的欢笑声随着舞动的球拍一齐飞向蔚蓝的天空。那三位男士赞赏有加地看她打球，乌巴蒂伯爵穿着宽松的网球衫，意大利军官身着笔挺的军装，梅克伦堡的骑马师则穿着时髦的马裤，三个人各具风采，此时都雕像般围着中间蝴蝶一样翩翩起舞的网球少女。老人自己也不由痴望着。我的天哪！她穿着白色的网球衫，金色的秀发在阳光下流光溢彩，比模特儿还要漂亮！朝气蓬勃的身体充满了青春活力，肢体的动作灵活又有韵律，跳跃、跑动得那么轻盈欢快。她陶醉地击着球，让旁边的人也看得入迷了。现在她动作优美地将白色的网球抛向空中然后发了出去，一下、两下、三下，她弯下纤细、柔软的少女的腰身救球，又猛然跳起，腾空一跃，接住了最后一个球。他从未见过她这个样子，如同一团恣意燃烧的火焰，白色、飘荡的火焰围绕着热情奔放的身体，上方荡漾着如同白色烟雾似的爽朗笑声。她就像南国花园的常青藤中长出来的仙女，从平静湖面上泛起的微波中一下子走了出来。在家里，他从未见过身材瘦小的女儿如此纵情欢快地嬉戏过。从来没有，他从来没见过她这个样子，在这个沉闷的、牢笼般的城市里，无论是家里还是在外面，他从来没听过她的笑声如此美妙动听，好似涤荡了人世间的一切污秽，成了欢快的乐曲。不，她从来也没有像现在这样漂亮过。老人愣怔地凝神望着女儿，忘记了一切，他只看见一团白色飘荡的火焰。要不是她敏捷地转身，喘息着一跃而起接住最后一个险球，然后气喘吁吁、面色绯红、目中含笑、激动又骄傲地将球拍抱在怀里，他可能会一直站在那里用热烈的目光望着她。“太棒了！真是太棒了！”三个男人像是刚听完歌剧咏叹调似的异口同声地为她的精彩表演欢呼起来。这几声怪叫把老人从迷醉中惊醒，他怒视着他们。

“是他们，这帮坏蛋！”老人的心怦怦地跳着，“就是他们……可那个人是他们中的哪一个呢？究竟是哪一个人占有了她呢？这帮游手好闲的花花公子，看上去倒是衣冠楚楚，还喷了香水、刮了胡子……我们在他们这个年纪，可是正穿着打着补钉的裤子坐在店铺里，为了推销货物走街串巷甚至磨破了鞋底……他们的父辈们，也许至今还在为了儿女辛苦操劳、做牛做马……可他们呢，整日里游手好闲，到处东游西逛，生着天真无邪的面孔，却有着厚颜无耻的灵魂……这样的人精力旺盛又爱寻欢作乐，只要给这个爱慕虚荣的女孩子灌几句甜言蜜语，她就会爬到他们的床上去……可这个人究竟是三个人中的谁呢？肯定是他们中的一个，我知道，这个人脱过她的衣服，看到过她赤裸的身体，他用舌头咂着嘴：她让我占有过了……他熟悉女儿的一切，她的热烈，她的身体，可能他正暗自思忖……今天晚上又可以……他在向她使眼色呢——这条狗！我真想一鞭子抽死他，这条狗！”

人们在那边发现了老人。女儿挥动着手中的球拍向他打招呼，笑着跑了过来。男士们向老人致意，老人并不理睬，只是瞪大布满血丝的双眼紧盯着女儿那因兴奋而忘形的嘴。“居然还在这样笑，你这不知廉耻的东西……那个坏蛋也许正在暗中嘲笑我呢，心想，这个愚蠢的犹太老头，夜里在自己床上打了一晚上的呼噜……要是他知道了，这个傻瓜佬……是啊，我知道，你们在嘲笑我，你们厌弃我就像厌弃一块脏东西……可是我的女儿，我那活泼可爱的漂亮女儿，却心甘情愿跑到你们的床上……她的母亲，已经有些发福了，再怎么打扮时髦、涂脂抹粉也就那样了，即便有人请她跳跳舞，说几句恭维话，倒也没什么关系……是的，你们这帮流氓，这些狗，你们有理，是她们在追求你们，这帮毫无廉耻的发了情的女人……别人的痛苦心碎你们怎么会在乎呢……你们只想满足自己，只想寻欢作乐，这些无耻下流的东西……我真恨不得用枪打死你们……用鞭子抽死你们……可是，只要没有人这样去对待你们……只要人们，像狗吃自己吐的秽物一样咬碎牙往肚子里咽，强压住心里的愤怒……你们就是对的。因为人们是这样怯懦，怯懦得可怜……不敢不顾后果冲上前去，去抓住这个不要脸的女人，把她从你们身边拉回来……只能站在一旁，默默地、满腔怒火地折磨着自己，懦夫……懦夫……懦夫……"

老头用双手抓住了栏杆，愤怒使他头晕目眩，浑身发抖。突然间，他朝脚下啐了口，然后步履蹒跚地走出了花园。

老人一路踯躅，走进了市区，突然在一个橱窗前停下了脚步。橱窗内琳琅满目地摆放着各色的旅游用品，从衬衫、领带、外套、连衣裙到渔网、钓具再到食品、书籍，简直应有尽有。商品随意放置在一起组成塔形和锥形图案，看着很是吸引人。可是，老人的目光却只停留在一件物品上，它备受冷落地随意摆放在一大堆光鲜亮丽的用品中间：一根手杖，一根顶端包着铁皮、粗陋笨重的手杖。握在手里沉甸甸的，用它打人一定够厉害。“打死他！打死他，这条狗！”这个念头一闪现便让老人有些狂喜的混乱，他毫不犹豫地走进店里，用很低的价钱就买下了这根多节的手杖。他把沉重的手杖一拿到手中，陡然就感觉自己有了力量：一件武器确实能给弱者增添不少的勇气，“打死他！打死他，这条狗！”他喃喃自语，刚刚沉重而蹒跚的步伐不由得变得坚定、轻快起来。他沿着湖畔本是踱着步子，后来几乎是来回奔走。他浑身冒汗，与其说是因为加快了步伐，还不如说由于他饱满的激情所致，因为他的手愈加用力地握住了那根粗重的手杖。

他手握武器走进昏暗的大厅，同时目光如炬地寻找他那素不相识的对手。他料得不错，在角落里，他的妻子、他的女儿正和那三个男人一起坐在舒适的藤椅上，一边用麦秆吸着苏打水和威士忌，一边愉快地交谈着。“是谁呢？是哪一个呢？”老人暗忖，手里紧握住那根沉重的手杖。“我该去敲碎谁的脑袋？谁的？谁的？”艾莲娜误会了不断搜寻的目光的含义，当即起身跑向他，“爸爸，您去哪儿了？我们到处找您呢，梅德维茨先生用他的菲亚特汽车带我们去兜风，我们沿着湖边一直到了代森察诺。”女儿边说边亲热地把老人扶到了桌前，很明显她期待着父亲对这邀请表示感谢。

三位男士彬彬有礼地站起来，向他伸出手来。老人又颤抖起来，可是女儿温暖的身体正热情地挽着他的胳膊，缓和了他愤怒的情绪。他勉强与他们一一握了手，然后默默坐下，取出一支雪茄紧咬住，强忍住心中的怒火。他的耳边不时传来断断续续用法语进行的交谈，时不时还有几声纵情放肆的大笑。

老人蜷缩着身体，坐在那里一言不发地咬着他的雪茄，因为过于用力，嘴角边流出了褐色的汁液。“他们是对的……他们是对的……”他心想，“我应该遭受唾弃……我居然和他们握了手……和三个人都握了手，可我是知道的，这个混蛋肯定就在中间……而我竟然心平气和地与他坐在同一张桌子旁……我没有把他打倒在地，我还和他客气地握手致意……他们嘲笑我，他们没错，他们笑得有道理……看他们就在我面前高声交谈，好像我根本就不存在，好像我早已经死了！艾莲娜和她母亲明明知道我一句法语也听不懂……她俩明明知道，可是却谁也不理睬我，哪怕只是做个样子呢，也好过我像个傻瓜一样尴尬地坐在这里，狼狈至极……对她俩来说，我根本就无足轻重，无足轻重……我是她们的累赘，是她们的负担，是讨厌的附属品，是干扰，是让她们感到羞愧的东西。她们不抛弃我，只因为我可以给她们赚钱……钱、钱，这个遭上帝诅咒的脏东西，我就是用钱使她们堕落了……这钱，这该死的钱……我的老婆，我自己的女儿，她们一句话都不跟我讲，眼睛里只有闪闪发光的钱……瞧她们朝那三个男人笑得多开心啊，简直是打情骂俏一样……可是我，我容忍这一切……我坐在这里，听他们笑，而不是挥拳过去……也不用手杖打他们，趁他们还没当着我的面胡闹前，把他们赶开……我默许了这一切……坐在这里，像个哑巴，像个傻瓜、懦夫……胆小鬼……十足的懦夫！”

“可以吗？”这时，那位意大利军官，操着生硬的德语向老人问道，然后未等老人回答就拿起了打火机。

老人一下子从胡思乱想中惊醒，他愤怒地瞪着茫然的军官，怒火在胸中熊熊燃烧，手也更紧地握住了手杖。可是他马上嘴角向下扭曲一撇，化作一丝无所谓的冷笑：“哦，可以！”他语调尖利地重复道。“当然可以！嘿嘿，什么都可以！您尽管自便……嘿嘿，只要您愿意……我所有的一切您都可以随便支配……您也可以随意使唤我……”

军官愣怔地望着老人。因为语言不通，他没有完全听明白。但是，老人撇嘴的冷笑使他感觉不安，军官也不由恼怒起来。两位女士气得脸色煞白，空气好似凝固了一样，好像是闪电和之后滚滚雷声之间的短暂间歇。

可是，随后老人因狂怒而扭曲的脸又松弛下来，拳头松开，手杖滑落到地上。他像一条挨了打的狗一样蔫了下来，尴尬地咳嗽起来，被自己刚才的胆色惊住了。艾莲娜急忙拣起刚才的轻松话题，以缓和令人难堪的紧张气氛，德国男爵也说着故作风趣的笑话附和着，不消几分钟，谈话就又开始滔滔不绝起来。

老人依旧沉默地坐在这些饶舌者中间，把头扭向一边，人们应该以为他在睡觉——从他手中滑落的手杖，在他两腿间无目的地晃动着。他双手支撑的脑袋，越来越低地垂下去，可是，不会再有人留意他了。聒噪的闲聊声波浪一样淹没了他的沉默，戏谑的话语和孟浪的笑声中偶尔冒出的德语像闪光的泡沫，但他却一动不动沉沦在下面无尽的黑暗里，无法摆脱耻辱与痛苦的折磨。

三位男士站了起来，艾莲娜紧紧跟随，她的母亲也慢吞吞地跟在后面。他们其中有人愉快地提议，去了旁边的音乐室，没人觉得有必要特意邀请他这个呆怔着打着盹的老人。突然的冷寂让他醒了过来，犹如夜里睡觉时被子滑落，被冷风吹过的寒冷感觉惊醒一样。他的目光不由自主地在空荡荡的座位上停留了一会儿，但是这时，从旁边的音乐室里传来噼啪急促的爵士乐曲，他听到恣意的笑声和兴奋的叫喊声。他们在跳舞，是的，在跳舞，总是不停地跳舞，他们一定是这样干的！他们情绪激动，热血沸腾，搂在一起互相撩拨着，直跳得脸红心跳，不能自已。这些懒汉，这些浪荡的花花公子，他们跳舞，晚上跳，半夜跳，大白天也跳，他们就用这个来勾引女人。

他怒气冲冲、恨意满满地又抓起身旁粗重的手杖，拖着脚步循声向他们走去。他在门口停住，看到骑马师正坐在钢琴前，凭记忆大致不差地叮叮咚咚地弹奏着一首美国流行的小曲，一边弹一边侧着身子看他们跳舞。艾莲娜和军官跳舞，身材肥胖、动作迟缓的母亲则由高个子的乌巴蒂伯爵带着费力地跟着节奏跳着。可是，老人的目光只盯着女儿艾莲娜和她的那位舞伴。这个花花公子那样温柔多情地双手搂着女儿珠圆玉润的娇嫩肩膀，好像整个人已经全部属于他了。她随着他的节奏扭动着腰肢，贴近他的身体，好似已完全委身于他。老人眼看着这两个欲火中烧的人怎样强压住欲望纠缠在一起！是的，就是他，就是这个人，因为两个激情燃烧的身体彼此那样熟悉，好似血液中都融入了情欲的念想。没错，就是他，只可能是这个人，他从她的眼睛里看出来了，她虽微闭双眼却眼波荡漾，顾盼生姿，翩翩起舞时似在回味曾经享受过的情爱的甜蜜。就是他，这个贼，他占有了他的女儿，现在正用火辣辣的手抚摸着她轻薄纱裙里的肉体，他的女儿，他的孩子！老人不由自主地走了过去，想把她从他身边拉开，想夺回他的女儿。可是，她根本就没察觉到父亲的存在。她的每一个动作都配合着那个勾引者的引导和音乐的节拍。她仰着头，半张着湿润的双唇，完全沉醉其中。她和着音乐的旋律如痴如醉地舞动着，忘记了时间，感觉不到周围的世界，更看不到面前这个浑身颤抖、不停喘息的父亲。老人睁大充血的双眼怒不可遏地瞪着她，可她却只感觉到自己，感觉到她充满青春活力的身体，随着热烈的乐曲的节拍疯狂扭动。她现在只感到自己，只感觉到一个贴近她的男人正贪婪地想占有她，他正用有力的臂膀搂着她。在忘情的曼舞中，她不得不尽力克制自己，不让自己带着渴望的双唇和热烈的身体扑进他的怀里，不让自己受迷离的音乐和暧昧气息的摆布。可是，神奇的是，这一切都被内心受到强烈震撼的老人识破了，每当她被从他身边旋转着带走，他便觉得，她好像永远沉沦了。音乐声戛然而止，德国男爵跳了起来，“你们玩够了，”他笑着用法语说，“现在我自己也想跳舞了。”大家都愉快地表示赞成，正在热舞的人们分散开，大家又随意聚在一起。

老人又清醒过来，他想，现在总该说点什么，做点什么，不能傻瓜一样可怜巴巴地站在这里，像个废物！正巧他妻子从身边掠去，累得气喘吁吁，大汗淋漓，但是却十分享受的样子。愤怒让他果决起来，他拦住妻子，不耐烦地说道：“过来，我有话和你说。”

妻子惊讶地望着丈夫。豆大的汗珠浸湿了老人苍白的额头，他的神色看起来有些迷乱。他要干什么？为什么偏偏这个时候来打扰她？搪塞的话已到了嘴边，可他的异常举止让她觉得有些不安甚至危险，使她回想起不久前他的暴怒，只好不情不愿地跟着他走了。

“对不起，先生们，我去去就回。”她转身向男士们表示歉意。“她还向他们致歉，”激动不安的老人愤怒地暗忖，“他们离席时可曾向我致歉？在他们眼里，我猪狗不如，就像门口擦鞋的地垫。可他们做得对，他们是对的，谁让我竟容忍这些呢！”

妻子皱眉等着他开口，他嘴唇哆嗦，像个小学生站在老师面前一样站在她的面前。

“嗯？到底怎么回事？”她终于忍不住催问道。

“我不愿意……我不愿意……”老人嗫嚅着低声说，“我不愿意你们和这儿的这些人混在一起……”

“和哪儿的哪些人？”妻子故作不解地问，眼光流露出不满，好像丈夫刚才的话侮辱了她一样。

“就是那儿的那些人，”老人气冲冲地歪头瞅向音乐室的方向并晃了一下脑袋，“我不喜欢他们……不愿意……”

“为什么？”

“老是用这种质问的口吻，”老人忿忿地想，“好像我是她的仆人。”老人愤慨地结结巴巴说：“我是有我的理由的……我讨厌……我不愿意艾莲娜和这些人交往……我不想过多解释什么。”

“那就非常遗憾了，”妻子傲慢地拒绝道，“我觉得这三位先生都是非常有教养的人，他们都出身上流社会，比我们在家中所接触的社交圈好得多。”

“上流社会！窃贼……骗子……这些……”老人急怒攻心，几乎喘不过气来，他猛然一跺脚大喊道，“我不愿意……我不许这样……你明白吗？”

“不明白，”妻子冷冰地回答，“我真的一点儿都不明白。我不明白你为什么要去破坏孩子的兴致？”

“她的兴致！她的什么兴致？”老人身体摇晃了几下，像是挨了什么一击，脸也变得通红，额头上汗水直往下淌。他伸出一只手想去抓那根粗重的手杖，也不确定是想靠它支撑身体，还是去打人。可是他抓空了，他把手杖弄丢了，这使他又清醒过来。他克制住自己的情绪，刹那间一股暖流涌上心头。他走近妻子，像是要抓住她的手。他的声音完全弱了下来，几乎是祈求地说：“你……你不明白我……我不是为了我自己……我只想请求你们……这是我多年来头一次请求你们，我们走吧！离开这里，去佛罗伦萨，去罗马，随你们的便，去哪都行，我都依着你们……一切都由你们自己决定，完全随你们的意……只要离开这里就行，我求求你……走吧，今天就走……今天……我……我再也无法忍受下去了，我受不了……”

“今天？”妻子吃惊地皱起眉，满脸不悦，“今天就走？这简直可笑……就因为你不喜欢那几位男士？那你就不和他们打交道不就没事了吗。”

老人站着举起双手哀求着：“我实在不能忍受了，我跟你说了……我受不了，我忍受不了。别再问我理由，我求你了……求你相信我吧，我实在受不了了……受不了。就给我一回面子，听我一次话，就这一次……”

这时，那边的钢琴声又响了起来。妻子不由得被丈夫的乞求所打动，她抬头望向他。可是，她看到面前的丈夫又矮又胖，脸像快要中风一样涨得通红，双眼红肿，目光混浊，眼神散乱，从太短的衣袖里露出的双手在不停地颤抖，那样子真的是十分可笑。看他这副可怜巴巴的样子，实在让她有些难堪。她语气冰冷地断然拒绝道：

“那怎么行，今天我们已经答应他们去外出游玩……明天就走，可我们租了三个礼拜的房间呢……这太可笑了……我看没有离开的必要……我留下，艾莲娜也……”

“我可以走，对吗？我在这里碍你们的眼……妨碍你们……妨碍你们寻欢作乐。”

老人闷闷地大喊一声打断她的话。突然，他挺直佝偻的身躯，双手紧握，怒火让他额上青筋暴起。看他的样子是想要说些什么重要的话或是要挥拳打人。可他猛然一转身，飞快地拖着沉重的双腿匆匆忙忙地逃上楼去，好像是有人在后面追赶他一样。

老人喘着粗气快步上楼，想要赶快回到自己的房间。他得一个人冷静一下，压住心中的怒火，免得过分激动而干出什么蠢事！可是刚一到楼上，他便突然感觉好像有一只利爪在他的五脏六腑内撕扯一样，他一下子脸色惨白，险些晕倒。他扶着墙，摇晃着走到墙角。绞痛来得太过猛烈，他使劲地咬紧牙关才不至叫出声来，身体蜷缩在一起，不断地呻吟着。

他立刻就知道他遭遇了什么：胆囊痉挛症突然发作了。最近，这种病症经常折磨他，但从未像今天这样疼得如此撕心裂肺。“切勿动怒，”他在剧痛中有一瞬间想起了医生的叮嘱，疼痛难忍中他恼恨地自嘲着，“切勿动怒，说得轻松啊……医生大人，您要是摊上这样的事儿，您会不动怒吗？啊……啊……”

老人扭动着身体，痛苦地呻吟着，那只看不见的利爪在他的体内恣意折磨着他。他艰难地慢慢踱到了自己房间的门口，把门撞开，一头栽倒在矮沙发上，牙齿紧紧地咬着靠垫。一躺下，疼痛立刻有所缓解，体内的利爪抓挠得也不那么厉害了。他又想起医生的另一句嘱咐：“热敷，再服用药水，疼痛很快就会缓解。”可是，没人来帮帮他，没人。他自己没有一点气力再走到另一个房间，甚至连走到电铃那儿都不能。

“没有人在，”老人满心悲愤地想，“说不定哪天，我会像条狗一样丧命的……因为我知道是什么在痛，不是什么胆囊痉挛……这是死神，是死神在我身体内肆虐，要带我走了……我知道，我已经不行了，我快完了，什么医学教授，什么矿泉疗养，都救不了我的命……六十五岁，身体已经垮了，不再健康了……我知道，那种撕扯我，让我备受折磨的绞痛是什么，是死神，留给我剩余几年的时光，其实已经算不得是生命，只是等死罢了，等待死神的来临……”

“可我什么时候……什么时候曾生活过？为了自己，为了我自己生活过？这算是什么生活呢，只是一味地赚钱、钱、钱，只是一味地为了别人而活，可现在我躺在这儿，这些于我有什么用呢……我有过一个妻子，在她是个少女时，我娶了她，我熟识了她的肉体，她给我生了一个女儿。年复一年，我们睡在同一张床上，一样地呼吸着……可现在，她在哪儿呢？我甚至已经快认不出她的脸了……她总是摆着似乎是陌生的面孔和我讲话，感觉是那么生疏；她不管我的生活，不顾及我的感觉，不理会我的想法，不再想和我有所分担……我感觉她差不多已经快变成了陌生人了……岁月蹉跎，过去的一切都消逝去了哪里呢？我们有一个孩子……把她捧在手心里养大，我一度以为我可以获得新生，比上帝赐予的生活更美好、更幸福，生命不会真正死亡，会在她身上延续下去……可现在，她却半夜里偷偷爬到陌生男人的床上去……我会孑然一身地离开这个世界，孑然一身地死去……对于他们说来，我或许早已死了……我的上帝，我的上帝，我从来没有感到如此孤单……”

体内看不见的利爪剧烈地抓挠几下后又平静了许多，但是另外一种痛却越来越深地刺进他的太阳穴中，盘踞在脑海中的这些念头，像坚硬、犀利、炙热的石块一样刺痛着他。现在千万不要去考虑那些了，不去想就行了！老人撕扯下了上衣和背心，肥胖粗笨的身躯在浆洗过的衬衫下颤抖着。他小心翼翼地用手按住痛处，“只有这难忍的疼痛感才使我感觉到自己还活着，”他暗忖着，“只有这块痛得火辣的皮肤……只有这才是我的；只有在我身体里翻搅折磨我的，才属于我，这就是我身患的疾病，我的死神，这才是我的……我不再是什么枢密委员会顾问，我没有妻子，没有女儿，没有金钱，没有房子，没有商行……只有这个，我的手指感觉到的，我的身体和身体里面那种撕心裂肺的痛苦……其他的一切都是虚幻一场，没有任何意义……我痛苦着我的痛苦，忧愁着我的忧愁……她们再也不会理解我，我也不会理解她们了……我孤单单一人，孑然一身，这种感觉还从未有过。现在，我躺在这里，死神就在我体内肆虐，我明白了，可是太迟了。在我六十五岁的年纪，即将行将就木时我才明白。现在，就在他们忘情跳舞、四处闲逛、肆意寻欢的时候，我终于明白了，这些不知羞耻的女人……我只是为她们活，可她们却并不会因此而感激我；我从来没有哪怕一个小时是为了自己……她们永远不会感激我的……现在，她们与我又有什么相干，和我又有什么关系？我干吗还要惦记她们呢，她们根本就不在乎我呀！我宁愿像畜牲一样死于非命，也绝不接受她们的怜悯和同情……她们与我还有什么相干……”

老人感觉疼痛慢慢地减轻了，不再那么撕心裂肺了，体内的利爪似乎要休息了。但是某种郁闷的感觉却留在里面积聚起来，似乎不像是疼痛，而是像有什么东西在他的体内压迫着，乱钻着，有种莫名压抑的感觉。他闭上双眼躺着，静听体内的撕扯声。他觉得，仿佛一股奇异的、未知的力量用先是锋利现在又是钝的工具在他体内凿着，在他密封的身体里，什么东西被削成一根一根、撕成一条一条，扭动撕扯得不再那么剧烈，他也不再那么痛苦。

排山倒海的剧烈疼痛渐渐消失了，但是身体里面有种东西在慢慢地燃烧、炭化，然后腐烂，最后消失了，心中有某种东西也开始逐渐黯淡下去。他一生为之奋斗的一切，他所爱过的一切，统统都消失在这吞噬一切的火焰中，在火焰中慢慢变软，然后被烧成黑炭，变成焦渣，最后零落成泥。正在发生的什么，他模糊地感觉到了，就在他这么躺着被痛苦折磨，苦苦思索自己的人生意义时，有什么东西正在完结，那是什么？他倾听着，反复倾听着，他的心开始慢慢地沦亡。

老人紧闭双眼，躺在昏暗的房间里，半梦半醒。在朦胧和清醒之间，思绪纷乱的老人隐约觉得好像有种潮湿、灼热的东西从伤口处（他不知伤口在哪儿，也感觉不到疼痛）向里面一点一点地渗透，仿佛他在流血，可是所有的血都向里流向心脏。血流得并不快，他也感觉不到疼痛，这看不见的流淌，像眼泪一样缓缓地流着，如涓涓细流，一滴一滴轻轻掉落下来，每一滴都滴进心里，敲击着那颗昏沉麻木的心。可是那颗心，已发不出任何声音，它静静地吮吸着这股异样的液体，像海绵一样地吮吸着。它越吸越多，越吸越重。它在狭窄的胸腔里膨胀起来，胀得满满的，然后开始轻轻向下移动，拉扯着，使韧带紧绷，肌肉僵硬，那颗疼痛的心已经十分巨大，越来越重地向下挤压过去。而现在（多么痛苦啊！）这颗沉重的心脏正从肌肉的纤维组织中脱离出来，缓慢地，既不像一块石头，也不像成熟坠落的果实，而是像一块吸满液体的海绵，它开始深深地下坠，越坠越低，越坠越深，坠入一片混饨、一片空虚之中，坠入他自身以外的一片虚无的空洞中，坠入一片广阔无垠的黑暗中。刚刚那颗温暖、起伏的心所在的心房，现在突然一下变得死一般的寂静，寒阴、森冷而空旷，让人不禁毛骨悚然。它不再跳动，血也不再流动，完全寂静下来，一点声音也听不到了，一切都枯萎了，不存在了。他的胸膛就像一具棺材，在空落和漆黑中笼罩住这寂静无声又不可理解的一片虚无。

这种梦幻又混乱的感觉是如此强烈，以致老人渐渐清醒过来后，不由自主地去摸了摸自己的左胸，想知道他的心是否还在里面。感谢上帝，里面的心还在跳动，他的手指感受着这低沉而有节奏的韵律，但是却又觉得这跳动那样麻木、空洞，他的心好像已经不在了。奇怪的是，他突然感觉自己的身体仿佛同他本人分开来。再也没有剧烈的痛苦，再也没有精神的折磨，这里面的一切都寂静无声，一切都凝固了，停止了。“这是怎么回事？”老人想，“刚才还折磨得我撕心裂肺，刚才这里面还热辣得让人难以忍受，刚才还每根神经都在颤抖痉挛。我出了什么事？”就像在一个空旷的石洞里一样，他仔细倾听着自己内心的声音，听原来在里面的东西是不是还在动。但是那涓涓细流的流淌声、液体的滴落声、心脏的跳动声都仿佛离他很远很远，他仔细倾听再倾听，却什么也听不见。再也不会有折磨，再也不会有膨胀，再也不会有什么痛苦，如同内部被烧空的枯树的树洞，黑暗、空荡，听不到任何回想。突然，他觉得他好像已经死了，或者他心里有什么东西已经死了，血液在身体里可怖地凝固了。他自己的身体像一具冰冷的尸体般躺在下面，他不敢用自己温热的手去触摸它。

老人倾听自己的内心，听得太过投入，竟没听到教堂报时的钟声一再从湖面传进了房间，窗外暮色渐浓，夜幕降临，黑暗将房间各种陈设的轮廓都抹掉，透过窗户的四角隐约可见的天际也隐没在黑暗之中看不见了。可是老人没有察觉到这些，他只是忘我凝视着自己内心的黑暗，他只是凝神谛听自己内心的那一片虚无，犹如凝视死神，谛听死亡。

这时从隔壁房间传来了欢笑声，灯光亮起，有一束白光从虚掩的门缝里射了进来。老人吓了一跳，是他的妻子和女儿回来了！我可不想让她们发现我躺在这里，然后假意询问我。于是，他急忙整理一下背心和上衣，有什么必要让她们知道我胆囊痉挛症发作呢，这和她们有什么关系？

但是事实上，这对母女根本就没过来找他。第三遍催促用晚餐的锣声敲响了，她们正匆忙地整理妆容，从敞开的房门可以听到她们的每一个动作，听到她们打开了抽屉，听到她们把戒指“叮当”一声放在台子上，听到她们的皮鞋在地板上来回走动，在这同时，她们闲聊着，每一字每一句都十分清晰地传进了老人的耳朵。两人一边梳妆打扮一边说笑谈着那几个男人和与他们郊游中的琐事，你一言我一语的都是些啰唆的闲话。之后，话题突然就转到他身上了。

“爸爸去哪儿了？”艾莲娜问道，语气中有些讶异，讶异自己这么晚才想起父亲。

“我哪儿知道？”这是母亲的声音，提起他，立刻惹得她不高兴了。“也许在楼下大厅等着呢，可能又在看《法兰克福报》上的证券行情吧，别的事情他也不感兴趣。你以为他会喜欢这里的湖光山色？他不喜欢，他今天中午告诉我的，他说要离开这里，想要我们今天就走。”

“今天就走？那是为了什么呀？”这又是艾莲娜的声音。

“我不知道，谁知道他又怎么了，又有什么奇怪的念头。他不喜欢我们在这儿交的朋友，他不愿意我们跟他们来往，也许他自己觉得跟人家不配。确实挺丢人的，你看看他，敞着领子，衣服皱巴巴的，样子还魂不守舍似的……你应当劝劝他，让他晚上注意点儿仪表，他还是听你的话的。今天上午……你看见他对上尉的那副样子了吗？就为了一个打火机，真让我无地自容……”

“是啊，妈妈……可这到底是怎么回事呢……我正要问您呢……爸爸他是怎么了？我还从来没有见过他这个样子……我都被吓坏了。”

“哼，能有什么，还不是他的脾气坏……也许是证券行情不好……要不就是因为咱们老是讲法语……反正，别人快活，他就不高兴……你没注意到吧，我俩跳舞的时候，他站在门口看着就像躲在树后的杀手一样……让我们走！让我们马上就离开！他心血来潮，想怎么样就得怎么样啊……他不喜欢这里没关系，那他也不应该扫我们的兴呀……我才不理他呢，管他高兴不高兴，都随他便好了！”

说话声停了。可能是她们两人已在闲聊中为赴的晚宴梳妆完毕了。没错，门开了，她们走出了房间，开关“咔嗒”一声，灯光熄灭了。

老人静悄悄地坐在沙发上。每一个字、每一句话他都听得清清楚楚，但是奇怪得很：他不再感到痛苦，一点儿也不感到痛苦了。之前那颗在胸腔内恣意撕扯、激烈敲击的心一动不动了，它一定是坏了，破碎了，任凭再怎么折腾也不会颤动了。没有愤怒，没有恼恨……什么都没有了……什么都没有了……老人平心静气地穿好衣服，小心翼翼摸索着下了楼，坐在妻子和女儿身旁，就像他是个陌生人一样。

那天晚上老人始终未发一言，而她们也没有觉察到他这种异样压抑的沉默。饭后招呼也没打就径直回到自己的房里，熄了灯，在床上躺下。过了很久，他的妻子尽兴而归，她以为他早已熟睡，就在黑暗中脱去衣服躺在他旁边，不一会便鼾声四起。

老人独自一人，睁着双眼凝视着无边无际虚无的黑夜。他身旁有什么东西躺着，在黑暗中发出粗重的呼吸声。他努力回忆着，这个躯体与他呼吸同一个房间内的空气，这个躯体承载过他青春的热情爱恋，这个躯体给他带来了一个充满希望的新生命，这个躯体通过未知的血脉与他紧密联系在一起。他一再强迫自己去回想，他伸手便可触摸到的这个温暖而又柔软的躯体曾是他生命的生命。但是，奇怪呀，这些回忆竟在老人的心中击不起一丝的涟漪。他听着这呼吸声，觉得就如同听着从敞开的窗户传来的湖上浪花拍打岸边石块的声音一样，遥远而空洞。一切都转眼便不见踪迹，只剩下身边躺着的这个身躯，这个偶然相遇的人，这个已经变得完全陌生如路人的人。一切都结束了，结束了，永远结束了。

他的心又一次颤抖了一下，因为他听到隔壁女儿房间的房门把手轻轻的转动声。“今天晚上又去了。”老人觉得他那被认为已经枯死的心脏还是有一阵轻微的刺痛；一种像神经的东西震颤了一下，然后便又是毫无知觉的麻木。不过，连这也很快就过去了。“随她便吧，她想怎么样便怎么样吧，她与我还有什么相干呢！”

于是，老人又靠在枕头上，黑暗温柔地抚摸着他疼痛的太阳穴，一丝舒适的凉爽正渗入他的血液里。很快，力竭神疲的他就迷迷糊糊地进入了梦乡。

清晨，当他妻子醒来时，发现丈夫已穿戴整齐。“你要去哪儿？”她睡眼惺忪地问。

老人没有转身看她一眼，镇定地把睡衣胡乱地塞进手提箱里。“我不是说过我要回去，你不是知道吗？我只把必需品带走，其他的你们给我寄回去。”

妻子吃惊不小，这是怎么了？她从未听过他用这样的语气同她说话：每一字都好似从牙缝中挤出来的，冷漠又坚硬。她赶忙从床上下来。“真的要走吗？那也不用马上就动身吧？等一等，我们也一起走，我已经和艾莲娜讲过了……”

老人用力摇了摇手，“不……不必了……不妨碍你们了。”他头也没回便步伐沉稳地向门口走去。为了要拧开门把手，他不得不把手中的箱子暂时放下。就在这短暂的一瞬间，他回想起：曾经有过多少次，他也是这样，在离开时先将装满货样的皮箱放在陌生人的门前，然后毕恭毕敬地一路鞠着躬退出去，还得卑微地请求人家今后能多加关照。但是这一刻，他不再做生意了，也没必要注重所谓的礼节了，所以他提起皮箱，没打一声招呼，没说一句话，“咣当”一声便合上了门，这扇门将他自己与过去的生活分隔开来。

母女二人对老人的举动深感困惑，她们不明白到底发生了什么事。但是老人离去得如此坚决果断使她俩深感不安。她们立即给他写信，信中一遍遍详细解释猜测可能发生的误会，语句和用词都十分亲热，信中还关切地询问老人旅途是否平安，是否顺利抵家，甚至还在信中恭顺地表示，她们可以中止度假，随时可以回家。这些信随着老人一起寄到了南德的老家。老人没有回信，于是她们就写得更为急迫。她们拍电报，可是依然没有回复，只是收到他从公司寄来的一笔汇款，因为她们曾在一封信里提过需要钱，汇款单上盖着公司的印章，除此之外，没有任何留言，也没有一句问候。

她们俩感到越来越莫名其妙又惴惴不安，于是提前结束度假回家。虽然已经事先发电报告知归期，但是没有人到车站接她们，她们还意外地发现家里没做任何迎接她们回家的准备。仆人说，老人看完电报就随意往桌上一扔，没有任何吩咐就离开了。晚上，她们已经坐下吃晚餐了，这才听到老人回家的声音，她们急忙起身迎接，但是老人却一脸诧异地望着她们——很明显，他早把电报的事置于脑后了。他也没什么特殊的感情流露，淡漠地忍受着女儿热情的拥抱，让她领他去餐厅，听她讲述着趣闻。他不发一言地听着，默默地抽着雪茄，不问任何问题，只是偶尔极简单地回应一下，有时又对问话和讲述充耳不闻，对她们的讲述毫无兴趣，看起来就好像他在睁着眼睡觉。后来，他缓慢地站起身，回自己的房间去了。

一连几天都是这个样子。心中不安的妻子一次又一次想坐下来和他好好谈谈，可是总是徒劳而返。她越是急于想和他讲话，他越是躲闪回避，根本不给她接触他的机会。通往他内心的道路好像让什么东西给封住了，被堵死了，根本没有办法接近。老人还和以前一样和她们同桌吃饭，倘若有客人来访，他在旁边也是沉默不语，看起来神情呆滞、目光空洞。他对一切都不再有任何兴趣，好似完全沉浸在自己的内心世界。偶尔有客人在交谈中无意对上他的目光，便会觉得尴尬不已，因为他们看到的是一双死人一样的眼睛，呆愣地直视着他们。

不久之后，就连陌生人也对老人这奇怪而乖张的性格感到吃惊了。相识的人在街上遇见他，都开始窃窃私语：瞧这个怪老头，他是全市最有钱的人之一，却活得像个乞丐，总是踮着脚沿着墙根走。他的衣服皱巴巴的，礼帽破旧还歪戴着，裤子上满是雪茄的烟灰，每走一步都奇怪地摇晃一下，口中还常常喃喃自语地嘟囔着什么。要是有人跟他打招呼，他便抬起惊恐的双眼；要是有人跟他搭讪，他便一脸茫然地呆望那个人，连握手都会忘记。起初，人们以为他人老耳聋了，总是把话再大声重复一遍。事实上他并不聋，他只是需要时间让自己从心底的混沌状态中清醒过来，即使正谈着话，他也会再次陷入一种不可思议的茫然若失中去。然后，眼光会突然变得黯淡，神情也变得呆滞，讲话开始结结巴巴、语无伦次。有人露出诧异的神色，他也毫无察觉。他仿佛陷在一个昏沉的梦里，无法自拔。人们看到他这个样子，也就不再过问他的事了。他也不过问别人的事，即使在家里，他对妻子的沮丧甚至绝望毫不在意，对女儿的惊慌和无奈的询问也都视而不见。他不再看报，不听别人讲话；没有一句话，没有一个问题——哪怕只是在一瞬间——冲破将他严密包裹住的那道阴暗、冷漠的屏障。甚至连他最熟悉的世界，他经营的商行，也觉得陌生了。有时他就那样茫然地坐在办公室里处理文件，可是，一个小时后，每当秘书进来取签署好的文件时，都发现老人用空洞的目光呆望着那些文件，和他刚才离开时的情形一模一样。最后，他自己也意识到继续留在商行也是多余，便干脆不再去了。

老人最奇怪的，也是使全城人最感惊异的是：从来不信教的老人，现在突然变得十分虔诚。他平素对所有的一切都漠不关心，吃饭和约会也越来越不守时，但是却在规定的时间准时准点地去犹太教堂，从没有片刻耽误。他站在那里，肩披一件法衣，头戴一顶黑丝圆帽，总是站在教堂固定的一个位置，就是从前他父亲在这座教堂里站的位置，一边晃动着疲倦的头，一边唱着赞美诗。这里，在这空旷得有些寂寞的教堂里，耳畔回响的声音使他感到陌生又模糊，可是他却喜欢在这里难得的独处时间。这里的平静和安宁抑制了他内心纷乱的思绪，他可以尽情地向黑暗倾诉自己内心的秘密。但是当为死者做安魂祷告时，他看到死者的亲戚、子女和朋友们一再曲膝下跪，真挚、虔诚地向上帝祈求给逝者祝福，让逝者安息。每当这时，老人的眼底便升起一层雾气，眼神也更加黯淡，因为他知道，他孑然一身，等他死时，不会有人为他念悼文，不会有人为他做安魂祷告。于是，他虔诚地默默为自己祈祷，想像自己就是那个死者，那样他就可以为自己祈福。

有一次，天色已晚，他从教堂做完这一场祈祷回家，途中下起了大雨。老人一向都忘记带伞，他完全可以花几个小钱叫一辆出租马车，也可以到旁边建筑物的门洞或商店的玻璃遮雨檐下避雨。可是，这位奇怪的老人却满不在乎地在大雨滂沱中继续踉跄行走，被雨水浇得落汤鸡一样。破旧的帽子里积了一小汪雨水，每行一步雨水便像小溪一样顺着湿淋淋的衣袖流向脚面，但他却丝毫不以为意，旁若无人地在几乎空无一人的大街上踯躅着。他全身湿透，狼狈至极，哪里像是一座豪华别墅的主人，简直像个流浪汉。到了自己家门口时，正好一辆射出耀眼的灯光的小汽车在他身边骤然停下，车轮带起的泥污溅了这个漫不经心的老人一身，车门打开，他的妻子匆忙下车，身后下来一位显贵在她身后为她撑伞，随后又下来了另一位男士，老人与他们正好在大门口相遇了。妻子随即认出了他当然也吃了一惊，看到老人这副落汤鸡似的狼狈相，皱巴巴、脏兮兮，像个从水里打捞上来的包裹，妻子不由自主地转头移开了目光。老人立刻就明白了：在客人面前，见到丈夫这般狼狈，她为他感到羞愧。

于是，他不动声色、一点都不恼怒地、像个陌生人那样识趣地走开，免去介绍时的窘迫。他走到供仆人们使用的楼梯口，从那里走上楼去，感觉受到了羞辱一般。

从那天起，老人在自己家里就只从仆人们用的楼梯进出，从这里走他很安心，不会遇上什么人妨碍他，他也不会妨碍什么人。他不再到餐厅和家人一起吃饭了——有位老女仆将一日三餐送到他的房里。妻子或女儿想见他，他拒绝，她们硬闯进他的房间，他就窘迫但是坚决地赶忙找借口轰她们出去。时间久了，她们也就让他一个人待着了。人们不再问起他，而他也对任何事都不闻不问。他常常听见欢笑声和音乐声从他已经感觉遥远又陌生的隔壁房间里隔着墙壁传过来，听见汽车开进开出的声音，听见深夜还会响起的脚步声，但是他都无动于衷，这一切对他来说已经无所谓了，他甚至都不会向窗外望一眼，这些和他有什么相干？只有家里的那条狗还会常常溜上楼来，卧在已被遗忘的老人床边。

老人的心已经麻木了，死去了，不会再感觉到任何疼痛了，但是在他身体内有只鼹鼠仍在不停地挖来挖去，血淋淋地撕扯着他颤动的肉体。病痛发作得越来越频繁，被折磨得疲惫不堪的老人终于答应医生的强烈要求，同意做一次详查。医生神情凝重地告诉老人，他必须要做一次手术。老人并不惊慌，也不害怕，他只是神情有些落寞地微笑：感谢上帝，总算要结束了！总算盼来了死神，现在，好日子就要来了。他不让医生通知家属关于他病情的任何情况，自己和医生定下手术日期，自己做好准备。他最后一次走进自己的商行（这里已经没有人再期待他的到来，大家看他就像看一个陌生人一样），再一次坐在他的黑皮安乐椅中，这张椅子他坐了三十年，坐了成千上万个小时，差不多坐了一辈子。他让人拿来支票薄，开了一张支票，他把支票交给教区执事，执事被上面的巨额数字吓了一跳。这笔钱是于用于做慈善和给自己买墓地的，他拒绝所有的谢意，急忙踉跄着离开，匆忙中他破旧的帽子掉到了地上，可他也懒得麻烦去弯腰捡起。他就这样朝他父母的墓地走去，光着脑袋、满脸皱纹、面色蜡黄、行动迟缓，路过的人都惊异地望着他。有两个闲人十分诧异地注意到，老人就像对活人讲话一样对着长满青苔的墓碑长时间地、不停地、大声地说着话。他是在向过世的父母报告他就快过去陪他们，还是祈求父母赐福呢？没人听清楚他在讲些什么，只看见他的嘴唇在无声地蠕动着，光着的脑袋在做祈祷时不停地摇晃，然后头垂得越来越低。在公墓的门口，乞丐们知道他是个有钱人，都围过来乞讨，他急忙从口袋里掏出所有的硬币和钞票，很快钱就分没了，这时还有一个衣着褴褛的老妇人跛着脚，步履蹒跚地走了过来。她来晚了，也向他伸出乞求的双手。他不知所措地摸遍全身的口袋，可是一分钱也找不到了，他忽然感到手指上还有个陌生的沉甸甸的东西，他的结婚戒指。有些记忆的片断从他脑海一闪而过，老人赶忙把戒指摘下，送给了这个可怜的老妇人。

于是最后，这位身无分文、囊空如洗的老人，孑然一身走上了手术台。

手术做完之后，老人从麻醉状态中苏醒过来，由于病人的情况危急，医生只能将老人的病情通知他的妻子和女儿。老人费力地睁开那蒙上了一层淡蓝色阴影的眼皮，望着这陌生而洁白的房间发呆。“这是在哪儿呀？”

女儿温柔地俯下身去，凑近老人那苍白憔悴、毫无血色的脸。她的身影映在老人呆怔的瞳仁里，老人的眼里突然闪现了一缕微光。这是她呀，我的孩子，这无比可爱的孩子，是她，艾莲娜，我那温柔美丽的孩子！他那痛苦的嘴唇慢慢地、慢慢地松弛下来，露出一丝笑意，一丝极浅的、勉强能看得出的笑意。他那习惯紧闭、拒绝笑意的嘴巴，开始如花开般慢慢张开。女儿被父亲竭力绽开的这一丝幸福的笑意深深地感动了，她更近地俯身凑近老人的脸，想要亲吻他那毫无血色的面颊。

但是，就在一瞬间，甜腻的香水味道使老人忆起了往事，或者是他昏沉麻木的头脑想起了那早就被遗忘的时刻——老人刚刚显露的那一点点愉悦的表情，霎时消失无踪。他那苍白得毫无血色的嘴唇竟然一下子就愤怒地紧闭起来，被子下面的一只手颤动着，想要抬起来，然后推开什么令人讨厌恶心的脏东西，刚刚动过手术的身体由于激动而剧烈颤抖起来。“滚开！滚开！”他那苍白的双唇吐出的两个字含混、模糊，但却异常清晰——滚开！已在弥留之际的老人，不断抽搐的表情竟流露出那么深的厌恶，医生只好担忧地把两个女人推到一边，轻声说：“他在说胡话，为病人着想，你们还是让他一个人安静一下吧！”

她们俩刚一离开房间，老人脸上扭曲抽搐的表情便松弛下来，又重新陷入到疲惫的昏睡之中。他的呼吸越来越浊重，胸部起伏得也越来越剧烈，为最后的生命挣扎着。可是很快，他的胸腔就疲惫得不堪重负，再也没有力气吸进足够生命所必需的养分。当医生再去给老人检查时，他的心脏已经停止了跳动，再也不会让老人感到任何痛苦了。

一个女人一生中的二十四小时

战争爆发前十年，我有一回在里维耶拉度假，住在一所提供食宿的小旅店里。一天吃饭的时候，我们的饭桌上发生了一场激烈的辩论，没想到辩论愈演愈烈，渐渐由恶语相向变成愤怒的争吵，最后几乎粗暴到要动武的地步。世上的人大多数都缺乏想象力，那么不论发生什么事情，只要事不关己，若不是像尖刺般狠狠地扎进头脑里，他们绝对会高高挂起，无动于衷。可是，一旦事关己身，哪怕是微不足道的小事，只要发生在眼前与自己相关，就会触动他们敏感的神经，使他们情绪激动，超出应有的限度。于是他们一改往日的漠然态度，趁此机会好好发泄一番。

那一次，在我们饭桌上就餐的人大抵也是如此。我们这群典型的中产阶级，平常在饭桌上吃饭时总是一团和气，闲聊时偶尔彼此也开些无伤大雅的玩笑，吃完饭也大都各走各的。德国夫妇俩喜欢外出游览、摄影；胖胖的丹麦人忙于他那无聊的垂钓活动；文雅的英国贵妇回房读她的书；意大利夫妻则急着要赶往蒙特卡洛碰碰运气；而我呢，要么躺在花园中的藤椅里消磨时光，要么埋头于自己的工作。可是这一回饭桌上的争论实在是太过激烈，我们大家谁也无法马上离开。要是有谁忽然一跃而起离席而去，那就不是平时那样彬彬有礼地告辞，而是因恼怒而发脾气了，这恼怒，我在前面说过，已经到了粗暴的程度。

不过，导致我们这一桌人争论不休的事说起来的确是有些离奇。我们七个人租住的小旅店，从外表看像是一座单独的别墅，从房间的窗口可以遥望怪石嶙峋的海边，可以想象景致多么漂亮，可实际上它只是皇宫大饭店的分部，只是收费相对比较低廉。中间有花园将两边连在一起，所以两边住店的客人经常彼此来往。前一天，皇宫大饭店里出了一桩不折不扣的丑闻。有一位年轻的法国男子，搭乘午班火车，于十二点二十分来到饭店（我之所以把时间记录得如此准确，是因为这个时间无论对事件本身还是对引起我们那场激烈争论的话题本身都同样十分重要），他租下了一间可以看海景的房间，这说明他的经济状况应该不错。可是，他给人留下深刻印象的不只是他的翩翩风度，还有他的异常俊美的外表。他有着一张少女一样的脸，热情性感的嘴唇上长着丝般柔软的金黄色小胡子，白皙光洁的额头上摇曳着棕色的波浪形鬈发，柔情似水的眼光亲切动人。此人处处都显得风姿绰约，气质高雅，可又丝毫不让人感觉矫揉造作忸怩作态。远远地望他，你可能会联想到大时装公司橱窗里昂然而立的玫瑰色蜡像，握着华贵的手杖，象征着理想中的男性美。然而，近看之下你也绝不会感到半点浮夸之气，因为（这实属罕见）他的可爱之处的确是与生俱来的，像是从肌肤里面长出来的一样。他从我们面前经过时，向我们大家一一点头挨个问好，神情谦恭而又不失热情。无论何时见他，他都保持着潇洒风度，从未让人觉得有丝毫勉强，让人瞧着实在舒服。见到哪位女士走向衣帽间，他就赶紧上前代她接过大衣；对小孩子，他也会报以和蔼的目光，或说一句逗趣的笑话，显得既风趣又随和。简单地说，他好像正是那种幸运儿，凭借自己俊美的外表和年轻的朝气便足以取悦于人。他从屡屡的成功经验里生出了自信，这让他的魅力倍增，进而更加风度翩翩。饭店里有许多上了年纪和体弱多病的客人，他的出现仿佛是上帝施给大家的恩惠。他胜利地迈着他青春的步伐，无惧地挟着他朝气蓬勃的生命力，不可抗拒地赢得了我们每一个人的好感。他来了才不过两小时，便同里昂来的有钱的胖工厂主的女儿，十二岁的安纳特和十三岁的勃朗希，打起网球来了。两个女孩的母亲昂丽埃特太太是一位秀丽、纤弱的女人，不太容易让人接近。她微笑地站在一边，看着两个羽翼未丰的女儿不自觉地卖弄着风情，竞相讨好一个陌生的年轻人。傍晚时，他看我们下棋看了一个小时，一边看，一边还悠闲地讲了几则趣事，然后又陪着昂丽埃特太太在海边的露天平台上溜达了两个小时，而她的丈夫则与平时一样，陪一个生意上的朋友玩骨牌。到了晚上，我又注意到他和饭店的女秘书在办公室朦胧的灯光下谈心，亲密得令人生疑。第二天早上，他陪我那位丹麦同伴出去钓鱼，他在垂钓方面的丰富知识真是让人惊叹。随后，他又跟那位里昂来的工厂主谈了半天政治，他在这方面也同样在行，因为我们听到胖先生的爽朗笑声竟然盖过了海涛的轰鸣。午饭以后（我这么详尽地按时间顺序记录他的行动，对于了解事情的真相是完全必要的），他又一次单独陪着昂丽埃特太太在花园里喝了一个小时不加奶的咖啡。之后，他再跟她的两个女儿打了一场网球，同那对德国夫妇在客厅里闲聊了一会儿。六点钟时，我出去寄信，竟在火车站遇见了他。见到我，他急忙走过来好像道歉似的告诉我，说有个朋友突然来信要他回去一趟，不过，两天后他还要回来的。到了晚上，餐厅里果然没见到他了，不过，那有什么关系，他只是人没在而已，所有的饭桌上，人们异口同声都在谈论着他，都在啧啧称道他轻松愉快的生活方式。

到了夜里，十一点钟左右，我正坐在自己的房间里，打算把一本书读完就休息。忽然，通过敞开着的窗子，我听见急迫的叫嚷声从花园里传来，又看到对面大饭店里人影绰绰，一片骚动。我有些好奇，但更多的是不安，立刻匆忙地跨过饭店中间这五十步的路程。赶到后我才发现，饭店里所有的客人和工作人员都已经慌乱成了一团。原来，昂丽埃特太太每晚都会独自前往海边的露台去散步，而她的丈夫则习惯陪着那穆尔来的朋友玩骨牌，可是今天到了这个时候还不见她回来，大家都担心她是不是遭遇了什么意外。那位胖丈夫，平日里动作迟缓，这时却活像一头野牛，一次次奔向海边，朝着夜空声嘶力竭地呼喊："昂丽埃特！昂丽埃特！"由于慌乱，他的声音都变了，听来像是某个时代的巨兽临死前发出的原始的可怕哀号。服务员也都个个神色慌张，忙乱地跑上跑下，客人们也全部都被惊醒了，饭店给警察局也打过了电话。在这一片慌乱之中，那位胖丈夫，敞着背心，步履蹒跚，踉跄着来回不停地在海边跑着，朝着夜空一边抽噎一边叫嚷，发疯地喊着："昂丽埃特！昂丽埃特！" 这时，楼上的两个女孩也被吵醒了，穿着睡衣站在窗口，对着楼下喊着"妈妈、妈妈"，那位肥胖的父亲又急忙赶上楼去安慰她们。

接着出现的一幕更加不可思议，简直无法描述，因为当人遭遇太过巨大的打击时，瞬间所产生的强烈的紧张情绪在外人看来是极富悲剧色彩的，因而，不论任何图画，任何语言，都不能以同样的力量将其再现出来。突然，那个肥胖的丈夫踩着嘎吱作响的楼梯走下楼来，面容大改、神色倦怠、表情狰狞，他手里拿着一封信："请您叫大家都回来吧！" 他对饭店的工作人员说，声音很轻但是足以让人听得明白，"请您把所有的人都叫回来吧，不用四处找了，我的太太已经撇下我跑了。"

这个受了致命打击的人，骨子里有着超乎常人的坚忍，使他当着那么多人的面还能竭力保持镇定。所有人都好奇地围过来看他，可是由于感到吃惊，不好意思，不明就里，又纷纷离开了他。胖先生还有足够的自制力保持镇静，从我们身边走过时，身体虽然有些摇晃，但是目不旁视，还随手关掉了阅览室的电灯。随后我们听见他笨重庞大的身体倒进靠椅发出的声响，紧接着又听到一阵野兽狂嗥似的啜泣声，只有从未哭过的人才会发出这样的哭声。这种深切的悲伤，对于我们每一个人来说，即使是最微不足道的人，都有一种麻醉性的感染力。那些服务员，那些怀着好奇心悄悄走过来的客人，谁都不敢发出一声轻笑，也不敢说出一句惋惜的话。大家都默默无言，面对这场能摧毁一切的情感迸发，我们似乎也感到羞愧，于是一个个都悄悄溜回自己的房里，留下这个被击倒的人，独自在那间黑漆漆的屋子里啜泣。最后，整个饭店里的灯光相继熄灭，才渐渐听到窃窃私语的议论声。

这么一桩奇事，犹如晴天霹雳，就发生在我们眼前，触动了我们的神经，不用说，它自然而然会强烈地刺激我们平素枯燥乏味的生活，让平日里惯于悠闲度日的人们产生兴趣。不过，我们饭桌上爆发的几乎要闹到动武地步的那场辩论，虽然起因是这桩惊人奇案，实际上却可以说是一场有关原则问题的辩论，是水火不相容的人生观的巨大冲突。那位万念俱灰的丈夫，由于恼恨和无奈，一时神智昏乱地将手里的信揉成一团随便扔在地上，让一个女仆看到了，她这人不小心就把内情泄露了出去，弄得尽人皆知。原来昂丽埃特太太不是单独一人出走，而是跟那个年轻的法国人一起私奔了。这样一来，许多人原先对那位法国人的好感顿时化为乌有。乍一看来，这事儿还不难理解，就是这位小包法利夫人抛弃了自己大腹便便俗不可耐的丈夫，跟一位风流潇洒的美男子跑了。可是，人们还是有些疑惑不解，那位工厂主、他的两个女儿，还有昂丽埃特太太，过去都不曾跟这位法国男子会过面，但凭黄昏时海边露台上一次两小时的交谈，再加上一小时同在花园喝咖啡，就足以让一个三十三岁上下、名声清白的女人动了情，一夜之间抛夫弃子，跟一个素不相识的花花公子远走天涯吗？现在，我们全桌都决定拒绝接受这种表面上看似一目了然的所谓事实真相，认为那只是这对情人为了掩人耳目而制造的假象。昂丽埃特太太跟那个年轻人肯定暗中早有来往，这位花花公子这次来这里的目的就是为了要商定私奔的具体细节，因为，根据大家的推断，一位平日里作风正派且有身份的太太，跟别人认识不过几小时，听到对方的招呼就立马抛夫弃子离家出走，这事决不可能发生。大家说到这里，我若此时试着提出一个相反的想法倒也十分有趣，便竭力为另一种可能性进行辩护说：有一种女人，多年来对婚后无聊的生活深感失望，因而内心里早已有准备，一旦遇到钟情的对象就会立刻以身相许，这种可能性也不是不存在的。

我一提出这个出人意料的反面意见，便马上引起大家的普遍争论，两对夫妇表现得尤其激动，不管是德国夫妇还是意大利夫妇都异口同声表示出对所谓的一见钟情的蔑视态度，认为它太过愚蠢，只是低级小说里面的无聊幻想。

这场饭桌上的辩论从上汤时开始，闹到吃完布丁才结束，其间种种狂风骤雨般的辩论过程也没有必要在这儿详细赘述了。只有长年在公寓里吃饭的人才会在辩论中说出富有见地的话来，而平时在饭桌上偶然爆发的争执，多半是一时兴起的，匆忙之中信手拈来的也不过是一些陈词滥调，不够有说服力。我们这次的辩论何以竟会急转直下到了不可收拾的地步，这也很难解释清楚了。我想，火气是始于那两位有些神经敏感的丈夫，他们急于要将自己的太太排除在那种愚蠢危险的可能性外面。可惜的是，他们俩都找不出有力的论据来反驳我，只能对我说，单凭一件某个花花公子偶然骗取爱情的个例，便来判断女性普遍心理的人才会有那样的想法。这种腔调使我多少有些恼火，那位德国太太竟还以十足的教训人的口吻对我说，这世上有正派的女人，就也一定会有些“天生的婊子”，照她看来，昂丽埃特太太就是那样的人。这样一来我可忍耐不住了，便立刻以言语还击。我说，一个女人一生里确有一些时刻，会屈从于某种神秘莫测的力量之下，这虽违背她的本意，但又无法控制，这是不争的事实，你硬不承认这种事实，不过是想掩盖内心的恐惧，是惧怕自己的本能，惧怕我们天性中的妖魔成分。而且，许多人总是满足地聊以自慰，觉得自己比那些“易受诱惑的人”更坚强、更道德、更纯洁，而我个人认为，一个女人与其像寻常一样依偎在丈夫怀里闭着眼睛对他撒谎，还不如自由自在满怀激情地顺从自己的本能，那样反而更加诚实，我所说的大致就是这些。我们的对话火药味越来越浓，别人越是诋毁可怜的昂丽埃特太太，我就越为她辩护，其实这已经远远超出了我内心的真实情感。对于那两对夫妇，我这么慷慨陈词，无异于公开的挑战。他们四个人组成一组仿佛不很和谐的四重奏，咬牙切齿地向我大肆反击。那位丹麦老头，满脸含笑地坐在一边，像个足球赛裁判似的握着秒表，每当我们争论得不可开交的时候，他就用指关节在桌面上敲几下表示警告："先生们，请注意风度！"但这也只能管一会工夫。一位先生争论得面红耳赤，已经从桌上跳起来三回了，他的太太费了好大的劲才让他平静下来，总之，可能再过个十来分钟，我们的争论就会以武力收场了，这时幸亏C太太说话了，她像个和事佬一样，让这场口舌之争逐渐平复下来。

C太太是一位满头白发，气质高雅的英国老妇人，她是我们大家默认的桌长。她端庄娴雅地坐在那里，对我们每个人都同样和颜悦色。她说话不多，但是却愿意兴致勃勃地倾听别人说话。她聚精会神倾听别人说话的样子真让人赏心悦目，心情愉快。她周身散发的贵族气质和雍容高贵的神采总是叫人心旷神怡。她对所有的人都保持着一定的距离，同时又恰到好处地让人觉得跟她特别地亲近。大部分时候她都坐在花园里看书，有时弹弹钢琴，很少见她跟别人在一处，或者与人促膝谈心。我们都不怎么留意她，然而她却自有一种神奇的力量让我们无法不注意到她。就像现在，她第一次参与我们的辩论，大家马上就有了一种感觉，不约而同地感到自己争吵有些过了，失了身份。

当时正好那位德国先生猛然跳起身来，接着又被按在桌边重新坐下，于是就有了短暂尴尬的沉默。C太太就趁此机会加入了谈话。她出乎意料地抬起她那双神采奕奕的灰色眼睛望了我一会儿，稍作迟疑后，便冷静客观、直截了当地表达了自己的观点，一下切入主题。

“如果我理解正确的话，您真的认为一个像昂丽埃特太太这样的女人，会被无辜地卷进一场突如其来的风流韵事之中，您真的相信确实有某种力量会使一个女人做出一小时以前还认为自己决不可能做出的事情，并且对此无法负责吗？”

“我对此毫不怀疑，尊贵的太太。”

“这么说来，任何道德的评判都是毫无意义的了？任何伤风败俗的事都是合情理的了？要是您真的认为，法国人所说的‘激情之罪’算不得什么‘罪行’，那么国家的司法机构还有什么用呢？对这类事情，人们的善意可并不多见，不过您的善意却是多得惊人呢。”她微微笑了笑，又补充道：“照您所讲的话，如果能在每一桩犯罪行为里找出激情，就可以以此为根据获得宽恕了。”

她说话时逻辑清晰，语调轻快，听来让人感到分外舒服，于是我情不自禁地模仿着她客观冷静的口吻，同样半开玩笑半是认真地回答：“对于这类事情的判断，司法机构当然比我要严厉得多。毫不留情地维护法律，保护我们普遍遵守的社会风俗习惯，是他们的职责，他们必须要做出判决，而不是宽恕。可是作为一介平民，我却看不出有什么义务非要主动去承担检察官的职责，我宁愿当一个辩护人。我最感兴趣的是理解人，而不是审判人。”

C太太睁大她明亮的灰色眼睛，瞪了我好一会，显得欲言又止。我担心她没有听明白我的话，正打算用英语再说一遍。可是，她又接着发问了，态度严肃认真，简直像个考官。

“一位女人，抛下自己的丈夫和两个年幼的孩子，随随便便就跟人私奔，甚至根本不知道那人是否值得她爱，这样的事您真的不觉得很可笑很荒唐吗？一个已经不算年轻的女人，哪怕为了自己的孩子们着想，也应自尊自重，她却做出如此不检点的行为，难道您真的能够原谅这样一个女人吗？”

“我重申一遍，尊贵的太太，”我坚持道，“对这种事，我不愿审问，更拒绝去判决。我可以坦白地在您面前承认，我之前的话是有点夸大其词，这位可怜的昂丽埃特太太自然算不上女中豪杰，既不是天生的女冒险家，更不是什么伟大的情人。据我所知，她只不过是一个普通软弱的平常女子，我对她多少怀着敬意，是因为她勇敢地顺从了自己的意志，可是更多的我是对她的惋惜，因为即使不是今天，那么明天，她也一定会陷入深深的不幸。她的行为肯定很愚蠢，也过于轻率，但决不能被称为卑劣下流，如果有谁鄙视这个可怜的女人，那么我会一如既往地替她辩护。”

“那么您到现在还对她怀着同样的敬意和尊重吗？毕竟前天她是一位跟您在一起的正派女人，昨天她是一位跟随素昧平生的男人私奔的放荡女人，对这两种女人，您完全不加区别吗？”

“完全没有。一点区别也没有，毫无区别。”

“真的吗？”她不自主地说起英语来了，这些话显然触动了她，使她想起了什么。她沉吟了片刻后又抬起明亮清澈的眼睛，带着疑惑的神情望着我追问道，“要是明天，我们设想是在法国的尼斯，您又遇着昂丽埃特太太正跟那个年轻人手挽着手，您还会上前向她问好吗？”

“当然。”

“还会跟她攀谈吗？”

“当然。”

“您会不会，如果您……如果您结了婚，您会将一个这样的女人介绍给您的太太，对她过去的行为只字不提，就当什么也没发生过吗？”

“当然。”

“您真会这样做吗？”她又说起英语来了，语气里满是怀疑和惊诧。

“我一定会。”我不由得同样也用英语回答。

C太太不说话了。她似乎陷入了深思中。突然，她好像对自己大胆的问话有些吃惊，一边看着我，一边说：“我不知道自己会不会那样做。说不定我也会那样做的。”说完，她以一种无法形容的自信神态站起身亲切地向我伸出手来，只有英国人才会用这样的方式结束谈话，却不显得唐突失礼。在她的影响下，餐桌上终于又恢复了和平，大家都发自内心地感激她，正是因为她，我们这些刚才还势同水火的人，此刻都微带歉意有礼貌地互相致意了。大家相互说过一两句轻松的玩笑话后，原先紧张到了要发生危险的气氛就这样缓和下来。

我们的争辩虽说最后还算圆满地收场，但当时所表现的情绪毕竟还是激烈了些，以致我和我的对手之间的关系有些疏远，逐渐有了隔阂。德国夫妇态度冷淡，很少开口说话，意大利夫妇在接下来的几天里总是连讥带讽地问我是否有“尊敬的昂丽埃特太太”的最新消息。虽然我们大家表面上还维持礼貌，但餐桌上从前那种不拘形式坦诚相待的方式却再也不见，不免让人有些遗憾。

可是那次争论过后，C太太倒对我更加地和蔼亲切，相比之下，我那几个对手嘲讽冷淡的态度就显得更加突出。C太太平时一向都非常拘谨，除了吃饭的时候从来也不爱私下与我们闲聊，现在她却常常找机会在花园里与我攀谈几句。我甚至可以肯定，她似乎对我格外不同，正因为她平日里总是那么娴雅端庄，高贵矜持，单独与人交谈一次就足以让人觉得是偏爱有加了。真的，坦率说，她简直是故意找上我，借各种缘由来跟我搭话，每次都用意显明，如果她不是一位白发苍苍的老妇人，我肯定会想入非非了。可是，我们说话时无论讨论什么样的问题，聊着聊着，话题总是不可避免地重新转回到昂丽埃特太太的问题上，她似乎能从这个话题获得某种神秘的满足感似的。每谈起这件事，一方面她对这个女人大加非议，指责她不负责任、意志薄弱、水性杨花，同时，我也感到她又始终对那位柔弱秀丽的女人充满同情，而且她对我这种不改初衷坚定不移的支持态度又似乎甚觉安慰。她一再将我们的谈话引向那个方向，到后来弄得我莫名其妙，对于她这种几近执拗的怪癖不知如何是好。

就这样过了好几天，大约五六天吧，她从不曾有只言片语泄露过到底与我进行这样的谈话对她来说有什么重要意义，不过我十分清楚地意识到，这其中一定另有原因。在一次散步的时候，我偶然提起，我的假期已满，再过两天就准备离开了。而就在那时，她素来平静安祥的脸上突然露出了异样紧张的表情，就像一片乌云，遮住了她那双神采奕奕的眼睛里的光亮："实在太遗憾了，我还有许多话没来得及跟您讨论呢。"之后再跟我说话时她就一直心神恍惚，神情失落，很明显，有些事在她心里让她心烦意乱却又无法忘怀。她恍惚的样子让她看起来有些反应迟缓，最后，还是她自己猛然惊觉过来，沉默了半晌，出其不意地向我伸出手来说："我想我要对您说的话真的是难于启齿，我还是写信给您吧。"说完她就急忙转身走回自己的公寓，步履急促，完全不是我们平时所见的样子。

果然，当天晚上的晚餐之前，我在自己的房间里发现了一封信，正是她洒脱大方的笔迹。遗憾的是，我年轻时处理书信文件的态度相当草率，因此没办法在此引用原文，只能给出大概的内容。我记得她在信里问我，能不能听她叙述一下她自己的人生经历。她在信里说，那段人生的小插曲如今已成追忆，跟她现在的生活完全没有任何牵连，而且我马上就要离开了，把埋藏在心底折磨她二十多年的烦恼跟我倾诉一下，也就不那么难于启齿了。她说，如果我不觉得这样一次谈话冒昧的话，她想请求我给她一小时的时间听她诉说一段往事。

那封信里的主要内容大抵如此，记得当时读信时相当触动我。信是用英文写的，单是这一点就说明它的意思是那么的明确和果断。可是想要回信时，我却不知如何落笔。我斟酌再三，撕掉了三次草稿，才终于写好了回信："您对我如此信任，让我实感荣幸，如果您认为必要，我保证严守秘密。凡不是您愿意吐露的，我自然不敢强求。但是既然选择诉说，就请对您自己和我都坦诚相待，如实相告。我视您的信任为我莫大的荣幸，请您相信这绝非虚言。"

晚上，我将这封短信送到她的房间里，第二天早上我又发现了一封回信："您说得完全正确，只说出一半的事实毫无意义，我将竭尽所能说出全部的真相，做到对自己和您都毫无隐瞒。请您晚饭后到我房间里来，我已是六十七岁的老人，不用再害怕流言蜚语了。因为在花园里或人多的地方，我实在难以从容开口。请您相信，对我说来下这个决心是多么不容易的事。"

那天中午，我们在餐桌上还见过面，像往常一样说了几句无关紧要的话。可是，吃完饭在花园里遇见我，她却慌乱地闪开了。这位白发苍苍的老太太竟会羞怯得如同少女一样，转身溜进了松荫之中，我看了不禁有些难为情，但也深受震动。

晚上我如约来到她的房门前，刚敲了两下，房门就立刻应声打开，房间里面灯光黯淡，只开着桌上的一盏台灯，黄色的灯光在原本就很阴暗的房间投下更朦胧的影子。C太太自然大方地走过来迎接我，让我在一张靠背椅上坐下，然后自己坐在我的对面。我注意到，她的每一个动作都像是事先精心安排好的，可是即使这样，还是出现了一时相对无语的静默时刻。这显然出乎她的意料。这静默是由于她迟迟难以下定决心开始她的讲述造成的，静默的时间越来越久，而我也不敢轻易开口打破这个僵局，因为我看得出来，有一种顽强的意志力正在努力挣扎着冲破阻力。楼下客厅里不时隐约传来断断续续的华尔兹舞曲的乐声，我屏息静听，仿佛想要减轻一点静默带来的沉重压力。C太太也似乎因这种不自然的紧张局面而感到尴尬不已，突然间，她振作精神，像要纵身跳跃似的，马上开始说道：

“最难说出的怕就是第一句话吧。为了要清楚明白地讲述真实，我这两天一直都在准备，但愿我能做到。您现在也许还不能理解，为什么我要向您，一个素不相识的人，讲述这一切。可是，从来没有一天，甚至没有一小时，我不在想这桩往事。请您相信我这个老太太所说的话，一个人倘若整个一生都全神盯着自己生命中唯一的一点，盯住那唯一的一天，这实在让人难以忍受。因为我打算要讲给您听的事，只是发生在我过去六十七年生命里的二十四个小时，而我无数次反复告诫自己，几乎到了神经错乱的地步。我对自己说，人的一生里即使有时因为一时糊涂干了件荒唐事，那又算得了什么呢。可是，即使很难界定，我们一般还是无法摆脱人们称之为良心的这个东西。之前听到您十分冷静客观地评论昂丽埃特太太的事件，我当时就暗自思忖，如果我能够下定决心，找到一个人倾诉一下我一生中那二十四个小时所经历的事情，也许我就能结束这种对往事毫无意义的追忆和没完没了纠缠不清的自怨自艾。我若信奉的不是英国国教，而是天主教，恐怕早就利用忏悔的机会，说出这个隐藏已久的秘密，让自己的灵魂得到解脱，结束自己的痛苦。可我得不到这样的机会，所以，今天我才做这个离奇的尝试，希望通过向您诉说来求得解脱。我知道，这一切都太荒谬，可是，您已经毫不犹豫地接受了我的请求，我要向您表示由衷的感谢。”

“是的，我已经说过，我要向您诉说的仅仅是我一生中唯一的一天，其余的日子在我看来没有任何意义，别人听来更是乏味。我四十二岁以前的人生经历可以说是再正常不过了，每一步都是最好的安排。我的父母是苏格兰富有的乡绅，拥有几家工厂，还有许多田产。我们一家人过着通常所说的贵族式的生活，一年大部分时间都住在自己的庄园上，只有社交聚会时会去伦敦，当然有时也去那里避暑。十八岁那年，我在社交聚会上认识了我的丈夫，他是一家名门望族的次子，在驻印度的英国部队里服役过十年。我们很快结了婚，婚后在我们的社交圈里过着无忧无虑的幸福生活，一年中有三个月住在伦敦，三个月住在我们家的庄园里，剩下的时间便去意大利、西班牙和法国各地旅行。我们的婚姻非常美满，从不曾蒙上过半点阴影，我们的两个儿子如今也早已成人。在我四十岁那年，我的丈夫突然去世了。他从前在热带地区生活多年使他罹患肝病，那次肝病复发，不过挨了可怕的两星期，他就永远离开了我们。当时，我的大儿子已在部队里供职，小儿子在读大学，于是好像一夜之间，我就陷入了可怕的空虚寂寞之中。我是一个喜欢热闹的人，习惯了家人欢聚，孤单独处的日子实在让我痛苦不堪。孤单单地待在房子里让我备感凄凉，常常触景生情，睹物思人。丧夫之痛让我无法自拔，我在那所房子里真是一天也待不下去了。于是我决定，在我的两个儿子们尚未成家以前，尽量多出去旅行，以排遣自己的满腔愁绪。”

“之后的那段日子，对我而言已经完全没有任何意义也毫无用处了。二十三年来与我情投意合、形影不离的人已经不在了，孩子们也并不需要我，我也担心自己的郁郁寡欢会破坏他们的心情。我已经一无所求，生无可恋了。起初，我移居巴黎，无聊时就出去逛逛商店和博物馆来打发时光。可是，对巴黎这座城市和周遭的景物我总是感到生疏，也不愿接近那里的人们，因为我无法忍受他们看见我穿丧服出于礼貌而表现出的怜悯眼光。那几个月我也不知道自己是怎么度过的，整天浑浑噩噩、恍恍惚惚，像个游魂一样东游西荡，茫然无措。我只记得，我当时已经有了了此一生的愿望，只是我没有勇气，自己无法完成这一痛苦的心愿。”

“在我孀居的第二年，也就是我四十二岁那一年，我还是无处安顿自己，只想逃避。我四处旅行以打发对我来说已经失去意义的无聊时光，于是，那一年的三月末，我独自来到了蒙特卡罗。说实话，我到蒙特卡罗来只是由于生活太过枯燥，太过空虚寂寞，那种令人窒息得几近恶心的空虚折磨着我，一定要找点外来的小小刺激才能勉强填补一下。我自己越是心灰意冷、意志低沉，就越是感到有一股强大的力量，将我推往一处人生旋涡转得最快的地方。对于缺乏人生体验的人，欣赏他人跌宕起伏的人生经历不失为一种刺激和体验，观看戏剧和聆听音乐就有这样的作用。”

“因此我也常去赌场。在那儿我冷眼旁观着那些人如惊涛骇浪般瞬息万变的表情变化，时而狂喜万分，时而错愕不已，这对我也的确是一种刺激，让我觉得身心震撼。还有，我的丈夫生前也爱光顾赌场，但他并不嗜赌，只是偶尔下一下注玩几把，对于他保持的这个习惯，我以某种虔敬之心，继续保持着。正是在这个赌场，开始了我人生中的那二十四小时，它比任何一个赌局都更刺激，从此我的命运就一直都受它的困扰。”

“那天，我跟我家的一位亲戚冯·M公爵夫人在一起共进午餐。晚饭后，我还没觉得累，不想上床睡觉，于是就去了赌场。我并不下注，只是在赌桌来回溜达，用一种独特的方式暗自观赏形形色色的赌客。我所说的‘独特的方式’，正是我已故的丈夫生前教给我的，因为我曾经向他抱怨，看赌客们赌博时间长了真是令人厌倦，就那么几张脸，实在有些乏味。那些干瘪的老太太们坐在弹簧椅里观察，隔几个小时才敢下一回注，还有老奸巨猾的职业赌徒，玩纸牌赌博的卖弄风情的妓女，所有这些乌七八糟、身份可疑的家伙们都聚拢到了一起，您一定知道，在低俗的小说里他们可是被绘声绘色地描述为好像儒雅绅士和欧洲贵族样的人物，而实际上，又能有多少诗情画意的浪漫呢。其实，二十年前的赌场比现在的更吸引人，赌桌上可都是货真价实看得见摸得着的现金，沙沙作响崭新的钞票、金光耀眼的拿破仑金币、滚来滚去叮当作响的五法郎银币，而今天即使在新建的现代豪华赌场里也能看到一帮平民一样的观光客人，手里拿着兑换好的毫无特色的筹码，兴致索然地输光便算完事。我当时已经觉得那些面孔千篇一律，神情漠然，对我没什么吸引力，因此我的丈夫，他痴迷研究手相，教给我一个非常特别的欣赏方法，确实比懒散地呆站着四处看有趣得多，也更加令人紧张刺激。这个方法就是，你永远不要去看一个人的面部表情，只盯着四角形的桌子，在四角形的桌子里又只盯着人的手，只盯着那些手的特殊动作。我不知道您是否也去过赌场，眼睛只盯着赌桌的绿呢台面，只盯着那一片绿色的方形区域，在它的正中央有一个圆球在滚动着，像醉汉一样跌跌撞撞，一个数字到另一个数字不停地跳动，然后一张张不同面额的钞票，一枚枚圆溜溜的金币银币，接连不断地落到分好的格子内，好似播种一般。然后，庄家挥动手里的把杆，镰刀割麦一样把它们全部收割，或者把它们收割完后再推到赢家面前。这样放眼观察下来就能知道，唯一不断变化的只有那些手，绿呢台面的赌桌四周有许许多多的手，跃跃欲试的、举棋不定的、观察等待的，都在伺机而动。所有这些手都在各自的袖管口向外窥探着，就像试图一跃而起的猛兽，这些手形状不一、颜色各异，有的光溜溜的没有任何装饰，有的戴着戒指和叮当作响的手镯，有的多毛如野兽，有的滑腻弯曲如鳗鱼，却都由于主人的紧张不安而显得微微颤抖。见到这种景象，我不禁联想到了赛马场。在赛马比赛开始前，一定要用力勒住亢奋的马匹，不让它们抢先窜出。那些马也似这样全身战栗地昂起马头，扬起前蹄。通过观察这些手等候、伸出和停住的方式，就可以了解手主人的本性。紧握不放的是贪婪者的手，松弛无力的是挥霍者的手，沉着安静的是算计者的手，手指颤抖的是悲观者的手，他们常常犹豫不决、顾虑重重。所有的性格特点都在那双抓钱的手里表露无遗，有的人恼羞成怒把钞票揉成一团，有的人神经过敏要把钞票撕成碎片，也有筋疲力尽到极点的人，双手无力动弹，把钱随意置于一边不予理会。下注时，俗话说赌博见人品，可是我要说，赌徒的手更能流露出本性。因为所有的赌徒，或者说，差不多所有的赌徒，都会很快学会驾驭自己的面部表情。他们都会在衬衫的领子以上戴上一副冷漠的面具，装出一副波澜不惊的神色；他们能让嘴角的肌肉松弛下来，咬紧牙关掩藏住心底的慌乱；他们让眼神保持镇定，不让它透露自己的焦躁不安；他们把脸上青筋突起的肌肉拉平，扮成满不在乎的模样。然而，恰恰因为他们集中全部的精神控制自己的面部表情，不使它们暴露他们的真实心意，却忽视了他们的两只手，更加不会想到有人会注意观察他们的手。他们强作欢笑的嘴唇和故作镇静的目光想要掩盖的本性早就被他们的双手出卖了。因为，必然会有一个瞬间，所有这些费尽心力才被控制住的已经似有睡意的手指会一下子挣脱束缚：那就是转盘里的圆球落进码池，庄家报出中奖号码的那惊心动魄的一秒钟，就在这一秒钟里有一百只手或五百只手都不由自主纷纷本能地有所反应，因人而异各具个性。种种潜在的本能全都表露无遗。要是有谁像我一样（我是由于我丈夫有此癖好而获得传授的），热衷于观看手的舞台，他一定会感到，人们千差万别的个性总是以各种千奇百怪的方式超出想象地显露在手上，比戏剧和音乐更动人心弦、回味绵长。手的表情究竟有多少种表现方式，我简直没法向您一一描述。有的手仿佛是野兽的手一样，手指弯曲多毛，抓钱时无异于蜘蛛攫取猎物；有的手指甲灰白，经常神经性地颤抖，根本不敢去抓钱。这些手，有高尚的、卑鄙的、残暴的、猥琐的、奸诈的、羞涩的，无所不有，应有尽有，但是每一只手给人的印象却各有不同，因为，每一双手都反映出一段截然不同的人生，只有四五个庄家的手算是例外。跟赌客生动的手比起来，庄家的手更像是机器，动作精准、冷静，像计数器上嘎嘎作响的金属开关，只是置身事外地处理业务，其他一概都不过问。可是，正因为与那些激动兴奋的同类形成了对比，才显得这几双不动声色的手与众不同。我想说的是，他们就像是街上平定暴乱时的警察，穿着整齐的制服站在群情激奋的人潮当中。除此之外，还有一点让我对此游戏乐此不疲。接连看了几天之后，我竟然熟悉了某些手的习惯爱好和秉性，能够从众多手中找到熟识的老朋友。我把它们当作人一样分成两类，一类让我喜欢，一类令我厌恶。有些手贪得无厌，令我异常憎恨，我总是像避开不堪入目的东西一样避开不看它们。可是如果赌桌上忽然出现一只新手，就会引起我的好奇心要去观察一翻。我往往忘了抬眼去看看那人的样貌，总觉得那不过是立在高耸的衣领或熠熠闪光的胸脯上冰冷世故的假面罢了。”

“那天晚上我走进赌馆，看见有两张赌台上已经挤满了人，于是我走向第三张台子，拿出几个金币准备下注。忽然，对面传来一阵非常奇怪的声响，让我颇感有些意外。当时，正是下注结果要出来的关键时刻，每逢码盘上的圆球滚动得筋疲力尽，只在最后两个数字之间来回晃荡时就会出现这样的时刻，没有人说话，空气中都是紧张的气氛，每个人都屏息凝神地紧盯着那个圆球，而就在这一刻我竟听到一阵咔嚓咔嚓的奇怪声响，像是骨节折断的声音。我不由自主地向对面望去，那一刻，我吓呆了！我看到了两只手，两只我从没见过的手，一只右手，一只左手，宛若两头咆哮的猛兽在互相撕扯，扭作一团，在疯狂的对搏中你揪我打，你抓我咬，使得指节间发出咔嚓咔嚓的声响，像核桃压碎时发出的清脆声一样。那两只手出奇的美丽，修长纤细，却又丰满白皙，指甲有些发白，指尖圆润闪着珍珠般的光泽。那天晚上我一直都盯着那双手看，没错，我为这双手深深着迷了，它们简直可以说是独一无二，世间少有。尤其让我惊异不已的是那双手上所表现的激情，那种狂热的、好像痉挛似的互相纠缠又彼此依赖的激情。我马上意识到，这儿有一个感情特别充沛的人，他将自己的全部激情都集中到了指端，免得留在体内无处释放而把自己击倒。突然，在圆球发着轻微的脆响落进码盘，庄家唱出中奖号码的那一秒钟，这双手顿时松开了，像两只猛兽同时被一颗子弹击中似的，两只手一起倒下了，不只是显得筋疲力尽，简直可以说是已经死了。它们瘫在那儿一动不动，霎时所表现出的无力、绝望、如受电击、死神降临，我实在无法用言语形容。因为，在这以前和自此以后，我再也没有见过寓意如此丰富的一双手了，每根筋每块肉都在倾诉，你能深刻地感觉到，手上的每一个毛孔都在不断地涌出澎湃的激情，实在不能不让人感到惊心动魄。这两只手在绿色的赌桌平躺了一会，像随着海浪掀上沙滩的水母，动也不动，了无生气。然后，一只手，其中的一只右手，从指尖开始又慢慢吃力地抬起来。它颤抖着，缩了回去，转动一圈，颤颤巍巍地又转动一圈，最后下定决心似的抓起一个筹码，夹在拇指和食指之间，迟疑不决地捻着，像在转动一个小轮子。接着，这只手猛然间一下子拱起背，像一头豹子，飞快地将一个一百法郎的筹码掷进赌桌上下注的黑方格里面，仿佛啐了一口唾沫。那只刚刚还静卧不动的左手这时也如闻警声，马上进入了状态。它直起身来，缓慢地几乎是偷偷地爬到那只瑟瑟发抖的右手跟前，它的兄弟刚刚那一掷好似已经耗尽了全部的精力和体力，于是现在，两只手惶恐又微微战栗地靠在一起，指节无声地敲击着桌面，恰似人生病时上下牙打寒战一样。我没有，从来也没有见到过一双如此丰富传达表情的手，能把紧张激动的情绪用这么一种抽搐得近乎痉挛的方式表达出来。望着这双颤抖不已又充满期待的手，感受着它们因惊惧不安而拼命喘息、打着寒战，我突然觉得整个大厅里的一切都生气全无、僵硬凝滞了，大厅的喧嚣、赌客熙来攘往的热闹、庄家像小贩叫似的吆喝、转盘里的圆球从高处滚落进平滑的圆形盒子发出的嘤嗡声，所有这些曾强烈刺激我神经的景象都荡然无存。我只是紧紧地目不转睛地盯着这此生难遇的一双手，被深深地吸引了，几至如痴如醉的地步。”

“可是最后，我还是按耐不住了，我一定要看这个人，看看这张脸，看看这双具有无穷魔力的手到底属于谁。于是，我提心吊胆，的确，真的是提心吊胆，因为这双手早已让我心惊胆战了！我慢慢移动着目光，从衣袖移向瘦削的肩膀。然后我又一次惊诧不已，这张脸传递的竟是同那双手一样的表情，一样的惊恐慌乱，一样的狂放不羁，一样的荒诞不经，那种执拗倔强的神情跟他那几乎是女人般的俊美面庞一样让人惊奇。我从来没有见到过这样一张脸，如此毫无表情、呆若木鸡的一张脸，它使我可以毫无顾虑地将它当作一副面具，当作一尊没有眼睛的雕像来仔细观赏。那双着了魔的眼睛没有一丝哪怕瞬息的转动，决不会左顾右盼，漆黑的眼珠在张大的眼睑下凝定不动，犹如两粒没有生命的玻弹珠，映着那个桃花心木的、在转轮里疯狂滚动最后落进转盘里的圆球。我不得不再说一遍，我从来没见过这样一张脸，如此紧张又如此魅惑人心的一张脸。那是一张二十四岁左右的年轻人的脸，脸颊瘦削略显狭长，但是白皙俊秀，尤其是表情极其丰富，然而和他的双手一样，这张脸缺乏男子气概，更像是一个在游戏中尽情玩耍的孩子的脸。这些都是我后来才注意到的，因为在当时，这张脸完全隐蔽在贪婪和狂乱的神情之后了。薄薄的嘴唇始终急切地僵硬地微张着，露出一半牙齿，让人十步以外就能看到上下牙时不时地打着寒战。一绺湿漉漉的金发耷拉在额头上，像跌过一跤一样。鼻翼不住地翕动，仿佛皮肤下有无声的巨浪在汹涌翻腾。他一直向前探着头，不自觉地下意识越来越向前倾，让人感到他似乎把全部的注意力都集中到了那个在轮盘中旋转的圆球上了。这时我才明白为什么那双手如此痉挛颤抖地扭在一起——只有仗着这种痉挛似的颤抖的支撑，他才可以使自己失去重心的身体保持平衡。”

“我从来也没有，我一定要反复这么说，我从来也没有看见过这样一张脸，会这么赤裸裸地、凶相毕露地、不知羞耻地表露激情。我紧紧盯着这张脸，凝神着它……我就这样被他如痴如醉的神情迷住了，以致到了心神荡漾、目眩神迷、神魂颠倒的地步，正如他的双眼对于疯狂滚动的圆球那样痴迷。从这一秒钟起，大厅里所有的一切我全不放在眼里，跟这张脸上熊熊燃烧的火焰一比，一切都显得苍白无力、模糊不清、黯淡不已。大约有一个小时那么久，我隔着人流只是凝神观察着这个人，不放过他的每一个手势。而当庄家终于满足了一次他急于攫取的欲念，将二十个金币推到他的面前，他那双眼睛登时精光四射，倾泻出了璀璨的光芒，两只不自觉痉挛纠缠在一起的手好像被炸开，颤抖着一齐张开了。在这一秒钟里，他的脸忽然容光焕发，人也愈发年轻，眼角额头的皱纹也不见了，眼睛开始变得神采奕奕，原本倾俯的身体霎时精神抖擞，斗志昂扬地挺直起来。转眼间，他如骑马归来的凯旋骑士一样身姿挺拔地坐在那里，胜利的喜悦溢于言表。他把那些圆滚滚的金币揽到近前，得意扬扬地用手指拨弄着，让它们彼此碰击发出叮当的声响。然后，他又开始不安分地转动着脑袋，在绿色桌面上扫视了一翻，恰如一只小猎狗，伸出鼻子四处乱嗅想要查找出猎物的准确位置。突然，他抓起一大把金币，把它们全部都投到一个方格内，然后马上他又开始了新的紧张不安和急切祈望。他的嘴角又似触电般抽搐不已，两只手又重新痉挛地纠缠在一起，孩子气的神情完全消失了，完全被贪婪期待的神色所掩盖。最后，这种抽搐般焦灼紧张的情绪猛然间崩塌，化成了排山倒海的失望。刚才还像孩子一样兴奋的脸，突然间憔悴不堪，变得面容苍老，目光呆钝，毫无神采。这一切全发生在一秒钟之内，就在转盘里的圆球落进他没猜中的号码里去的那一秒钟里。他输了，他呆望前方有几秒钟，目光空洞，近似痴呆，仿佛不明白刚刚到底发生了什么事，可是，庄家煽动性的吆喝声一响起，他立刻又伸手拿起几个金币。不过很明显，他的自信心已经消失了，他先将那几个金币押在一个方格里，立马却又改变主意，挪到了另一个方格上，这回圆球开始滚动后，他不知怎么一时兴起，举起颤抖的手又将两张捏成一团皱巴巴的钞票，迅速押在了同一个格子里。”

“像这样抽搐似的输赢一刻也未有停歇过，大约持续了整整一小时。在这一小时里，我的目光一直没有离开那张神情变幻莫测的脸，各种激情在那张脸上如潮汐般陡涨急落，让我感到目眩神迷。还有那双魔力无边的手，手上的每一根青筋和每一块肌肉都像喷泉一样不断地突升直降，将情绪的变化展现得淋漓尽致。即使在剧院里，我也不曾如此紧张专注地观察过一位演员的面部，更不曾在一张脸上见到过如此莫测无穷的色调和情绪的变化，好像自然风景里光与影的交替一样自然。在看戏的时候，我也从来不曾有过一回，像此刻一样如临其境般全身心地投入到剧情之中，让别人的喜怒哀乐占据我的心。谁要是那天晚上注意到了我，一定会认为我那么目光呆滞是受了催眠的缘故，而我当时的精神状态也真的是那样，似神志昏迷一样迷迷糊糊。那张脸上的表情实在太过生动，我的眼睛实在无法从上面移开。大厅里的其他一切，灯光、笑声，各种人影，无数的目光，在我四周弥漫交织在一起，仿佛漂浮着一团昏黄的烟雾。那张脸就在烟雾中若隐若现，像火光中的一簇烈焰。我好像什么也看不见，什么也听不到，身边的人挤进挤出我浑然不觉，还有另外许多只手触角似的伸缩，把钱扔出去抓回来，我都毫无感觉。我看不见圆球落到哪里，也听不到庄家的吆喝声，而那双手恰似两面凹镜，所有的激动和兴奋能透过它们历历在目地显示出来，让我如同置身梦中。圆球落进了红格子或是黑格子，正在滚动还是已经停止，要想知道这些我用不着看轮盘，只要看这张脸。这张脸上激情满满、神经敏锐、表情丰富，霎时的表情变化就能表明每一局的输赢情况，得失、期许、失落都一览无余。”

“可是，一个可怕的时刻终究还是出现了。一晚上，我心中都一直在隐约担心这个时刻的出现，它像一场随时可能降临的暴风雨悬在我紧张不安的神经之上，此刻果然突然降临，撕裂了我的神经。轮盘里的圆球又发出轻微的脆响转动了一圈，又到了两百张嘴同时屏住呼吸的那一秒钟，只听到庄家高声唱到‘零位格’，与此同时迅速挥动耙竿，将叮当作响的金币银币和沙沙作响的大小钞票悉数揽光。而就在这一刻，那两只手做出了一个分外惊人的动作，它们猛然一跃而起，好像要抓住什么看不见的东西，随即便只靠惯力才跌落在桌子上，似乎已经奄奄一息。可是马上，它们又猛地活了过来，急切地离开桌面，逃回自己的身上，像野猫般在身上爬来爬去、忽上忽下、忽左忽右，神经病发作一样摸遍了所有的衣袋，想在什么地方搜到一张隐藏的钞票。可是，它们搜来搜去始终一无所获，这种毫无意义、毫无结果的搜寻却一遍又一遍急切地不断重复着。这时候，轮盘又重新旋转起来，别人又都在继续下注，钱币叮当作响，椅子东挪西摇，各种细小的嘈杂声又嗡嗡地混成一片，塞满大厅的每个角落。眼下这一幕可怕的情景使我浑身战栗，我禁不住发起抖来，我竟然十分清晰地有了感同身受的错觉，似乎那些就是我自己的手指，急切地绝望地在衣服上翻遍每一个口袋，搜遍每一个皱褶，想要找出哪怕一张钞票来。可突然间，我对面的这个人蓦地站起身来，只有猛然感到不适的人，才会这样站起来以免发生窒息。他身后的椅子咣当一声倒在地上，可他没有觉察，他也好似没注意到身边的人，只是独自拖着沉重的步子离开了赌桌。其他赌客看到这个摇摇欲坠的人走过虽有些意外，却都慌忙地避开。”

“看到他这个样子，我顿时惊呆了，仿佛全身石化一般。因为，我当时立刻明白他要到哪里去，他是准备走向死亡。谁要是这样站起身，那绝不会是要回旅店，想去酒馆，去找女人，去搭火车，或是回到其他别的生活，而是会直截了当地跌入无底深渊。在这个地狱般的赌场大厅里，即使是最冷酷无情的人也一定能看得出来，这个人绝不会再在家人那里得到依靠，也不会再在银行或亲戚那里得到任何支援了。他是身上带着所有的金钱，孤注一掷地用他的生命坐在这儿赌的。现在他踉跄着离开了，要走出这个地方，但同时也无疑要走出生命之外。我一直有些提心吊胆，从第一眼开始就像着魔似的有一种无法描述的感觉，在这场赌博中有点什么远超出输赢得失之上。然而此刻，我看见生命突然从他的眼里消失，这张脸刚才还那么生机勃勃，现在却被死亡罩上一层灰白，我只觉得一道迅猛的闪电击在我的身上。当这个人忽然从座位上离开，步履蹒跚地往外走时，因他那雕塑般生动的身姿给我留下的印象太过深刻，我不由得非要用手抵住桌沿才可以稳住自己的身子，那副踉跄的样子此刻也深深地感染了我，正如之前他的亢奋紧张深入了我的血脉和神经一样。最后，我还是被他的神情带走了，我一定得跟着他，根本就身不由己，我的脚步跟着他移动，完全不是出于自愿。这一切就在不自觉的情况下发生，不是我自己在行动，而是自然而然不受控制地在做，我旁若无人好似毫无知觉地径直向门口走去。”

“他在衣帽间那儿站住，取回了大衣。可他的手臂有些麻木得不听使唤了，殷勤的服务员帮他穿大衣时，费了好大的劲，就像是帮助一个四肢瘫痪的人。我看见他本能地把手伸进背心口袋里，想要摸索出几个钱币给服务员当小费，可是，手抽出来时却空空如也。蓦地，他才仿佛记起了一切，十分狼狈地向服务员说了一句什么，便又和刚才一样，一下子转头冲了出去，完全像个醉鬼一样跌跌撞撞地跨下赌场门前的台阶。那个服务员在他身后望了一会，脸上流露出轻蔑的神情，随后又会心一笑。”

“这个场面实在是让人感觉非常震动，我在一旁看着都觉得有些难为情。我不自主地闪在了一旁，尴尬得像在剧院的舞台上看到了一个陌生人的绝望。可是，心中莫名其妙忐忑不安的情绪又推动我向前走。我赶忙叫服务员取过我的大衣，思绪纷乱，毫无目的，只是机械被动地快步走向外面黑黢黢的夜色中，莫名追随着一个素不相识的陌生人。”

C太太讲到这儿停了一会。她一直沉着冷静地坐在我的对面，保持着她惯有的稳重安详，客观地向我娓娓讲述，几乎一气呵成，只有内心早有准备，对所有发生的细节都仔细梳理过的人才会这样。此刻她第一次停了下来，显得有点踌躇，然后，她中止了讲述，抬起头来看着我：

“我向您、也向自己做过保证，”她略显不安地开始说，“要绝对坦诚地讲出全部的真相。可是，我现在必须请求您，希望您能够完全信任我的坦诚，不要以为我那时的举动有什么不可告人的动机。倘若真有那样的动机，今天我也不会羞于启齿的，可是，如果认为在当时的情形下肯定有那样的动机，却实在是妄加猜测。所以，我必须强调，我追着这个因希望破灭而精神崩溃了的人出去，绝对不是我对这个年轻人产生了哪怕丝毫的爱慕之意，我当时脑子里根本不曾当他是一个男人。我那时已经是四十多岁的女人了，事实上，自从我丈夫去世以后，我还从来没再正眼瞧过哪个男子。那些事于我而言，已是无所谓了，何谈心动。我之所以要向您强调一下，而且非要说明这一点不可，那是因为，你可能就无法理解，如果事实并非如此，那么随后发生的一切何以会如此可怕。而且，从另一方面，我也很难解释清楚，究竟是怎样的情感可以驱使我去追赶一个不幸的陌生人。那种情感里面有好奇心，但最主要还是一种恐惧不安的担忧，或者更确切地说，是担忧发生某种可怕的事情。因为从第一刻起，我就隐约感到好像有什么恐怖的事情正乌云似的笼罩在那个年轻人身上。这种感觉错综复杂，真的是无法用言语解释清楚，尤其是当它们来得过于迅猛突兀时，这就如同有人在大街上看到一个孩子有被汽车撞上的危险，就会本能地立刻跑过去将孩子一把推开。或者换个比喻，有些人尽管自己不会游泳，看见别人掉进河里快淹死了，就会立刻奋不顾身地从桥上跳下水去救人。这些人根本来不及考虑他们冒生命危险所做的决定到底有没有意义，只是好像有一种魔力驱使他们这么做，有一种意志力推动他们往下跳。当时我的做法可能就是这种本能的决定，不假思索，意识里没有任何清醒的考虑，只是跟着那个不幸的人走出赌场来到门口，又从门口跟到外面临街的露台上。”

“我相信，不论是您，或是其他头脑清醒感觉敏锐的人，都会受到这种恐惧不安的好奇心的吸引，因为，看到那个最多不过二十四岁的青年，如白发老人般步履维艰，又如摇晃醉汉般四肢无力，全身骨节都被打碎一样拖着脚步晃悠下石阶，又蹭到临街的露台上，这种凄凉恐怖的景象真是让人无法想象。他踏到露台上，扑通一声像一只麻袋似的倒在一张长椅上面，这个动作使我更加惊惧地看出：这个人已经完了。只有一个没有生命的人，或是一个全身肌肉都无丝毫活力的人，才会这样沉重地倒下。他的头歪斜着向后倒在长椅的靠背上，两只手臂无力地垂下，在街灯昏暗朦胧的影子下，任何一个路过的人都会以为这是一个自杀了的人。他当时的样子的确像一个自杀了的人，我也不明白，为什么当时会忽然有了这样的幻象，可是，它就这样突兀地呈现在我眼前，雕塑一样逼真得触手可及，让人陡然间毛骨悚然、不寒而栗。在那一刹那，我望着他，心里确信，他身边带着一把手枪，明天早上会有人发现这个人浑身是血地躺在这一张或另一张长椅上，早已四肢冰冷，气绝身亡了。因为我看到他倒向靠椅的样子，完全像是一块正坠下深谷的巨石，不落到谷底绝对不会停止。人的身体可以这样完全地表现出颓废和绝望，我还从来没有见过。”

“您可以试想一下我当时的处境，离我二三十步远的长椅上，一动不动躺着一个绝望到精神崩溃的人，我茫然无措地站在那里，不知如何是好。受意志力驱使，我极想去救他，可积年成习的羞怯心理又令我止步不前，不敢在大街上与一个陌生男子随便搭话。此刻，天上阴云密布，街灯的幽光明暗闪烁，街上的行人又异常稀少，已近午夜，我几乎是孤身一人站在这临街的花园里，身边不远躺着这个像是要自杀的人。我不止五次或者十次，想鼓起勇气走近他的身边，可羞怯心却总是又让我收回了脚步，或者也许这只是一种本能。我心里存在着担忧，害怕跟跄失足者会带着上前施救的人一同摔倒。我就这样反反复复、彷徨无措、左思右想，既不敢开口说话，又不敢转身离开，既不能做些什么，又不能撇下不管，自己也清楚地认识到这样的处境十分可笑，也毫无意义。要是我告诉您，我在那儿犹豫不决徘徊了大约一个小时，好似漫长无边的一小时，我希望您能相信我的话。那一个小时被一片无形大海上的万千细浪击成无数的碎片，一个希望幻灭的人，竟有这么大的力量令我震动如此，使我无法转身离去。”

“可是，我始终无法说出一句话，也无法有行动的勇气，我很可能会整个后半夜都那样站着苦等下去，或者，我也许最后会清醒过来，顾念自己的身份转身离开他回家去。是的，我甚至相信自己已经决心撇开眼前这个凄凉可怜的人，就让他那么晕厥过去算了，可是有一股外来的强大力量，终于迫使我改变左右为难的境况，做出决定——天忽然下起雨来。那天晚上一直刮着海风，满天都积聚着厚重潮湿的云，整个天空都似压了下来，早就使人感到胸口憋闷，呼吸不畅。这时突然“啪”地掉下一滴雨点，紧接着狂风大作，倾盆大雨骤然而至，雨点沉重密集，来势凶猛。我慌忙逃到一座售货亭前避雨，手中撑开的伞根本无法阻挡肆虐的风雨，我的衣衫都湿了。噼啪落地的雨点，激起冰凉带泥的水沫子一直溅在我的脸上和手上。”

“可是，尽管大雨滂沱，那个可怜的人却还悄无声息地躺在长椅上一动不动，这样的景象发生在寒冷的雨夜让人实在感觉惊骇不已，即使二十五年后的今天回想起来，我仍然不免喉咙干涩发紧。雨水从屋檐上哗哗地倾泻下来，马车的隆隆声从市内隐约传来，大街上的行人都撩起外衣匆忙奔跑。一切有生命的东西，不论人还是动物，都瑟缩着逃跑，想要快点找到什么地方躲避一下，能感受到他们在急风骤雨中的仓皇和恐惧，唯有长椅上面漆黑一团的那个人，始终没有动弹一下。我之前跟您说过，这个人身上好像有某种魔力，能用肢体语言将自己的情感无比生动地表达出来，可是现在，他就在狂风暴雨中一动不动，静静躺在那儿似乎对外界的变化全无知觉。这世上恐怕难有一座雕像，能够如此震撼人心地表现出一个人内心生不如死的绝望和完完全全的自暴自弃。他看起来好像已经心力交瘁到了极点，已无丝毫力气站起身来走到几步之外的屋檐下去避避风雨，自己究竟是生是死也毫不在意。我当时觉得，任何一位雕塑家，任何一位诗人，即使是米开朗琪罗或但丁，都无法像这个活生生的人这样，塑造出如此极度痛苦绝望的凄凉形象，摄人心魄，让人动容。他听任雨水在身上淌流，全身筋疲力尽，无力挪动身体躲避了。”

“我实在不能再忍受下去了，这情形让我太过揪心，再也不能等待下去听之任之。我顾不得心里的羞怯，猛然跑进瓢泼大雨中，过去推了一把长椅上那个浑身湿透的年轻人。‘跟我来！’我抓起了他的手臂。他的眼睛空洞吃力地向上呆望着，好像有什么意识在他身上渐渐显露，可是他还没听明白我说的话。‘跟我来！’我又拉了一下那只湿得滴水的衣袖，这一次我几乎有点生气了。他缓慢地站起来，身体摇摇晃晃。‘去哪里？’他问道。我一时无法回答，因为我自己也不知道要带他去哪里，只是想他不要再听任风吹雨打，不要再这样神志昏迷地躺在椅子上深陷绝望以至自寻死路。我抓着他的手臂，拉着这个任人摆布的木偶往前走到售货亭下。雨疏风骤，那一角飞檐多少能够替他遮挡一些风雨。之后要怎么做，我一点也不知道，也没打算知道。我只知道要将这个人带到一个不被雨淋的地方，带到一处屋檐下，至于以后怎样我完全没有任何考虑。”

“我们两人就这么比肩站在一个狭窄的干燥处，背靠着锁着门的售货亭的门墙，头上只有一小片檐角。大雨不停地在下，狂风不时将冰冷的雨水吹到我们的衣服上，打到我们的脸上，这种境况可真让人难以忍受。我不能陪着一个浑身湿透的陌生人一直那么站着，可是我既已将他拉到那里，又不能什么话也不讲就将他一人撇下不管。总得要设法改变一下才好，我慢慢强迫自己清醒地思索一下当时的状况。我想最好是雇一辆马车把他送回家，然后我自己再回家去，到了明天他就会知道拯救自己的办法。于是，我问站在身旁这个目光呆滞，望着雨夜天空的人：‘你住在哪里呢？’”

"'我没有住的地方……我今天下午才从尼斯过来……你没法儿去我那里。'"

"最后一句话，我当时没有马上听懂。后来我才明白，这个人竟把我看作……看作一个妓女了。是的，每到晚上，总有不少的女人在赌场附近流连，希望能从赢钱的赌徒或醉醺醺的酒鬼身上讨几个赏钱，他竟把我看成是这样的女人了。可是，说实话，又能让他有什么别的想法呢？我自己也只是到了现在，在将这段经历讲述给您听的时候，才体会到我自己当时的行为是多么的荒谬离奇，简直是荒唐透顶。我将他从长椅上拽起来，拉着他一同走，完全不像是有身份的女人应该有的举动。可是从一开始，我就没有想到这一点。过了一会，当我意识到这个可怕的误会，他将我看成了什么样的人，已经太迟了。因为，如果我早一点意识到，就绝对不会接着又说出那一句越发加深他误会的话来，我说：'找一家旅馆要个房间吧，你不能一直待在这儿，必须马上找个地方安顿下来才好。'"

"然而我突然明白了他这种让人难堪的误会，因为，他并不转过身来看我，只是带着嘲讽的语气，嘟哝地拒绝道：'不必了，我不需要什么房间，我什么都不需要，你别自找麻烦了，从我这儿你什么也得不到，你找错人了，我已身无分文。'"

"他说话的样子还是那样骇人，语气里的冷淡和绝望还是那样令人惊惧不安。这么一个浑身湿透、心神俱疲的人，倦怠无力地靠墙站在那里，使我大为震动，我根本无暇顾及自己受辱应感到的难堪。我这时的感觉，和我看见他踉跄走出赌场大厅那一刻，以及刚刚过去的那不可思议如同幻境的这一小时里的感觉一样，这个人，正值风华、朝气蓬勃、有血有肉地在我旁边，现在却站在死亡的边缘，我一定要救他。我于是更近地走到他身旁。”

“‘不用担心钱，跟我来吧！你不能一直站在这儿，我会帮你找个安顿的地方。你什么都别想，跟着我走吧！’

“他把头转了过来。四周依然暴雨如注，雨点沉闷地敲击着地面，屋檐上的水哗哗地流淌下来，落在我们的脚下，这时我才觉察到，他在黑暗中第一次想要看清我的脸，他的身体仿佛渐渐从麻木的状态中清醒过来。”

“‘那就随你的便好了，’他表示出了让步，‘于我都无所谓，没什么不同……又会有什么不一样呢。咱们走吧。’我撑开了伞，他靠近我走到伞下，挽起了我的手臂。这种突如其来的身体接触让我很不舒服，简直令我惊慌不安，心里充满恐惧。可是，我没有勇气拒绝他，因为，我若这时推开了他，他又会立刻掉进之前的深渊，那么我所做的一切努力就会全部落空。我们朝着赌场的方向走了几步，我这才意识到，我还不知道该如何安顿他。我飞快地考虑了一个办法，最好就是带他去找一家旅店，然后塞给他一点钱，让他可以在那儿过一夜，明天自己再想办法回家，此外我也就没再想什么了。正好有几辆马车匆匆驶过赌场门前，我随便叫住一辆，我们坐进车箱里。车夫询问我地址，我不知道该怎样回答。然后我才忽然想到，带着这么个全身浸湿、衣服滴水的人，高级些的旅馆是不会让他住的，还有，我的确是一个不谙世事的女人，全没想到自己说的话会引起什么胡乱的猜疑，于是我对车夫喊道：'随便找一家普通的旅馆！'"

"车夫根本就漠不关心，冒着大雨扬鞭赶路。我身旁那位陌生人一直默不作声。车轮滚动向前，雨点急落敲击着车窗上的玻璃。车箱是棺材形的，里面伸手不见五指，漆黑一片，我坐在里面情绪万分低落，仿佛陪着一具死尸。我绞尽脑汁想找出几句话来，好缓解一下这种让人不安的静默局面，结果还是想不出有什么话好说。过了有几分钟，马车停住了，我先下车付了车费，那位陌生人才睡眼惺忪、恍恍惚惚地下了车，关上车门。那一刻，我们站在一家完全陌生的小旅店门前，头顶上方有一块玻璃拱檐，正好替我们遮挡一下肆虐的风雨，四处单调的雨声让人心里烦乱不已，雨丝纷纷搅碎了无尽的黑夜。"

"那个陌生人好似无法支撑身体的重量，不由自主地向墙壁靠去，他湿透的帽子和皱巴巴的衣服都在不停地往下滴水。他站在那儿，像一个刚被从河里救上来的落水者，神志还没有完全恢复，墙上他所倚靠的地方，有一小股水流汩汩流淌，水痕明显。可是，他不曾使出一点力气来抖一抖衣衫、甩一甩帽子，任凭水滴不停地顺着前额和脸颊向下流淌。他站在那儿对一切都不以为然，我没法向您描述，这种心如死灰的绝望样子是多么令我震撼。"

"但是我那时必须得做些什么才行。我从衣袋里掏出钱递给他，'这是一百法郎，'我说，'拿去开个房间，明天再回尼斯吧。'"

"他抬起头来望着我，眼神里满是惊异。"

"'我在赌场里见到你的情形，'我见他有些犹疑，于是催促道，'我知道你已经输得精光，担心你会想不开，做出什么蠢事。接受别人的帮助也算不得丢脸……就拿去吧！'"

"但是他却一把推开了我的手，我没料到他竟还有这样大的力气。'你这人心肠真好，'他说，'可是，还是别糟蹋你的钱了，我这个人已经不可救药了。今夜我睡不睡觉，也没什么要紧，反正明天一切就都完了，你救不了我的。'"

"'不，你一定得拿着，'我逼着他说，'明天你的想法说不定就变了。现在先进去，开个房间，好好睡一觉，过了今夜，明天又会是另一翻面貌。'"

"我将钱硬塞给他，他仍然态度激烈地推开了。'算了吧，'他闷闷地低声重复道，'这没有任何意义的。我还是在外面了结自己算了，省得给人家的房间染上血污。一百法郎救不了我，就算一千法郎也救不了我。我身上哪怕只有几个法郎，明天我又会走进赌场，不输到精光我不会停手的。何必又重头再来一回呢，我已经受够了。'"

"您一定无法想象，那个低沉的声音多么刺痛我的心。可是，您可以设想一下，您面前不过两英寸远，站着一个风华正茂的年轻人，有血有肉，能呼吸，会思考，您心里明白，如果不竭尽全力抓住他，两小时以后这个青春的生命就会变成一具尸骸。想要战胜他毫无理智的无谓抗争，我当时简直变得极度愤怒。我抓住了他的手臂说道：‘别再说这些傻话！你现就进里面去，给自己要一个房间，明天早晨我会再来，送你去车站。你必须离开这个地方，明天必须回家去，我要不看着你拿着车票上了火车，决不罢休。一个人，年纪轻轻的，绝不能只因为输掉几百或上千法郎，就轻易舍弃自己的生命。这是一时的懦弱，是一时愤怒沮丧之下的愚蠢行为。明天你就会觉得我说的没错！’”

“‘明天？’他重复着，语调古怪，带着凄凉和讥讽。‘明天！你要是知道明天我在哪儿多好！我要是自己知道，那该有多好！我还真有点想知道呢。不，你回家去吧，我的宝贝，不用在我身上费心了，更不要浪费你的钱了。’”

“我却不肯放弃。我发狂一样使劲抓着他的手，把钞票硬塞进他的手里。‘你拿着钱马上进去！’我态度坚决地走过去拉响了门铃。‘你看，我已经拉过铃了，看门的马上就会过来，你进去吧，马上上床去睡觉。明天早上九点钟，我会在大门口等你，然后带你去车站。所有的事你都不用担心，我都会做好必要的安排，让你能平安回到家里。可是现在你就快进去吧，快上床好好地睡一觉，其他什么也别想了！’”

“就在这时，门里面‘咔嗒’一声发出门锁开动的响声，看门的拉开了大门。

“‘快进来！’他突然说道，声音冷硬粗暴又夹杂着怒气。猛然间我感觉到他钢铁一般的手指牢牢攥住了我的手腕。我大吃一惊，骇然无比，全身瘫软无力，似受了雷击，一下子失去了知觉了，我想抵抗，想挣脱他的手逃开，可是，我的意志好像也麻痹了，我……您能明白……我……我当时羞愧极了，不愿跟一个陌生人拉扯，而看门的不耐烦地等在一旁。所以……所以，我一下子就被拉进了旅馆，我想要开口说句话，可是，嗓子被堵住一样发不出声音……他的手霸道地、紧紧地抓着我的手腕……我模糊地感到，我已不自觉地被那只手拉着走上了楼梯……门锁'咔嗒'又响了一声……"

"突然间，我就这样毫无准备地跟这个素不相识的人单独待在一个陌生的房间里，待在一家旅店里，旅店的名字直到今天我都还不知道。"

讲到这里，C太太又一次停住了。她蓦地站起身来走向窗口，也像是嗓子被堵住发不出声音一样，默默不语地向窗外望了几分钟，也许，也许她并没有往窗外看，只是把额头贴在冰凉的玻璃上。我没有仔细看她，因为，暗地里观察一位老太太的情绪变化，于我是非常不礼貌的。所以我只静静地坐在那里，不发一语，一直等到她又从容地走回来重新在我的对面坐下。

"好啦，最难说出口的部分我已经讲述完了。我希望您能相信我，我现在再一次向您保证，我可以用一切于我是神圣的东西，哪怕用我的名誉和我的孩子来发誓，直到最后一刻，我都不曾想到……想到会跟这个陌生人发生什么……发生什么关系，我的确好像没有任何清醒的意志，完全是毫无意识也毫无准备，一下子硬是从平坦的人生道路上陷入那样的境地，就像失足掉进了陷阱一样。我已经发誓，要对您、也对自己说出全部的真相，因此我要向您再重申一遍，我之所以落到这种悲剧冒险的境地，真的只是由于我当时太过急切地想要救人，不掺杂任何其他的情感，也就是说没存半点私念，更不曾有什么预感。”

“那天晚上在那个房间里发生的事，请您允许我就不讲了吧。那一夜的每一分每一秒，我从未忘记，以后也不会忘记。因为，那一夜我是在为挽救他人的生命而战斗，因为，我再说一遍，那是一场生死攸关的战斗。我身上的每一根神经都清清楚楚地感觉到，这个陌生人，这个已了无生念、面临死亡威胁的人，就像在绝命前本能地害怕死亡一样，用他所剩的全部激情和渴望紧紧抓住我这根救命的稻草，想要抓住一点生的希望。他紧紧攀附住我，似乎已经觉察到自己已被逼到悬崖边上，而我则奋不顾身，倾尽全力来挽救他。这样的时刻，一个人一生大概只能经历一回，而且，千百万人中大概只有一个人能够有此经历。就像我，如果不是遭遇这次可怕的意外，也决难料想此生会遇到这样一个人，一个已经自暴自弃、濒临死亡的人，竟然抑制不住地流露出如此贪婪、痛苦又绝望的渴求，急切地想要再吮吸一回生命，吸干每一个鲜红的点滴！倘若不是亲身经历，那么今天，在远离人世间的邪魔力量二十多年后，我也绝对体会不到，更无法理解大自然的力量是何等瑰丽神奇，常常能够在瞬息之间将冷和热、生与死、渴求同绝望一齐汇聚。那一夜充满了争论和辩解，充满了激情、怒火与恼恨，也充满了恳求、誓言和醉酒般的泪水，我只觉得像是过了一千年一般。我们两个人，纠缠在一起，一个几近疯狂，一个神色黯淡，一同跌落下深渊，这致命的混乱让我们都与之前判若两人，无论是情感还是心境。”

“可是，我不想再谈这些了。我描述不出，也不愿再描述。只是第二天早上我醒来时那此生难忘的可怕一分钟，我一定得向您说一下。我从未曾有过的沉睡中醒来，从最深最暗的黑夜中醒来。我花了一会时间才费力睁开双眼，第一眼见到的是头顶陌生的屋顶，慢慢四顾，看到一个从没见过、完全陌生、十分简陋的房间，我一点也记不起自己是怎么进来的。开始时，我努力说服自己，这只是梦，梦境之所以如此清晰，是因为我昏睡刚醒一时失神罢了。然而，窗外天已大亮，阳光明亮得刺眼，楼下也传来大街上的喧嚣嘈杂声，马车的隆隆声、电车的叮当声、路上行人的高语声，我才惊觉自己并非是在梦中，而是完全清醒的现实。我不由自主地坐起来，想弄清楚发生了什么，然后突然……我刚一转过目光……这时我立刻看见一个素不相识的陌生人，挨着我，和我同睡在一张宽大的床上。我永远无法向您形容我当时是何等的惊恐万状，可是，一个陌生人，我不认识他，我不认识他，一个半裸的、从未见过的人……”

“不，这种惊慌恐惧，我知道，但是却无法形容，就这样猛然间万分可怕地落到我的头上，我顿时周身无力地倒了下去。可是，我并没有真正昏厥，也没有神智不清，恰恰相反，所发生的一切闪电般迅速重回到我的意识里，而同时我又觉得不可思议。发现自己身处一家非常可疑的下等旅馆，跟一个素不相识的陌生人睡在一张陌生的床上，我当时心里真是羞愤交加，恨不得马上死去。到现在我还清楚地记得，我的心脏似已停止跳动，我极力屏住呼吸，仿佛这样就能终止自己的生命，除去头脑里的意识，它清晰而可怕，好像什么都知道又似乎一切都不明白。”

“我也不知道我那样四肢冰凉地在那张床上躺了多久，棺材里的死人是怎样四肢僵直地躺着的，我大抵也是如此。我只记得，我当时紧闭双眼向老天祈祷，祈祷某种神力庇佑，所有的一切都不是真的，一切不过是我心里的幻境而已。然而，我的分外敏感的神经不容许我再欺骗自己了，我听见隔壁房间咕哝的说话声，水管哗哗的放水声，门边走廊里啪嗒走动的脚步声，每一种声音都确切无疑、不留情面地告诉我，我的感觉完全清醒。”

“我现在也记不清这种可怕的窘境究竟持续了多久，因为此时的时间无法用日常生活里平稳的时间标准来衡量。可是忽然间，我的心里升起了一种新的恐惧，一种急迫的、骇人的恐惧，这个睡在我身旁我连名字都还不知道的陌生人，他有可能马上就要醒了，醒来之后肯定要跟我说话。我立刻意识到自己该做什么了，趁他未醒以前我得赶快穿好衣服逃走。我不能让他再看见我，不想再跟他说话。我要拯救自己，立刻、马上、赶快离开，回到自己的生活，回到自己的旅馆，然后立刻搭乘一班火车，离开这个讨厌的地方，离开这个国家，永远不再遇到他，永远不再见到他，不会有人做见证，没有人能指责我，谁也不会知道这一切。这个念头使我一下子从麻木恍惚的状态中清醒过来，我不敢弄出半点声响，像个小偷一样小心翼翼地慢慢挪动身体溜下床来，摸索着找到我的衣裳。我又小心翼翼地穿上衣服，每一秒钟都在颤抖，唯恐他会突然醒过来。我穿着完毕，我已然达到了目的。只剩下帽子，它被扔在另一边的床脚，我踮起脚轻轻地走过去拾起它，而就在这一秒钟，我实在忍不住心里的渴望，我一定要再看一眼这个陌生人，这个如天外飞来的陨石一样闯入我生活的人，我一定要再看他一眼，可是……实在是太奇怪了，这个躺在那里一动不动沉睡的陌生年轻人，在我看来确实是陌生的，我那一眼所看到的竟不是昨天那张脸了。所有因欲望的驱使而形成的亢奋、紧张、焦虑、激动的神情，此刻都荡然无存，现在我眼前的是完全不同的另外一张脸，　稚气天真，看起来让人感觉天使般纯洁，阳光般灿烂。昨天还被牙齿紧咬一直紧闭的双唇，此刻在睡梦里微微半张着呈半圆形，露出温柔的微笑，几缕金色的鬈发遮在光洁的额头上，随着均匀的呼吸时起时落，仿佛平静水面上荡起的微波漾遍了睡着的全身。”

“您也许还记得，我先前向您说过，我在赌桌上从来不曾看到过任何一个人会像这个陌生人那样把贪婪和激情表现得如此肆无忌惮、淋漓尽致。现在我要对您说，我也从来没有见过如此安然恬静的睡态，即便在孩童们身上也没有，只有襁褓中的婴儿熟睡时才能让人感觉到如此天使般圣洁的光辉。在这张脸上，就如同那鬼斧神工的绝妙雕塑技巧，所有的情感都惟妙惟肖地呈现出来，此刻他好像卸下了心中的重压，抛却了人世的烦忧，如在天堂一般得到了解脱。看着这样一张脸，我心中的全部恐慌、惧怕登时从身上滑落，仿佛卸掉了一袭沉重的黑色大衣。我不再感到羞愧不已，不，我几乎感到一丝欣喜了。曾经的担忧恐惧和对自己行为的困惑，现在都显得有了意义。我脑子里想着，这个年轻、柔弱、俊美的人，现在竟像一朵鲜花一样，欣然而恬静地躺在这儿，如果不是我的牺牲，他一定会被人在随便哪一处悬崖下发现，可能早已粉身碎骨、遍身血污、面目全非、气绝身亡、目眦尽裂了吧。我为此感到沾沾自喜，甚至有些自豪，是我救了他，我已经把他救回来了。而现在，我用慈母般的目光，我实在找不出别的词来描述，凝望着这个熟睡的年经人，是我让他重新获得了新生，好似经受了无边的痛苦生下了自己的孩子。在这间偶然进入的、肮脏不堪得令人恶心的旅馆房间里，我忽然有了一种置身教堂的感觉，这话您听来一定感觉有些可笑吧，一种见证奇迹降临、圣灵显灵的幸福感觉。我此生中最可怕的那一秒钟，现在忽然成长，派生出了第二秒钟，令人惊异、动人心魄的力量，又让人无限向往。”

“也许是我的动作声音太大，也许是我情不自禁说了什么，我无法知道。总之，那个熟睡的人突然睁开了眼睛。我大吃一惊，连忙后退，他十分诧异地环顾四周，就像我刚才一样，仿佛在极力挣扎，想从无尽的黑暗和迷乱中挣脱出来。他的目光艰难地扫视过这个陌生的旅馆房间，最后万分惊讶地落在我的身上。可是，没等他开口说话，没等他回想起什么，我已经让自己镇定下来。不能容许他说话，不能容许他发问，不能容许他有亲近的举止，昨天以及昨天晚上发生的一切也再不容许发生，也不容许再解释，更不容许再谈起。”

“‘我现在必须得走了，’我急忙对他说，‘你就待在这儿别走，赶快穿好衣服。十二点钟，我在赌场门口等你，到时再替你安排其他的一切。’”

“没等他回答，我就立刻逃了出去，不愿意再看那个房间一眼。我头也不回地从那家旅馆跑出去，既不知道那家旅馆的名字，也不知道在那里同我共度一夜的陌生男人的名字。”

叙述到这里，C太太又停下来，略略缓了缓神。可是，从这时开始，之前她声音里的紧张和痛苦都消失不见了，就像一辆马车，不畏艰难险阻地爬上山坡，等到达了山顶后便可迅捷如飞地疾驰而下了，她现在就是这样如释重负地继续讲述：

“于是，我急急忙忙赶回自己所住的旅馆，清晨的大街上阳光灿烂，整夜的暴风雨一扫天空的阴霾和沉闷，我的心胸也像是受到了涤荡，所有的痛苦悲伤也随之了无踪影。您还记得我之前对您说过，自从我丈夫去世后，我早已放弃自己，将自己的生命看得无足轻重了。我的孩子们不需要我，我自己也不知道如何了此余生，活着没有目标，生命显得毫无意义。而现在，竟然出乎意料地第一次有一项任务等着我去完成：去挽救一个人，倾尽全力将他从毁灭中拉回来了。只需要做一点点努力，这个任务就可以大功告成了。我就这样跑回自己的旅馆，门卫见我清晨九点才回来，用诧异的目光打量着我，我却一点都不以为然，对于昨天晚上发生的事，我心头不再有羞愧、沮丧、惊慌、懊恼的压抑感了，只觉得突然间精神振奋又有了重新生活下去的愿望，那种意想不到的不枉此生的感觉对我而言是如此新鲜，使得我周身血脉喷张、兴奋不已。回到了自己的房间里，我赶忙换下衣服，不自觉地（后来我才注意到）脱下了身上的丧服，换上了一件颜色较为鲜艳的外衣。我到银行取了钱，又急忙赶到火车站，确定了火车出发的时间，另外，我还办了几件别的事，赴了几个约会，做事干脆利落得连自己都有些惊讶。然后，我没有其他事可做了，只等着将命运扔给我的那个人送上旅程回家，完成对他的拯救。”

“事实上，再去跟他见面，是需要很大勇气的。昨天的一切都发生在黑夜之中，发生在猛烈的旋涡中，正如激流冲下两块岩石，在途中不期撞击在了一起。我们应该是对面不相识的，我甚至怀疑，那个陌生人再见到我时是否还能认得出我。昨天，那是一场意外，那是两个神志不清的人一时意乱情迷，如同走火入魔一般。可是今天，在这样残酷无情的大白天里，我非要向他露出自己的真面目不可了，只能这样去见他。”

“但是，事情比我想象中要简单得多，到了约定的时间，我一来到赌场门口，就看见一个年轻人从一张长椅上一跃而起，向我奔了过来。他喜出望外的神情和肢体所表现的动作都十分的真实自然、毫无城府、一派天真。他几乎是飞奔而来，眼里带着喜悦，同时又透出感激和恭敬的光芒，一旦发现我在他面前显得有些局促不安，他就立刻谦卑地低下头，垂下眼睛不再看我。在一般人身上，感激的心意是很难让人体会得出的，而且，越是心怀感激的人就越是找不到表达感激的方式，总是慌乱无措不发一言；又总是感到羞愧，常常不好意思地支支吾吾来掩饰真情实感。可是在这个人身上，上帝仿佛一个十足的雕刻家，要在他身上显示自己的神秘莫测，将他举手投足间宣泄的丰富情感惟妙惟肖地表现出来，就连表达感激的姿势也那么与众不同，似有满腔激情从体内迸发出来，光彩夺目。他弯下腰来亲吻我的手，恭顺地低下他轮廓分明孩子似的头，恭敬虔诚地俯吻了有一分钟之久，可是也只触碰到我的手指，然后，他先退后一步，向我问好，再动人地凝望着我。他说出的每句话都那么庄重得体，很快，我最后的一点局促不安也在不知不觉中消失了。周遭的景物都似被施了魔法般绚烂耀眼，明镜般映衬出我当时喜悦开朗的心情。昨晚还是狂风暴雨中怒涛汹涌的大海，此刻却波澜不惊，澄澈分明，水面下一颗颗鹅卵石泛着光，将光芒映射到我们脸上。在澄净如缎的明亮天空下，连赌场这个万恶的地方也显得有了光彩，变得圣洁。昨晚，在檐下躲避狂风暴雨那个售货亭，现在已经开门营业，原来是一家鲜花店，店里摆满了白的、红的、绿的和五颜六色的各种大小花卉，卖花的是一位年轻姑娘，衣衫的颜色如火焰般绚丽。”

“我邀请他到一家小餐馆去吃午餐；这个陌生的年轻人在那里向我讲述了他悲剧性的冒险经历。当初我在绿色赌桌上初见他那双神经质般颤抖的手，就曾经有过猜测，他的讲述证实我猜得没错。他出生于奥地利所属波兰的一个贵族家庭，一直在维也纳求学，准备将来做个外交官。一个月前，他成绩非常优异地通过了初试，为了庆祝这场胜利，他在参谋部当高级军官的叔父（他当时就寄住在叔父家里），租了一辆大马车带他去市郊的游乐场游玩，以示对他的奖励。他们一起去了游乐场里的赛马场，叔父赌运亨通，接连赢了三回。于是，他们拿着一大叠白赢来的钞票，到一家豪华餐馆奢侈了一回。第二天，这位未来的外交官收到他父亲汇来的一笔钱，数目远超他平时的生活费，也是为了奖励他初试告捷。要是两天前，这笔钱在他眼里还算相当可观，可是现在，见识过赢钱太过容易，那点钱他只觉得微不足道了。因此，吃罢饭又去了赛马场，兴奋地狂赌了一把，居然鸿运当头，或者更应该说是衰运当头，最后一场赌完，他离开赛马场时，手里的钱变成了原来的三倍。从此以后他便沉迷赌博，时而在赛马场，时而在咖啡馆，时而在俱乐部，虚度了自己的时间、学业、神经，尤其是耗尽了金钱。他的脑子再也无法思索，夜里再也不能安眠，根本无法控制自己。有天晚上，他在俱乐部里输得精光后回家，正要脱衣上床睡觉，忽然在背心口袋里发现一张已经揉成一团皱巴巴的钞票。他又手痒难耐，马上又穿起衣服，跑到外边东游西逛，最后在一家咖啡馆里找到几个玩骨牌的人，就坐下来和他们一直赌到天亮。他有个出嫁的姐姐帮过他一回，替他偿还了高利贷的债务。放贷的人因为知道他是贵族世家的继承人，十分乐意借钱给他。有一阵子他赌运亨通，可是后来手气就越来越差，而他输得越多，就越渴望大赢一场，好偿还那许多未清偿的赌债和一拖再拖以名誉担保的借款。他的怀表、衣裳，都让他拿去当掉了，最后发生了一件骇人听闻的事，他从叔父家橱柜里偷走了年迈的婶母不常戴的两枚钻石胸针。他当掉了其中一枚，得到了一大笔钱，当天晚上就去赌了，结果赢了，钱翻成了原来的四倍。可是他没有去赎回那枚钻石胸针，而是拿着所有的钱到赌场里孤注一掷，最后输得干干净净。到他离开维也纳时，他偷窃的事还没有败露，于是他就当掉第二枚钻石胸针后马上逃走，临时起意，搭乘火车来到蒙特卡洛，渴望能在轮盘赌上大发一笔，获得他梦寐以求的财富。来到这里以后，他将自己的皮箱、衣服、雨伞统统都卖了，身边只剩一把装有四发子弹的手枪，还有一个上面镶嵌着宝石的小十字架，那是他的教母X侯爵夫人送给他的礼物，他不舍得卖给别人。可是昨天下午，他还是以五十法郎的价格卖掉了这个小十字架，只为了晚上能够最后再赌上一把，想不顾一切再去试试自己的运气。”

“他在向我讲述这些的时候，神态优雅得令人着迷，那种天赋的俊美身姿使他看起来开朗又充满朝气。我听得十分入神，也会觉得有些震动、感动甚至激动，却一点也不生气，一刻也没想过同我坐在一起吃饭的这个人曾经是个小偷。我是个一生都墨守成规的女人，与人交往一向最重视对方的身份人品和遵循传统的礼仪风俗，如果前一天有人告诉我，我会跟一个陌生的年轻人，一个与我儿子年纪相仿而且偷过珠宝的人，非常亲密地坐在一起共进午餐，我一定会认为说这话的人一定是疯了。可是，听他讲述过往，我不曾有片刻感到惊讶或心生厌恶，他把一切都讲得那么自然而然，充满激情又富于感染力，给人的感觉就是他正在描述发烧的症状、生病的过程，而不是让人愤恨憎恶的不齿行径。而且，谁若如我那样，前一晚刚刚遭遇过那种暴风骤雨般的意外，就会觉得‘不可能’这个词突然就失去了意义。在那十个小时里，我对社会现实的体验和认知程度都远远超过我过去四十多年中产阶级的生活经历。”

“不过，在他忏悔般的讲述中，有一点还是让我惊心，就是讲到赌钱时他眼里的炯炯目光，似一簇燃烧的火焰，燃起的激情使他脸上所有的神经都触电一样痉挛、抽搐。讲到那里，他自己似乎还深陷其中，还像当时在场一样激动不已，雕塑般生动的脸上又重现出各种紧张的情绪，狂喜的、痛苦的、沮丧的、绝望的，清晰得吓人。他那两只奇妙的手，那两只修长、灵巧、神经质的手，不由自主地又开始动作，跟它们在赌桌上一模一样，又重新如凶猛的野兽般，时而攻击，时而逃跑，一样那么迫不及待、变化万千。我注意到，他嘴里讲着话，手上的关节突然就颤抖起来，手指用力弯曲紧紧并拢，接着蓦地一下一齐松开，然后又重新纠缠在一起。当他讲到偷取钻石胸针时，两只手突然极速地伸出（我被吓了一跳），做了一个飞快窃取的动作，他的动作太过逼真，让我仿佛身临其境一样看到他的手指怎样急促贪婪地攫取那两件钻石饰物，又怎样牢牢地将它们握于掌中。我突然心里生出一种无法言表的恐惧，这个人周身的每一滴血液都渗透着这种激情，像毒药一样。”

“自始至终，他的讲述只有一点令我无比震撼并费解，一个无忧无虑的年轻人，热情爽朗、聪明敏锐、天性纯良，为何竟然可怜盲目地屈从于一种荒唐的激情到如此地步。因此，我认为自己首要的任务就是要恳切真诚地劝说我的这位从天而降的被保护人，我劝他说，蒙特卡洛的诱惑实在太多太危险，他必须赶紧离开这个地方，马上回家去，必须今天就走，趁丢失钻石胸针的事还没有被察觉，趁自己的前途还没有被完全断送，立刻回家去。我答应给他回家的旅费和赎取那两件首饰所需的钱，但我只有一个条件，他今天就要离开，并且以名誉向我起誓，以后不再碰一张纸牌，也不会再参与其他方式的赌博。”

“我永远也不会忘记，当我答应帮助他时，这个已无可救药陷入迷途的陌生人是怀着怎样的感激之情倾听我说话，从最初的沮丧到神情慚渐开朗，他像是在一字一字地吞饮着我说的话。突然，他隔着桌面将两只手伸过来，用一种让人难以想象又无法遗忘的姿式抓住了我的双手，就像朝拜神灵时祈愿一样。他那双略显迷惘的明亮眼睛里此刻噙着泪水，身体也由于内心激动的喜悦有些发抖。我已经尝试过不知多少回，想向您描述他的肢体和神情具有怎样无与伦比震撼人心的表现力，可是，他那时的情态让我不知如何描述了，因为，那是一种超凡脱俗几至极乐的幸福感觉，平常我们肯定极难见到，只有当我们从梦中朦胧醒来，依稀看到一个天使的面容慢慢在眼前消失时出现的那一团白影才可与之媲美。”

“何必向您隐瞒呢，享受那种体贴入微的柔情和感激之情带来的喜悦的确让我心神荡漾了，这种情感我极少能清楚地感觉到。我这个人，素来拘谨又天性淡漠，如此恣意的真情流露确实给我带来从未有过的新鲜感受。再加上那个时候，经过一夜暴雨的洗礼，周遭狼藉的自然景物也和这个饱受摧残的人一样，不可思议地蓦然复苏了。我们走出餐馆时，满眼的光辉灿烂，天高云阔，碧蓝如洗。静谧的大海上碧波万顷，天水相连，水天一色，几只海鸥翔集，掠过时的白影都闪着微光。里维耶拉一带的自然风光您当然十分熟悉。这儿的景色永远是那么美丽动人，像画片上一样空旷得一览无余，各种浓烈的色彩舒缓有序地映入人们的眼中，犹如童话中的睡美人般有一种慵懒之美，在众人热切的目光抚摸中淡然处之，温婉柔顺得像个东方女子，尽显万种风情。可是有的时候，虽说极少遇见，仍会出现那么几天，这位美人忽然从睡梦中醒来，一展身姿，忽而颜色绚烂、光彩夺目，好似在向人们放声呼唤；忽而繁花似锦、落英缤纷，仿佛在喜气洋洋地向人们尽情挥洒；忽而浓情似火，忽而热烈奔放。那一天正好是这样一个生机勃勃的日子。一夜雨疏风骤的混乱之后，大小的街道都被冲刷得干干净净，天空碧蓝醉人，树木青翠欲滴，百花争奇斗艳，四周灌木丛生。远山含黛，群山的轮廓愈加分明，天气凉爽，阳光明媚，它们齐聚在一起好像正从远方向我们赶来，想要近距离看看这座洁净光鲜得已然熠熠发光的小城。举目四顾，只觉得大自然处处都让人欢欣鼓舞，禁不住想要疯狂一下。我提议道，'咱们雇辆马车，沿着海边逛逛吧。'”

“他兴高采烈地点头答应。自从来到这个小城，这个年轻人好像是第一次开始留意起风景，想要观赏一下。在此之前，他所见到的只是一个沉闷的赌场大厅，里面挤满了粗鄙讨厌的人，空气中充斥着潮湿的霉味和赌徒的汗臭味，见到的大海也是暴戾、灰暗、喧嚣的。可是现在，沐浴在灿烂阳光下的海滩一览无余地展现在我们面前，目之所及，无不让人目眩神迷。我们坐在缓缓行驶的马车里（那时还没有汽车），一路风光旖旎，途经了一幢幢别墅，饱览了一处处美景。每当经过一排房屋，经过一座掩映在绿荫中的别墅，一个隐藏心底的愿望就会不下上百次出现，多么希望就这样在这里住下来，宁静、安谧、祥和，远离尘世的纷扰。”

“我一生中还有比那一刻让我感觉更幸福的时光吗？我不记得是否曾经有过。坐在我身边的这个年轻人，昨天还陷在死神的魔掌里只能听任命运的摆布，现在却在明亮的阳光下焕发出异样的神采，显得年轻了好几岁。他仿佛变成了一个孩子，一个陶醉在嬉戏玩闹中的俊美少年，两眼热烈地泛着光彩，但同时眼神里也满含敬畏。最令我着迷的莫过于他那敏感的神经洞悉一切之后的细致周到和体贴入微。当马车驶上陡坡马力不济时，他会立刻敏捷地跳下车去帮着推车。我提到一种花的名字，或是只是指了指路边一朵什么花，他就赶忙跑去摘一朵给我。路上有一只甲壳虫，在昨夜的风雨中迷失了方向，正在十分艰难地在路上缓慢爬行，他将它捡起来，小心地送往青草丛中，免得马车驶过时把它碾碎。他一边做着这些，一边兴致勃勃、神采奕奕地讲着一些逗人发笑又不失文雅的趣事。我相信，这样的笑声对他来说是一种救赎，因为，他突然有了太多的快乐，这快乐使他欣喜若狂，沉醉其中，如果不尽情大笑，那就只好放声高歌或纵身跳跃了，也许还会做出更加疯狂的举动来。”

“后来，我们慢慢驶上高坡，路过一个极小的村庄，半路上他忽然彬彬有礼地脱帽致意。我有些讶异，身在异乡，他在向谁致意呢？听到我这么问，他低下头，微微有点脸红，不好意思甚至几乎是有些抱歉地向我解释道，我们正经过一座教堂，在波兰，像所有信奉天主教的国家一样，教规严格，人们从小便养成了习惯，遇到任何一座教堂，无论大小都要脱帽致意。他对于笃信的宗教相关的事物敬畏之心深深地感动了我，我想起他在讲述时提过的那个小十字架，便问他是否是一个虔诚的教徒。他露出羞涩的表情，严肃地承认道，他唯愿能蒙天主恩宠，这时我脑子里突然有一个念头，‘停车！’我向车夫喊道，便马上先跳下马车。他跟在后边诧异地问道：‘我们去哪儿？’我简短地答道：‘跟我来吧！’”

“他跟着我，我们一同向那座小教堂走去。那是一座砖结构的乡村小教堂，里面的墙上刷着白灰，感觉阴暗而空旷。大门敞开着，一束金色的阳光射入灰暗之中，映出阴影中的一座蓝色小祭坛，烟雾氤氲中燃着两支蜡烛，烛光朦胧闪烁，像是隔着面纱看到的两只眼睛。我们走了进去，他脱下帽子，在净水池中浸了手，画了个十字，然后屈膝跪下。他刚一站起身，我就立刻拉住了他。‘你上那边，’我以命令的口吻对他说道，‘跪在祭坛或者一尊你所尊崇的神像前，照着我说的话起一回誓。’他惊讶地瞪着我，但是很快就明白我话里的意思，立刻走到一座神龛前，画了个十字，恭顺地跪下。‘现在照着我的话说吧，’我说道，自己也激动得身体有些发抖，‘照着我的话说：我发誓，’‘我发誓，’他重复道，我接着往下说，‘从此以后永远不再赌钱，永远不再参与任何形式的赌博活动，永远不再让自己的生命和名誉受这种激情驱使，任这种激情摆布。’”

“他浑身颤抖地重复着我说的话，清楚而宏亮的声音在空旷的小教堂里一阵阵回响。随后出现了短时间的静默，静得可以清晰地听见教堂外微风吹过树梢的沙沙声。突然，他忏悔一样扑倒在地，用一种我从来没听到过的热切兴奋的声音说着我听不懂的波兰语，速度极快，显得有些语无伦次。我猜想他可能是在做虔诚狂热的祷告，或者在进行感恩悔恨的忏悔，因为，他把头一再谦恭地低下，低得几乎叩向圣案，说话的声音也越来越激昂，某个单词反复地重复，激情迸发的程度简直难以用言语形容。在那之前和自此以后，我都从未在世界上任何一座教堂里听到有人做过这样的祈祷。他祈祷时双手不安地紧紧抱住祷告桌，心里掀起的风暴使他全身都在摇晃，时而抬起头来，时而又匍匐在地。他仿佛已置身于另一个世界，什么也听不见，什么也感受不到，似已在炼狱中脱胎换骨，或者飞升到更神圣的天界去了。最后，他慢慢地站起身，画了个十字，吃力地转过头来。他的双膝还在颤抖，面色苍白，好似已力竭虚脱。可一见到我，他的两眼马上有了神采，熠熠生辉，脸上露出天真无邪的虔诚微笑，原本阴郁疲惫的面容也豁然开朗了。他走到我的面前，用俄国人的方式，深深地鞠了一躬，抓起了我的双手，十分崇敬地将嘴唇贴在上面：‘您是上帝派来拯救我的，我已经向上帝表示感谢了。’我不知道该说什么好，但是，我当时真的希望，这座小教堂的矮凳上方会突然响起管风琴奏响的乐声，因为我觉得，我的目的已经达到了，我已经成功把这个人完全拯救过来了。”

“我们从教堂出来，又回到了五月辉煌灿烂的阳光下面，感觉世界在我眼里从未如此美丽过。我们又坐上马车在高低起伏的山路上继续逛了两个小时，尽享沿途风景如画的绮丽风光，马车每一个转弯都是另一番景色，处处美不胜收。只是，我们都不再说话了。经过那么一场感情大暴发后，任何的语言都显得苍白无力。每当我们的目光不经意间偶然相遇，我总是有些难为情地避开，看到自己一手创造的奇迹，实在太过震撼我的心灵。”

“下午五点左右，我们回到了蒙特卡洛。我要赶去赴一个亲戚的约会，要想取消已经来不及了。而且，我心里深处也渴望休息一会，好舒缓一下因神经绷得太紧而导致的激动心情。因为幸福一下子来得太多，这种热烈的、迷醉的狂喜状态，我一生中还从未经历过，一定要歇息一会让自己平静下来。因此，我请求我的这位被保护人到我的旅馆去待一会。在我旅馆的房间里，我将路费和赎取钻石胸针的钱交给他。我们商定，我去赴约，他去买车票，晚上七点我们在火车站的候车大厅里见，然后七点半，火车将途经日内瓦把他送回家。当我将五张钞票递给他时，他突然嘴唇发白，说话也结巴起来：‘不……不要钱……我请求您，不要给我钱！’他咬牙说道，手指神经质一样颤抖着，惊慌地缩了回去。‘不要钱……不要钱……我不能看到钱。’他又重复了一遍，似乎满心的厌恶和恐惧。见他羞愧的样子，我便宽慰他，说这笔钱算是我借给他的，如果他觉得不好意思，可以写个借据给我。‘好的……好的……写个借据。’他避开我的目光喃喃自语，接过钞票后马上用手一折，看都不看一眼便塞进衣服口袋，好像是怕有什么黏糊糊的脏东西弄脏了手，然后他取过一张纸，在上面潦草地写了句话。他写好借据抬起头，额头上正冒着热汗，似乎有什么东西在他的身体里不受控制地向上冲。他刚将那张借据递给我时，全身一阵哆嗦，蓦地——吓得我不禁后退了一步——跪倒在我的面前，捧起我的裙裾一吻再吻。那样子我真是难以形容，我受到了强烈的震撼，全身不由自主地战栗起来。我满心的惶恐、惊骇，登时心乱如麻，只能机械地说：‘你这么懂得感恩，我倒是要谢谢你了。可是还是请你现在就走吧！晚上七点在火车站候车大厅我们再告别。’”

“他凝视着我，眼睛里噙着无比感动的泪水。有一瞬间，我以为他想要靠近我或者说点什么，可是，他突然又深深地向我鞠了一躬，然后就离开了我的房间。”

C太太又停止了讲述。她站起身，伫立窗前，向窗外凝望了许久。我感到她剪影似的后背有轻微的颤抖和晃动。突然，她果决地一下转过身来，一直保持安静显得无所事事的两只手用力地左右甩开，像是要把什么撕碎一样。接着，她坚定地，几乎可以说是勇敢地注视着我，重新开始她的讲述：

“我曾向您许诺，一定做到绝对的坦率，此刻我深感这一诺言的必要性。因为直到现在，当我第一次逼迫自己要按照事情的来龙去脉清清楚楚描述那一时刻的全部经过，寻找准确的语言来描述当时那种纷繁复杂、混乱不堪的情感，我才意识到许多我当时不知道的，或者也许是我根本不想知道的事实。因此我要坚定地向自己、也向您坦承真相：当时，在那个年轻人走出房间，剩下我孤单一人的一刹那，我感到自己的心好像突然受到猛烈的重击，疼痛难忍，简直是要昏厥一般伤心欲绝。可是，我的被保护人始终对我恭敬有加，他的感恩之心也让我十分感动，何以他的离去会让我如此黯然神伤呢？我当时并不知道，或者也可以说我当时根本不想知道吧。”

“可是现在，当我逼迫自己冷静地一层一层条理分明地将往事当作别人的事一样剖析，绝不容许对您这位见证人有丝毫隐瞒，也绝对不会因为感到羞愧而有所避讳，我这才恍然大悟，当时我之所以感觉如此痛苦不堪，只是因为失望……我感到失望……那个年轻人竟那么听话地说走就走……竟没有试图劝阻我，让他留在我的身旁……我真正感到失望的是，我只表明了一个愿望，要他快回家去，他就立刻恭敬地依从了我的安排，而没有……没有一次试图，试图将我拉近他的身边拥抱一下……我失望的是，他只是敬畏我，将我当作忽然出现在他生命里的一位圣者，而没有……没有视我为一个女人。”

“这就是当时我所有的那种失望……是我当时没有承认，过后更不曾承认的失望，然而，女人的感觉往往敏锐，直觉是没有道理的，不需要语言和意识。因为……我现在也不必再欺骗自己了，如果当时那个年轻人把我拉进怀里，恳求我，无论天涯海角，我都会跟他去的，哪怕会让我和孩子们的姓氏蒙羞也在所不惜……我定会不顾他人的非议和自己的理智，跟他一起远走天涯，就像那位昂丽埃特太太跟一个刚认识了一天的年轻法国人私奔一样……要到哪儿去，要待多久，我都不会问，也不会再回头去缅怀我从前的生活……为了这个人，我会甘愿牺牲我的金钱、姓氏、财产、名誉，哪怕是做个乞丐，只要是和他在一起，世上任何卑贱的角落我都愿意去，平常人所谓的廉耻和顾虑，我完全可以统统不在乎。只要他说一句话，只要他向我走近一步，只要他试图抓住我，我就会立刻毫不犹豫心甘情愿地委身于他。可是……我向您说过的……这个人当时的举止有些奇怪，他不再看我，不再用看女人的眼神来看我……而我已经狂热地迷恋上他，多么渴望他对我也倾心以待。剩下我孤身一人时才感觉到，我的激情被他开朗热情、几近天使般的纯洁容颜唤起，却在炙热时突然跌落下来，在空虚寂寞的胸中翻腾不已。我强打精神，去赴我的约会，心里备感煎熬，觉得头上顶着既重且紧的钢盔，压得我直摇晃，连呼吸都觉得困难。当我终于到达那位亲戚住的另一处旅馆时，我的思绪纷乱得一如我来时的脚步。我坐在那里恹恹地打不起精神，听着大家高谈阔论，我一再心神恍惚，偶尔抬眼看到一张张毫无表情的脸，比起那张如天空流云般变幻莫测、生动活泼的脸来，这些脸就像是戴了面具或被冻僵了似的。我仿佛坐在了死人当中，这次聚会真是沉闷无聊得可怕。当我一边把糖块放进茶里，一边心不在焉地跟别人应酬着，胸中的热血澎湃，脑中不断浮现出那张脸来。观察那张脸成了我最大的乐趣，可是再过一两小时我就只能最后一次见它了，那该是多么可怕啊！想必我下意识不自主地轻轻叹了口气或是发出了一声呻吟，因为我丈夫的表姊突然俯身问我，感觉怎么样，是不是哪里不舒适，说我脸色很难看，呼吸也有些不稳。她意外这么一问倒使我轻轻松松地找到一个借口离开，我顺水推舟说是我的头痛病犯了，请她允许我悄悄离开，别扫了别人的兴。”

“我就这样脱了身，一刻也没有耽误，急忙赶回自己的旅馆。走回房间，四顾之下，我仍然孤身一人，顿时凄凉寂寞的感觉又袭上心头。我心里感觉焦灼不安，迫不及待想要见到那个就要和我永别的年轻人。我在房间里踱来踱去，无聊地拉起百叶窗，打开衣柜，换了衣服和腰带，我在镜子里挑剔地端详了自己好一会，看看自己这样的装扮是否能吸引他的注意。突然间，我明白了自己的心愿：不惜一切代价留住他！而这个心愿就在这电光石火的一瞬间变成了决心。我飞奔下楼告诉门卫，我要搭乘当晚的火车离开。时间很紧迫了，我必须赶快做准备。我打铃唤来侍女帮我收拾行李，我们两个匆匆忙忙手忙脚乱地将衣裳杂物胡乱塞进几只皮箱，与此同时，我还梦想着给他一个怎样的惊喜，我将他送上火车，就在他伸手来同我道别的最后一刻，最后的一瞬间，我就出其不意地跳上火车，跑到惊诧莫名的他跟前，跟他共度良宵。以后的每一夜，只要他愿意，我都要和他厮守在一起。想到这些，我不禁脸红心跳、热血沸腾，有种因狂喜而生的晕眩感，让我陶醉其中不能自已。有好几次我一边往皮箱里扔衣服，一边莫名失声大笑，把侍女弄得莫名其妙。我觉得自己的神经都有些错乱了，脚夫进来搬取行李，我在旁边瞪眼望着，却似不明其意。我的内心如潮水般汹涌澎湃，激动得难以客观地思考处理具体问题了。”

“时间紧迫，已经七点多了，顶多还有二十分钟火车就要开了。我不断安慰自己说，我现在去火车站不是同他告别，我已下定决心，只要他愿意，我就要陪他一起走，不论旅程有多远时间有多久，我都与他长相厮守。脚夫把行李都搬了出去，我匆匆到账房去结账。旅馆经理将钱找还给我，我正要转身离开，这时突然有只手在我肩上轻轻拍了一下。我吓了一跳，原来是我的那位表姊，我刚才佯装身体不适，她不放心，特意过来探望。我顿觉眼前一阵发黑。我这时可不需要她来看我，每一秒钟的耽搁都意味着此生无法弥补的遗憾，意味着永远的错过。可是，顾及礼貌，我不得不和她客套寒暄几句。‘你怎么不在床上躺着呢，’她温和地催着我说，‘你一定是发烧了。’可能真如她说的那样，因为，我太阳穴两边的脉搏正像擂鼓一样急促地跳动，眼前不时有飘忽不定的蓝影闪过，好像随时都可能晕倒。可是，我竭力撑着，装着一副感激的样子，其实每一句话都使我心急如焚，她的关心来得不合时宜，我真想把她一脚踢开。可是这位对我关怀备至的不速之客偏偏没有要走的意思，她甚至拿出古龙香水给我，还不由分说亲手将这清凉的液体涂抹在我的太阳穴上。我计算着分秒流逝的时间，心里挂念着那个人，琢磨着能找个什么借口来摆脱这种折磨人的体贴关怀。我越是焦燥不安，她越觉得可疑，越是担心，最后她差不多想要将我硬拖进房间上床休息。她就这样喋喋不休地劝着我，忽然我抬头看了一眼大厅里的挂钟，只差两分钟就到七点半了，而火车七点三十五分就要开走。我像是生无可恋一样，干脆粗暴地推开表姊的手：‘再见，我得走了！’我不理会她当时的惊愕目光，看也没看一眼旁边旅馆服务人员的诧异表情，一口气冲出大门口来到街上，想要立刻赶往车站。脚夫还在车站外面守着行李等候，我远远瞧见他慌张地向我打着手势，便知道开车的时间就要到了，我不顾一切地拼命奔向检票口，检票员却把我拦住了，因为我忘了买票。我竭力央求他可以让我先上火车然后再补票，可就在这时，火车徐徐开动了，我浑身颤抖，隔着检票口盯着火车看，只盼望能从某一节车箱的某个车窗口再看一眼他的脸，看到他向我挥手致意，可是，火车的速度愈来愈快，我再也无法认出那张脸来了。车厢一节节疾驰而过，一分钟后已经不见踪影，只留下滚滚浓烟，在我发黑的眼前缓缓升起又慢慢消散。”

“我木然地站在那儿仿佛石化了一般，天知道究竟站了多久，脚夫肯定是叫了几遍都不见我回应，才壮起胆轻轻碰了一下我的手臂，我这时才如梦初醒。他问我要不要将行李送回旅馆。我定下神思考了一下，不，不能回去，我刚才走得那么仓促、那么可笑，绝不能够再回去了，我也不愿再回去，永远不想再回去。我心烦意乱、情绪焦燥、万念俱灰，只想能静静待一会，于是就吩咐脚夫将行李暂时寄存在车站。后来，我站在车站的候车大厅里，站在喧嚣拥挤、熙来攘往的人群里，才有了思考的能力。我希望自己冷静、清楚地考虑一下，用什么办法才能把自己从愤恨懊恼和绝望痛苦的深渊中解脱出来。因为——为什么不承认呢——我责怪自己，是我自己的过错，才失去了与他见最后一面的机会，这个想法就像一把烧得通红的锋利匕首在我心里无情地乱搅，残酷地越来越深地剜割着，令我伤痛欲绝，只想大声喊叫。只有从未经历过激情的人，才可能会在一生中唯一出现的这一瞬间，表现出如此这般雪山崩塌、狂风骤雨似的激情暴发。积聚多年闲置无用的生命力如洪水决堤一样倾泻而出，浩浩荡荡奔腾而下，一齐涌进我的胸口。在这之前和自此以后，我从来不曾有过和那时一样满腔愤懑又茫然无措的感觉。我原本心意已决，做了最草率、鲁莽的决定，准备将自己长期积聚的一切连同生命统统抛下，却突然发现迎面有一堵无形的墙，我被激情搅得失去控制，一头撞了上去。”

“接下来我所做的事除了‘毫无意义’，我不知道还能用什么词来形容。我犯了痴，发了狂，简直愚蠢透顶，要不是对您保证过要做到毫无隐瞒，我几乎羞于启齿。我……又开始寻找他……也就是说，我想追回与共度的每一个瞬间……有股神奇的力量牵引着我重访我们昨天一同走过的所有地方：我将他从上面拉走的花园长椅，初见他时的赌场大厅，甚至那个不记得名字的下等旅馆，只是为了再一次重温往事。我还打算第二天一早再雇一辆马车，沿滨海的山路重游一遍，好能重温一遍他说的每一句话，他的每一个动作，我真是神经错乱而导致神智不清了吧，竟会如此无聊透顶、幼稚可笑。可是，请您想一想，那么多事疾如闪电地向我袭来，我根本措手不及，除了像受了重击似的感到眩晕外，也真容不得我再有别的感觉。而现在又猛然突兀地要从心醉神迷的混乱中清醒过来，我只想趁着记忆还新鲜追溯过往，借助我们称之为记忆的神奇魔力自我欺骗，再品味一回正在消逝的新奇感受。是的，就是这样，有人能够理解，有人无法理解，当然，要想明白其中的感觉，想必要有一颗激情燃烧的心吧。”

“我先去了赌场，去寻找他坐过的那张赌桌，在许多只手里想象出他的一双手来。我走了进去，我还记得，我第一次看到他，是在第二间屋子里靠左边的那张赌桌上。他的每一个动作都历历在目，每一种姿态都清晰可辨，我闭上眼睛，伸出双手，梦游一样也能摸索着找到他坐过的地方。我就这样走了进去，想要穿过大厅，而就在此时……我在门口朝纷乱嘈杂的人群瞥了一眼……突然间我觉得出现了一件怪事……他就坐在我梦想着他所坐的位置上，他就坐在那里——这一定是高热出现的幻觉吧—— 真的是他坐在那里……真是他……是他……正是我刚才幻想的样子……同昨天一模一样，两眼直勾勾地紧盯着轮盘里的圆球，脸色苍白犹如幽灵……是他……就是他……分明是他……”

“我惊骇无比，差点大叫起来。可是，眼前的景象实在是太荒唐了，太不可思议了，我极力稳住心神，保持镇定，并且闭上眼睛，心里对自己说，‘你疯了……你在做梦……你发高烧了，’我不停地对自己说，‘不可能的，这一定是你眼里的幻觉……半小时以前他就已经离开这儿了……他坐火车走了。’可是当我再次睁开眼睛，可怖的是，他还像刚才那样坐在那里，的的确确就是他……千百万只手当中我也能从容认出来他的手……不，我不是在做梦，没错，确实是他。他并没有履行自己的诺言离开这个地方，他没有走，这个疯子又坐上了赌桌，他用我给他的路费，又来大赌起来，他又完全陷入那种激情中不能自拔，把什么都忘了，而我却为错过他绝望痛苦得心都碎了。”

“我猛地一下冲了过去。愤怒使得我两眼通红，连视线都模糊了，这个背弃誓言的无耻之人就这样卑鄙地欺骗了我的情感、我的信任、我的奉献，我恨不得马上掐死他。然而，我还是克制住自己。我迫使自己放慢脚步（我费了多么大的劲啊）走近他所在的赌桌的另一边，正好站在他的对面，一位先生很绅士地给我让了一个座位。我们两人之间隔着两米宽的绿色赌桌，我像是坐在剧院包厢里看戏一样看着他的脸，两小时前，这张脸曾焕发过怎样的光彩，有着怎样的感恩之情，闪耀着怎样蒙受神恩的光辉，现在却被地狱火焰一般的激情扭曲得变了模样。他的两只手，正是那两只手，今天下午我还曾见它们抱着教堂里的祷告桌立下最庄严神圣的誓言，这时却弯曲着在钱堆里抓来抓去，像两只贪婪嗜血的蝙蝠。因为他这时赢钱了，想必已经赢了很多很多钱，他面前随意凌乱地堆着一大堆筹码、金币、钞票，熠熠地闪着光。他神经质般不断战栗的手指，快乐地在钱堆里自由自在拨弄着。我看见他将纸币一张张抚平折叠起来，手里摩挲把玩着一枚枚金币。突然，他满满抓起一把钱，扔到一处下注的方格里。他的鼻翼两侧又开始飞快地抽搐般翕动起来，庄家的人的吆喝使他瞪大的双眼露出贪婪的光芒，从钱堆上移开盯着那个正在跳动的圆球，他的身体仿佛被一股磁力吸着向前冲，可是两只胳膊却像是被钉子牢牢地钉在了赌桌上。他那种完全着魔般的迷乱神情，比前一天晚上所表现的更为恐怖，更为骇人，因为，他现在的每一个动作都在毁掉他在我心中原有的金色背景下的闪光形象，我一时轻信将它镶嵌在金边像框里，珍藏在心底。”

“我们两个相隔两米，各自都无法均匀呼吸。我目不转睛地盯着他，他却没有看到我。他不曾注意到我，他谁也看不见，他的眼里只有钱堆，他的目光只会随着滚动的圆球转动。他所有的意念和感觉都被那个疯狂的绿色圆盘禁锢住了，只在那里面来回奔跑，才有生命。在这个疯狂的赌徒眼里，没有世界，没有人类，所有的一切都融入进了这个铺着绿呢台面的四方形里。我知道，无论我在这儿站多久，只要他还有钱赌，他就绝不会意识到我的存在。”

“可是，我已经无法再忍受下去了。我突然下定了决心，绕过赌桌走到他的背后，手用力抓住他的肩膀。他转过身，目光迷离、眼神昏乱地抬头望了我一眼，呆滞的眼珠盯了我有一秒钟，活像一个被人从沉睡中摇醒的醉汉，还没有从烟雾迷蒙中清醒，眼里还透着朦胧的睡意。然后，他似乎认出了我，嘴角的肌肉抽搐着，有些喜出望外地看着我，喃喃自语般地说着：‘运气真不错……我走进来看见他在这儿，马上就知道运气来了……我马上就知道了……’”

“我听不懂他在说什么。我只知道他已沉醉在赌博中，如痴如狂了。我意识到这个神经错乱了的人已经把一切都忘了，他的誓言、他的忏悔都不算数了，他忘了我，也忘了这个世界。可是，他这种癫狂状态下的兴奋神情依然令我十分着迷，我竟不由自主地顺着他的话，十分惊异地问是什么人在这儿。”

“‘那边，那个俄国独臂老将军，’他凑近我的耳朵悄声告诉我说，唯恐有人偷听到他的秘密，‘蓄着白色的胡须，背后站着一个侍从。他总是赢钱，我昨天就注意到他了，他肯定有什么诀窍，现在我一直跟着他下注……昨天他也是一直赢的……我昨天犯了个错误……不该在他走了以后还要接着赌……那是我的错……他昨天一定赢了有两万法郎……今天他还没失过手……我现在就跟着他下注……现在……'"

"正说着，他突然停住了，因为那时，庄家响亮地喊了一句：'请各位下注！'一听到喊声，他立刻将目光移开，贪婪地注视着那个留着白胡子的俄国人，俄国人威严镇定地坐在那里，先是不慌不忙地拿起了一枚金币，迟疑了一下又拿起一枚，一齐押在第四个方格里。马上，我面前这双急不可耐的手慌忙伸进钱堆里，抓起了满满一把金币，也押在了同一个方格内。一分钟后，庄家喊了一声：'空门！'接着便挥动耙竿将台子上所有的钱都收走了。这时，他呆望着被一扫而空的钱，竟像是遭遇了什么怪事一样。您也许会以为，他一定会转过身来看我吧，不，没有，他完全彻底地又把我忘掉了，我早已从他的生活里坠落而后消失了。他的全部感官只全神贯注于那个俄国将军身上，可是将军却满不在乎，手里掂着两枚金币，犹疑着不知该押在哪里。"

"我无法向您描述我当时是怎样的恼怒与绝望。可是，您可以想象一下我那时的心情：为了他，我抛弃了自己的全部生活，到头来在他眼里我连一只苍蝇都不如，轻轻挥手驱赶都觉得费事。愤怒的波涛在我心里翻腾，我一把用力抓住了他的手臂，让他吃了一惊。"

“‘马上站起来！’我语气不高地命令道，‘想想今天你在教堂里许下的誓言吧，你这个背弃誓言的无耻之人！’”

“他直愣愣地望着我，神情惶恐，脸色苍白。他的眼里突然流露出沮丧懊恼的神情，活像一条挨了打的狗，嘴唇哆嗦着。他仿佛猛然间记起了过去发生的一切，仿佛有些醒悟，然后对自己也感到害怕了。”

“‘是的……是的……’他结结巴巴地说道，‘噢，我的上帝，我的上帝啊……是的……我马上走，求您原谅……’”

“他开始整理着赌桌上的那堆钱，起初动作迅捷，态度也很坚决，可是随后，慚慚地，他的动作变得越来越迟缓，越来越有气无力，像是遭到了逆流的反作用力给冲回了原点。他的目光重又落在那个正准备下注的俄国将军身上。”

“‘再等一会儿……就一小会儿，’他迅速抓起五个金币，扔到俄国人下注的方格里，‘再赌这一回……我向您起誓，我马上就走……就赌这一注……只赌……’”

“他的声音低沉下去，渐渐消失了。圆球已经开始滚动，也带着他一起滚动。这个已经入魔的人又从我的手里，也从他自己的手里滑走了，轮盘不停旋转，圆球不停滚跳，他也跟着滚进光滑的凹格里去了。庄家又大声叫喊，收起他下注的五个金币，他输了。可是，他并没有转过身来。他忘了我，也忘了誓言，更忘了一分钟以前对我说过的话。他贪婪的双手又抽搐着急切地伸到那个越来越小的钱堆，迷醉的目光闪烁不定，不安地紧盯着吸引他全部意志的那块磁石，盯着他认为会给他带来幸运的人。”

“我实在忍无可忍了。我再推了他一把，这一次推得非常用力。‘现在立刻站起身来！马上走！您说只赌一次的……’”

“可是，意料不到的事情发生了。他突然扭过头来瞪着我，脸上谦卑恭顺的神色不见了，取而代之的是一张狂暴的疯子的脸，愤怒使他两眼冒火，嘴唇颤抖。‘别烦我！’他对我大吼道，‘走开！我的霉运都是你带来的。你在我就输钱。昨天你就给我带来晦气，今天又是这样。马上走远一点儿！’”

“我顿时愣在那儿。可是，见他这么疯狂，我的怒火也控制不住了。

“‘我给你带来的晦气？’我大声责问他，‘你这个骗子，你这个小偷，你对我发过誓……’我还没说完，这个疯魔的人就从座位上跳起来，用力将我推开，毫不顾忌周围人的骚乱，‘我的事不用你管，’他不管不顾地高声叫道。‘你又不是我的监护人……拿走……拿走……把你的钱拿走，’他扔给我几张一百法郎的钞票，‘现在你可以让我安静了吧！’”

“他嚷得那么大声，根本就是中了邪、着了魔，对旁边上百个围观的人都视若无睹。所有人都瞪大眼向这边张望，都在窃窃私语、指指点点、揶揄嘲笑，就连隔壁大厅都挤过来许多人好奇地看热闹。我只觉得自己仿佛被剥光了衣服，赤身裸体地站在人前被品头论足，‘太太，请安静！’庄家高高在上地大声叫嚷，一边用耙竿敲击着桌子。这个傲慢自大的家伙，他这句话是说给我听的。受到这样的侮辱，我羞惭得无地自容，站在这群好奇的人面前，听他们交头接耳，看他们指指点点，我简直像一个被人把钱扔到脸上的妓女。两三百只眼睛肆无忌惮地在我的脸上逡巡，我难堪地移开目光，深埋下头尽量避开泼来侮辱我的脏水。忽然，我的目光迎上两只眼睛，一双惊恐万状地瞪着我的眼睛，宛若两把尖刀直刺向我，那是我的表姊，她不知所措地望着我，一只手高举着，张口结舌的样子像是被惊呆了。”

“我被吓得魂飞魄散，没等她从震惊中恢复过来有所行动，我立刻冲出了赌场大厅，一口气跑到那张长椅跟前，就是昨晚那个疯魔的人倒在上面的那张长椅。我也同样筋疲力尽、心力交瘁地倒在那条无情的硬木板上。”

“这件事已整整过去了二十四年了，可是我只要一想到那一瞬间，想到自己在千百个陌生人面前受尽了侮辱和嘲笑，我周身的血液就会立刻变得冰凉。我同时也深深地感悟到，我们平日里扬扬自得称之为心灵、精神或情感的东西，称之为痛苦的东西，其本质是多么脆弱、浅薄和不屑啊，无论有多少痛苦一起涌现，也无法将受苦难折磨的肉体完全毁灭，因为人会经受住那个瞬间的考验，只要一息尚存，血脉就会奔流不息，不会像遭了雷击的大树那样立刻连根拔起，终结了生命。当时，只有那么一瞬间，我的痛苦似乎刺入我的骨髓，扯断了我的关节，我沉重地跌倒在那张长椅上，感觉呼吸停止，身体麻木，甚至领略到了即登极乐的愉悦。可是，我刚刚说过，一切痛苦都是懦弱的，而生的欲望往往都异乎寻常的强烈，痛苦自然就会悄悄减退，植根于我们肉体之中的生的渴望远比我们精神上的求死之意更为热切。经受了那样伤痛欲绝的打击后，我竟然又重新站了起来，这一点我自己也无法解释，当然，我脑子里并没有想过站起来以后自己究竟要去做什么。我突然想到，我的行李还寄存在火车站，然后我马上有了一个想法，离开、离开、离开，马上离开这儿，马上离开这个该诅咒的地狱。我谁也不理，径直赶到车站，询问去往巴黎的下一班火车是几点钟，售票员告诉我是晚上十点钟，于是我立刻办理了行李托运。十点，离那场惊心动魄的可怕邂逅正好是二十四小时，这二十四小时里我历经了种种荒谬绝伦的感情骤变，我的内心世界从此永远支离破碎了。可是那时，在我内心持续均匀、怦怦锤击的节奏中，只有一个词不断在我脑海中回响：离开！离开！离开！我感到自己血脉喷张，就像是有个木楔在不停地敲进我的太阳穴里：离开！离开！离开！离开这座小城，离开我自己，我要回家，回到家人身旁，回到过去的生活，回到属于自己的生活！我急急地赶路，连夜乘坐火车来到巴黎，从巴黎又再换车，从一个车站赶往另一个车站，从巴黎坐到布伦，从布伦坐到多佛尔，最后从多佛尔坐到伦敦，再到我的儿子那儿。一路上我待在疾驰的火车的车厢里，整整四十八小时不思、不想，整整四十八小时不睡觉、不说话、不吃东西，车声隆隆前行，车轨只发出一个音响：离开！离开！离开！离开！最后，我踏进我儿子在乡间的别墅时，家里人都感到意外又惊诧，我的行为举止和眼底眉梢一定有什么东西泄露出了我的秘密。我的儿子走过来想要拥抱我、亲吻我，我连忙避开拒绝了他，想到自己的嘴唇已被玷污，我实在无法忍受它再去碰触我的儿子。我什么话也不想说，什么问题也不想回答，只想洗一次澡，我想要洗去旅途中的尘埃，更重要的是我一定要洗去自己身上的污秽，那个着了魔的人，那个毫无意义、可以不屑一顾的人的激情仿佛还留在我的身上，我一定要摆脱掉。然后，我就回到楼上自己的房间，接连睡了十二小时还是十四小时，我不知道到底睡了多久，空前绝后地睡得昏天暗地，如同僵死一般，此生我再也没有过那样一次酣畅淋漓的睡眠，这次睡眠甚至使我能体会到躺在棺材里长眠的滋味。许多亲戚像照顾病人一般对我关怀得无微不至，可是，他们的温柔以待只能令我更加伤心，他们对我越是尊敬爱护，越是让我感到羞愧难当。我必须时时提防，刻刻留神，我怕自己什么时候会控制不住自己大声喊叫，我竟然为了一时荒唐的激情，背叛过他们，忘记过他们，甚至还曾经企图抛弃他们，这让我情何以堪。”

“后来，我漫无目的又去了法国一座小城，在那儿我谁也不认识，也没有人认识我，可是我还是有种始终无法摆脱的错觉，我感觉无论我在哪里，无论是谁只要看我一眼便能识破我的耻辱，窥见我的心境变化，即使在灵魂的最深处我都有被玷污、被出卖的感觉。有时，清晨从梦中醒来，我会惊恐不安地不敢睁开眼睛，我害怕会像那天夜里一样，一觉醒来身旁躺着个半裸的陌生人，也会生出同那次一样的想法，希望自己立刻去死。”

“然而，时间的力量终是强大，可以抚平一切创伤，年龄更是对于一切情感都有令其贬值的侵蚀作用。当我们感到死期渐渐临近，死神的阴影已经笼罩在前方的路上，曾经的耀眼辉煌就会显得模糊黯淡，不会再那么强烈地刺激我们的感官，触痛我们的心灵。我渐渐能摆脱那次几乎致命的打击带来的阴霾。多年以后，我在一次宴会上遇着一位奥地利公使馆的专员，是个年轻的波兰人，我向他问起那个家族的情况，他说他堂兄就是那个家族的，他的一个儿子十年前在蒙特卡洛开枪自杀死了，听了这话我都没有一丝颤抖。这件事似乎已经从我的生活里抹去，不再令我痛苦了，也许——何必掩饰当时的自私心理呢——我还有些暗自窃喜，因为我一直担心，害怕在什么时间什么地点再会遇见他，现在这点最后的恐惧也消失了。那么除了我自己的回忆，再也没有会对我不利的见证了。从那以后我心里就变得平静了许多。所谓人上了年纪，无非就是对过去不再感到害怕罢了。”

“您现在该了解，为什么我会突然想要跟您讲述自己的遭遇，您为昂丽埃特太太热烈地辩护过，说二十四小时足以决定一个女人的命运，我当时觉得您说的就是我，也说出了我的心声。我要感谢您，因为第一次有人认可我的观点，替我申辩。当时我就思忖，要将自己内心隐藏的秘密倾吐一次，也许这样能解除我压抑心头的负罪感和回忆往昔时那种无法言表的恐惧。如果真能如此，那么或许明天我就能够去蒙特卡洛，再次踏进那个让我遭遇如此命运的那间赌场，不再怨他，也不再恨我自己。如果真能如此，那么曾压在我心上的那块千斤巨石就会轰然坠下，将往事永远压在下面，再也不会出现。我将过往全部向您坦述，对我确有好处，此刻我感觉轻松多了，几乎已经感到有些快乐了……我要感谢您。”

说到这儿，她突然站起身来，我知道，她的讲述已经结束了。我有点发窘，想要说点什么，又不知如何开口。可是，她一定是觉察到了我的尴尬，马上阻拦道：

“不，请您不必说什么，我并不希望您做什么回应，也不需要您对我说什么……感谢您倾听我的遭遇，祝您一路平安。”

她站在我面前，伸出手来同我握手告别。我不由得抬头望着她的脸，站在面前这位白发老人，脸色实在令人惊异，她神态慈祥又略显羞赧，不知是因为忆起往日激情的返照，还是此时不安的慌乱，她的两颊竟泛起一层红晕，衬着皓皓银发，宛若皑皑雪地上染上一层丹霞。她站在那里，如同少女一般，对往事的追忆让她像新娘子一样局促，对真相的坦白又令她有些腼腆羞怯。我被深深地感动了，很想说些什么来表达我对她的崇敬之意，然而，我咽喉哽咽，一句话也说不出来。于是，我低下头，弯下腰，恭敬又满怀敬意地吻了吻她干枯得如深秋落叶般微微颤抖的手。